HEYNE BÜCHER

SCIENCE FICTION

Herausgegeben
von Wolfgang Jeschke

Von Ursula K. Le Guin erschienen in der Reihe
HEYNE SCIENCE FICTION & FANTASY:

Die Geißel des Himmels · 06/3373
Winterplanet · 06/3400
Das Wort für Welt ist Wald · 06/3466
Planet der Habenichtse · 06/3505, auch 06/4661
Rocannons Welt · 06/3578
Das zehnte Jahr · 06/3604
Stadt der Illusionen · 06/3672
Das Wunschtal · 06/4077
Geschichten aus Orsinien · 06/4211
Malafrena · 06/4375
Das Auge des Reihers
in: Futura, hrsg. von Virginia Kidd · 06/3856

Die Erdsee-Tetralogie:

Der Magier der Erdsee · 06/3675
Die Gräber von Atuan · 06/3676
Das ferne Ufer · 06/3677
Sonderausgabe in einem Band:
Erdsee · 06/4343
Tehanu · 06/4952

Als Herausgeberin (zusammen mit Virginia Kidd):

Kanten · 06/4015
Grenzflächen · 06/4125

In der BIBLIOTHEK DER SCIENCE FICTION LITERATUR:

Die zwölf Striche der Windrose · 06/25
Planet der Habenichtse · 06/43
Die Kompaßrose · 06/47
Winterplanet · 06/84

Liebe Leser,

um Rückfragen zu vermeiden und Ihnen Enttäuschungen zu ersparen: Bei dieser Titelliste handelt es sich um eine Bibliographie und NICHT UM EIN VERZEICHNIS LIEFERBARER BÜCHER. Es ist leider unmöglich, alle Titel ständig lieferbar zu halten. Bitte fordern Sie bei Ihrer Buchhandlung oder beim Verlag ein Verzeichnis der lieferbaren Heyne-Bücher an. Wir bitten Sie um Verständnis.

Wilhelm Heyne Verlag GmbH & Co. KG, Türkenstr. 5—7, Postfach 201204, 8000 München 2, Abteilung Vertrieb

Ursula K. Le Guin

Tehanu

Vierter Roman
des Erdsee-Zyklus

Deutsche Erstausgabe

WILHELM HEYNE VERLAG
MÜNCHEN

HEYNE SCIENCE FICTION & FANTASY
Band 06/4952

Titel der amerikanischen Originalausgabe
TEHANU
Deutsche Übersetzung von Hilde Linnert
Das Umschlagbild malte Dieter Rottermund

Redaktion: Friedel Wahren

Originalausgabe by Atheneum/Macmillan Publishing Company, New York

Printed in Germany 1992
Umschlaggestaltung: Atelier Ingrid Schütz, München
Technische Betreuung: Manfred Spinola
Satz: Satz- und Datentechnik Rudolf Schaber, Wels
Druck und Bindung: Elsnerdruck, Berlin

ISBN 3-453-06233-7

INHALT

Nur in der Stille das Wort,
nur im Dunkel das Licht,
nur im Sterben Leben:
klar der Flug des Falken
am leeren Himmel.

Die Erschaffung von Éa

Etwas Böses

Als Farmer Flint aus dem Middle Valley starb, blieb seine Witwe im Farmhaus zurück. Ihr Sohn fuhr zur See, und ihre Tochter hatte einen Kaufmann aus Valmouth geheiratet, also lebte sie allein auf Oak Farm. Die Leute behaupteten, daß sie in dem fremden Land, aus dem sie gekommen war, eine bedeutende Persönlichkeit gewesen sei, und der Magier Ogion pflegte tatsächlich auf Oak Farm vorbeizuschauen und sich mit ihr zu unterhalten; aber das hatte nicht viel zu besagen, denn Ogion besuchte alle möglichen Niemande.

Sie trug einen fremdländischen Namen, aber Flint hatte sie Goha genannt, so nennt man auf Gont eine kleine, weiße, netzewebende Spinne. Der Name paßte gut zu Goha, denn sie war weißhäutig, klein und geschickt im Spinnen von Ziegen- und Schafwolle. Jetzt war sie also Flints Witwe, Goha, besaß eine Schafherde und das erforderliche Weideland, vier Felder, einen Obstgarten mit Birnbäumen, zwei Pächterhäuschen, das steinerne alte Farmhaus unter den Eichen und den Familienfriedhof jenseits des Hügels, in dem Flint ruhte, Erde in seiner Erde.

»Ich habe meistens in der Nähe von Grabsteinen gelebt«, sagte sie zu ihrer Tochter.

»Komm doch, Mutter, wohn bei uns in der Stadt!« antwortete Apple, aber die Witwe wollte ihre Einsamkeit nicht verlassen.

»Vielleicht später, wenn du Kinder hast und Hilfe brauchst«, meinte sie und betrachtete wohlgefällig ihre grauäugige Tochter. »Aber jetzt nicht. Du brauchst mich nicht. Und mir gefällt es hier.«

Als Apple zu ihrem jungen Ehemann zurückgekehrt

war, schloß die Witwe die Tür und blieb auf dem mit Steinplatten belegten Küchenboden des Farmhauses stehen. Es war dämmrig, aber sie zündete die Lampe nicht an, sondern dachte daran, wie ihr Mann die Lampe angezündet hatte: die Hände, der Funken, das aufmerksame dunkle Gesicht in der flackernden Helligkeit. Das Haus war still.

Ich habe früher allein in einem schweigenden Haus gelebt, dachte sie. Ich werde es wieder tun. Sie zündete die Lampe an.

An einem Spätnachmittag der ersten heißen Tage kam Lark, die alte Freundin der Witwe, eilig die staubige Straße aus dem Dorf herauf. »Goha«, sagte sie, als sie die Freundin im Bohnenbeet jäten sah, »Goha, es geht um etwas Böses. Es ist etwas sehr Böses. Kannst du kommen?«

»Ja«, antwortete die Witwe. »Was ist dieses Böse?«

Lark hielt den Atem an. Sie war eine reizlose schwere Frau in mittleren Jahren, deren Name — Lerche — nicht mehr zu ihrem Körper paßte. Aber früher war sie ein hübsches zartes Mädchen gewesen und hatte sich mit Goha angefreundet, ohne die Dorfbewohner zu beachten, die über die kargische Hexe mit dem weißen Gesicht klatschten, die Flint mitgebracht hatte; und seither waren sie Freundinnen.

»Ein verbranntes Kind«, antwortete sie.

»Wessen Kind?«

»Der Tramps.«

Goha schloß die Tür des Farmhauses, und sie machten sich auf den Weg; Lark sprach, während sie gingen. Sie war kurzatmig und schwitzte. Die winzigen Samen der schweren Gräser, die die Straße säumten, klebten ihr an Wangen und Stirn, und sie wischte sie beim Sprechen weg. »Sie haben den ganzen Monat über in den Wiesen am Fluß gelagert. Ein Mann, der sich als Kesselflicker ausgibt, aber er ist ein Dieb, und er hat eine Frau bei sich. Und noch ein Mann, jünger, der sich die meiste

Zeit bei ihnen herumtreibt. Keiner von ihnen arbeitet. Sie stehlen, betteln und leben von der Frau. Die Jungen von weiter unten am Fluß brachten ihnen Sachen von der Farm, um an die Frau heranzukommen. Du weißt, wie das jetzt ist. Auf den Straßen sind Banden unterwegs, die an den Farmen vorbeikommen. Wenn ich du wäre, hielte ich heutzutage meine Tür versperrt. Also der eine, der Jüngere, kommt ins Dorf, und ich stehe vor unserem Haus, und er sagt: ›Dem Kind geht es nicht gut.‹ Ich hatte das Kind kaum bei ihnen bemerkt, ein kleines Frettchen von einem Kind, es war so schnell verschwunden, daß ich nicht sicher war, ob es überhaupt vorhanden war. Deshalb fragte ich: ›Nicht gut? Ein Fieber?‹ Und der Kerl antwortet: ›Sie hat sich beim Feuermachen verbrannt‹; bevor ich mich fertiggemacht hatte, um ihn zu begleiten, war er fort. Weg. Als ich hinaus zum Fluß kam, war auch das Paar fort. Verschwunden. Niemand da. Ihre Fallen und der Plunder waren ebenfalls weg. Nur ihr Lagerfeuer war noch da, es schwelte noch, und neben ihm — zum Teil in ihm — auf dem Boden ...«

Lark sprach einige Schritte lang nicht. Sie blickte geradeaus vor sich hin und sah Goha nicht an.

»Sie hatten nicht einmal eine Decke über sie gelegt«, sagte sie.

Sie ging weiter.

»Man hatte sie in das brennende Feuer gestoßen«, fuhr sie fort. Sie schluckte und wischte sich die klebrigen Samen von dem heißen Gesicht. »Ich hätte noch glauben können, daß sie stürzte, aber wenn sie bei Bewußtsein gewesen wäre, hätte sie sich zu retten versucht. Sie schlugen sie, glaubten wahrscheinlich, daß sie sie getötet hatten, und wollten verbergen, was sie ihr angetan hatten, deshalb ...«

Sie unterbrach sich erneut, sprach dann weiter.

»Vielleicht war er es nicht. Vielleicht hat er sie herausgezogen. Schließlich holte er Hilfe für sie. Er muß der Vater gewesen sein. Ich weiß es nicht. Es spielt keine Rolle. Wer kann das schon wissen? Wen kümmert es? Wer wird sich um das Kind kümmern? Warum tun wir, was wir tun?«

»Wird sie am Leben bleiben?« fragte Goha leise.

»Es ist möglich«, antwortete Lark. »Es ist gut möglich, daß sie am Leben bleibt.«

Nach einer Weile, als sie sich dem Dorf näherten, meinte sie: »Ich weiß nicht, warum ich zu dir kommen mußte. Ivy ist bei ihr. Man kann nichts tun.«

»Ich könnte nach Valmouth gehen und Beech holen.«

»Er könnte nichts tun. Es geht über ... Es geht über unsere Hilfe hinaus. Ich habe sie gewärmt. Ivy hat ihr einen Trank gegeben und einen Schlafzauber gewirkt. Ich habe sie nach Hause getragen. Sie muß sechs oder sieben sein, aber sie wog nicht einmal so viel wie eine Zweijährige. Sie ist nie richtig aufgewacht. Aber sie keucht irgendwie ... Ich weiß, daß du nichts tun kannst. Aber ich wollte dich dabeihaben.«

»Ich will dabeisein«, erklärte Goha. Doch bevor sie Larks Haus betraten, schloß sie die Augen und hielt die Luft voller Angst einen Augenblick lang an.

Larks Kinder waren hinausgeschickt worden, und im Haus war es still. Das Kind lag bewußtlos in Larks Bett. Ivy, die Dorfhexe, hatte eine Salbe aus Hexenhaselnuß und Allesheiler auf die leichteren Verbrennungen gestrichen, jedoch die rechte Seite des Gesichts und des Kopfs und die bis zu den Knochen verkohlte rechte Hand nicht angerührt. Sie hatte oberhalb des Bettes die Rune Pirr gezeichnet und es dabei bewenden lassen.

»Kannst du etwas tun?« fragte Lark flüsternd.

Goha blickte zu dem verbrannten Kind hinunter. Ihre Hände bewegten sich nicht. Sie schüttelte den Kopf.

»Du hast doch oben auf dem Berg heilen gelernt!« Schmerz, Scham und Zorn sprachen aus Lark und bettelten um Linderung.

»Nicht einmal Ogion könnte das heilen«, widersprach die Witwe.

Lark wandte sich ab, biß sich auf die Lippen und weinte. Goha schloß sie in die Arme und strich ihr über das graue Haar. Sie hielten sich umschlungen.

Die Hexe Ivy kam aus der Küche herein und runzelte bei Gohas Anblick die Stirn. Obwohl die Witwe keinen Zauber wirkte und niemanden verzauberte, hieß es, daß sie, bevor sie nach Gont kam, als Schützling des Magiers in Re Albi gelebt hatte, daß sie den Obersten Magier von Roke kannte und zweifellos fremde, unheimliche Kräfte besaß. Die Hexe, die ihre Vorrechte eifersüchtig hütete, trat ans Bett und machte sich zu schaffen, häufte in einem Teller etwas auf und zündete den Hügel an, bis es rauchte und stank, während sie unaufhörlich einen Heilzauber murmelte. Der ranzige Rauch der Kräuter brachte das verbrannte Kind zum Husten; es richtete sich zuckend und schaudernd halb auf. Es keuchte, rasche, kurze, rasselnde Atemzüge. Sein einziges Auge schien zu Goha hinaufzublicken.

Goha trat vor und nahm die linke Hand des Kindes in die ihre. Sie sprach in ihrer eigenen Sprache. »Ich habe ihnen gedient, und ich habe sie verlassen«, sagte sie. »Ich werde nicht zulassen, daß sie dich bekommen.«

Das Kind starrte sie oder nichts an, versuchte zu atmen, versuchte wieder zu atmen und versuchte wieder zu atmen.

Unterwegs zum Falkennest

Über ein Jahr danach, während der heißen weiten Tage nach dem Langen Tanz, kam ein Bote auf der Straße aus dem Norden ins Middle Valley und fragte nach der Witwe Goha. Die Leute im Dorf wiesen ihm den Weg, und er erreichte Oak Farm spät am Nachmittag. Er hatte ein scharf geschnittenes Gesicht und flinke Augen. Er musterte Goha und die Schafe im Pferch hinter ihr und sagte: »Schöne Lämmer. Der Magier von Re Albi schickt nach dir.«

»Er hat dich geschickt?« fragte Goha ungläubig und belustigt. Wenn Ogion sie sehen wollte, schickte er schnellere, bessere Boten aus — den Ruf eines Adlers oder die eigene Stimme, die leise fragte: ›Wirst du kommen?‹

Der Mann nickte. »Er ist krank. Wirst du weibliche Lämmer verkaufen?«

»Vielleicht. Wenn du willst, sprich mit dem Hirten. Dort drüben am Zaun. Möchtest du zu Abend essen? Wenn du willst, kannst du über Nacht bleiben, aber ich werde unterwegs sein.«

»Heute abend?«

Diesmal lag in ihrem leicht verächtlichen Blick keine Belustigung. »Ich werde nicht trödeln.« Sie sprach eine Minute lang mit dem alten Hirten Clearbrook, wandte sich dann ab und ging zu dem Haus hinauf, das neben dem Eichenhain in den Hang des Hügels gebaut war. Der Bote folgte ihr.

In der Küche mit dem Steinboden trug ein Kind, das er einmal anblickte und von dem er dann rasch wegsah, Milch, Brot, Käse und grüne Zwiebeln auf und ging dann wortlos fort. Es tauchte neben der Frau wieder auf, beide trugen Schnürschuhe und leichte Lederranzen auf dem Rücken. Der Bote folgte ihnen hinaus, und die Witwe versperrte die Tür des Farmhauses. Sie machten sich alle zusammen auf den Weg, er ging seinen Geschäften nach, denn die Botschaft von Ogion war eine reine Gefälligkeit gewesen, die er neben dem schwierigen Auftrag übernommen hatte, für den Lord von Re Albi einen Zuchtwidder zu kaufen; die Frau und das verbrannte Kind verabschiedeten sich dort von ihm, wo die Straße zum Dorf abbog. Sie gingen die Straße hinauf, die er heruntergekommen war, nach Norden und dann nach Westen in die Vorberge des Gont Mountain.

Sie gingen, bis die lange Sommerdämmerung allmählich dunkelte. Sie verließen die schmale Straße und schlugen ihr Lager in einem kleinen engen Tal an einem Bach auf, der rasch und still dahinfloß und zwischen den Dickichten aus Buschweiden den blassen Abendhimmel widerspiegelte. Goha breitete aus trockenem Gras und Weidenblättern ein Bett, das zwischen dem Gestrüpp versteckt war wie das Lager eines Hasen, und rollte das Kind darauf in eine Decke ein. »Jetzt bist du ein Kokon«, sagte sie. »Am Morgen wirst du ein Schmetterling sein und schlüpfen.« Sie zündete kein Feuer an, sondern legte sich im Mantel neben das Kind, sah zu, wie die Sterne nacheinander erschienen, und hörte zu, was der Bach leise erzählte, bis sie einschlief.

Als sie in der Kälte vor Sonnenaufgang erwachten, entzündete sie ein kleines Feuer und erhitzte Wasser in einer Pfanne, um Haferschleim für das Kind und sich zu kochen. Der kleine zerstörte Schmetterling schlüpfte zitternd aus dem Kokon, und Goha kühlte die Pfanne im taunassen Gras, damit das Kind sie halten und daraus trinken konnte. Als sie wieder aufbrachen, wurde es im Osten oberhalb der hohen dunklen Schulter des Berges hell.

Sie gingen den ganzen Tag mit der Geschwindigkeit

eines Kindes, das rasch ermüdet. Das Herz der Frau drängte auf Eile, aber sie ging langsam. Sie war nicht fähig, das Kind über lange Strecken zu tragen, und um ihm die Wanderung zu erleichtern, erzählte sie ihm Geschichten.

»Wir besuchen einen Mann, einen alten Mann, der Ogion heißt«, erzählte sie ihm, während sie mühsam die schmale Straße entlangwanderten, die sich durch den Wald bergauf wand. »Er ist ein weiser Mann und ein Zauberer. Weißt du, was ein Zauberer ist, Therru?«

Falls das Kind einen Namen hatte, kannte es ihn nicht oder wollte ihn nicht nennen. Goha nannte es Therru.

Das Kind schüttelte den Kopf.

»Ich weiß es auch nicht«, gab die Frau zu. »Aber ich weiß, was sie tun können. Als ich jung war — älter als du, aber jung —, war Ogion mein Vater, so wie ich jetzt deine Mutter bin. Er sorgte für mich und versuchte, mich zu lehren, was ich wissen mußte. Er blieb bei mir, wenn er lieber allein herumgewandert wäre. Er ging gern die Straßen entlang, so wie wir jetzt, auch durch Wälder und Wildnis. Er streifte auf dem Berg überall herum, betrachtete alles, lauschte. Er lauschte immer, deshalb nannte man ihn den Schweigsamen. Aber mit mir sprach er. Er erzählte mir Geschichten. Nicht nur die wichtigen Geschichten, die jeder lernt, von Helden, Königen und den Dingen, die sich vor langer Zeit in weiter Ferne zugetragen haben, sondern Dinge, die nur er kannte.« Sie ging ein Stück weiter, bevor sie fortfuhr. »Ich werde dir jetzt eine dieser Geschichten erzählen.

Zu den Fähigkeiten, die Zauberer besitzen, gehört es, sich in etwas anderes zu verwandeln — eine andere Gestalt anzunehmen. Sie nennen es Gestaltwechseln. Ein gewöhnlicher Zauberer kann erreichen, daß er wie jemand anderer oder wie ein Tier aussieht, so daß man eine Minute lang nicht weiß, was man vor sich hat — als hätte er eine Maske aufgesetzt. Aber die großen Zauberer und Magier können mehr. Sie können die Maske sein, sie können sich wirklich in ein anderes Wesen verwandeln. Wenn ein Zauberer das Meer überqueren will und kein Boot besitzt, könnte er sich in eine Möwe verwandeln und hinüberfliegen. Aber er muß vorsichtig sein. Wenn er ein Vogel bleibt, beginnt er zu denken wie ein Vogel, vergißt, was ein Mensch denkt, und vielleicht fliegt er weiter, ist eine Möwe und wird nie wieder ein Mensch. Es heißt, daß es einmal einen großen Zauberer gab, dem es Spaß machte, sich in einen Bären zu verwandeln; er tat es zu oft, wurde zum Bären und tötete seinen eigenen kleinen Sohn; man mußte Jagd auf ihn machen und ihn töten. Doch Ogion hatte auch seinen Spaß daran. Als einmal Mäuse in seine Vorratskammer gelangten und von seinem Käse fraßen, fing er eine mit einem einfachen Mausefallen-Zauber, hielt die Maus in die Höhe, blickte ihr in die Augen und erklärte: ›Ich habe dir gesagt, daß du nicht Mäuschen spielen sollst!‹ Einen Augenblick lang glaubte ich, daß er es ernst meinte …

In dieser Geschichte geht es um etwas Ähnliches wie das Gestaltwechseln, aber Ogion behauptete, daß es mehr gewesen sei als das Gestaltwechseln, das er kannte, weil es sich darum gehandelt habe, zwei Dinge, zwei Wesen gleichzeitig in der gleichen Gestalt zu sein, und er sagte, daß dies die Fähigkeiten der Zauberer übersteige. Er stieß in einem kleinen Dorf irgendwo an der Nordwestküste von Gont darauf, an einem Ort namens Kemay. Dort gab es eine Frau, eine alte Fischersfrau, keine Hexe, ungebildet, aber sie erdachte Lieder. Auf diese Weise erfuhr Ogion von ihr. Er wanderte dort, wie es seine Art war, an der Küste entlang und lauschte; er hörte Leute singen, wenn sie ein Netz flickten oder ein Boot kalfaterten, und sie sangen bei der Arbeit:

Weiter westlich als der Westen
jenseits des Landes

tanzt mein Volk
auf dem anderen Wind.

Ogion vernahm die Melodie und die Worte; er hatte sie noch nie gehört, deshalb fragte er, woher das Lied stamme. Er bekam hier eine Antwort und dort eine und ging immer weiter, bis jemand sagte: ›Ach, das ist eines der Lieder der Frau aus Kemay.‹ Er wanderte also nach Kemay weiter, dem kleinen Hafenort, in dem die Frau lebte, und fand ihr Haus unten am Hafen. Er klopfte mit seinem Magierstab an die Tür. Sie kam und öffnete ihm.

Du erinnerst dich daran, als wir über Namen sprachen, daß Kinder Kind-Namen haben und jeder einen Gebrauchsnamen und vielleicht auch einen Spitznamen hat. Verschiedene Leute können dich verschieden nennen. Du bist meine Therru, aber vielleicht wirst du einen hardischen Gebrauchsnamen bekommen, wenn du älter wirst. Wenn du deine Weiblichkeit erreichst, wirst du, wenn alles richtig geschieht, deinen wirklichen Namen erhalten. Jemand, der die wahre Macht besitzt, ein großer Zauberer oder ein Magier, wird ihn dir geben, denn das ist ihre Macht, sie beherrschen diese Kunst. Und das ist der Name, den du vielleicht niemals einem anderen verraten wirst, weil sich dein eigenes Ich in deinem wahren Namen befindet. Er ist deine Stärke, deine Macht; aber für einen anderen bedeutet er Gefahr und Last und darf nur in äußerster Not und aus Vertrauen gegeben werden. Ein großer Magier, der alle Namen kennt, wird ihn jedoch vielleicht wissen, ohne daß du ihn ihm verrätst.

Nun stand Ogion, der ein großer Magier ist, an der Tür des kleinen Hauses am Deich, und die alte Frau öffnete die Tür. Ogion trat zurück, hielt seinen Eichenstab in die Höhe, hob auch die Hand, als versuche er, sich vor der Hitze eines Feuers zu schützen, und in seiner Verblüffung und Angst sprach er ihren wahren Namen laut aus: ›Drache!‹

Er erzählte mir, daß er in diesem ersten Augenblick keineswegs eine Frau in der Tür erblickte, sondern Lohe und Pracht des Feuers, das Glitzern von goldenen Schuppen und Klauen und die großen Augen eines Drachen. Man sagt, daß man einem Drachen nicht in die Augen sehen darf.

Dann war es vorbei, und er erblickte keinen Drachen, sondern eine alte Frau, die ein wenig gebeugt in der Tür stand, eine große alte Fischersfrau mit großen Händen. Sie sah ihn genauso an wie er sie. Dann sagte sie: ›Kommt herein, Lord Ogion.‹

Er trat ein. Sie tischte ihm Fischsuppe auf, sie aßen, und dann sprachen sie an ihrem Feuer miteinander. Er nahm an, daß sie ein Gestaltwechsler war, aber er wußte nicht, ob sie eine Frau war, die sich in einen Drachen verwandeln, oder ein Drache, der sich in eine Frau verwandeln konnte. Deshalb fragte er sie schließlich: ›Seid Ihr eine Frau oder ein Drache?‹ Sie antwortete nicht darauf, sondern erwiderte: ›Ich werde Euch eine Geschichte vorsingen, die ich kenne.‹«

Therru hatte einen kleinen Stein im Schuh. Sie blieben stehen, um ihn herauszuholen, und gingen sehr langsam weiter, denn die Straße stieg steil zwischen den behauenen Steinböschungen an, über denen dichtes Buschwerk hing, in dem die Zikaden in der Sommerhitze sangen.

»Das ist die Geschichte, die sie ihm, Ogion, vorsang.

Als Segoy zu Anbeginn der Zeit die Inseln der Welt aus dem Meer hob, waren die Drachen die ersten, die aus dem Land und dem über das Land wehenden Wind geboren wurden. Das berichtet das Lied des Erschaffens. Aber ihr Lied erzählte auch, daß damals, beim Anbeginn, Drachen und Menschen eins waren. Sie waren alle ein Volk, eine Rasse, geflügelt, und sprachen die Wahre Sprache.

Sie waren schön, stark, weise und frei.

Doch in der Zeit kann nichts sein, ohne zu werden.

So wurden viele vom Drachenvolk immer verliebter in das Fliegen und die Wildheit und wollten immer weniger und weniger mit dem Erschaffen oder mit Studieren und Lernen, oder mit Häusern und Städten zu tun haben. Sie wollten immer nur weiter und weiter fliegen, unwissend und unbekümmert jagen und ihre Beute essen, und sie suchten immer mehr Freiheit.

Anderen vom Drachenvolk wurde das Fliegen immer gleichgültiger; sie sammelten statt dessen Schätze, Reichtum, Geschaffenes, Gelerntes. Sie bauten Häuser, Festungen, in denen sie ihre Schätze aufbewahrten, so daß sie alles, was sie erwarben, an ihre Kinder weitergeben konnten, und suchten stets mehr Zuwachs. Mit der Zeit fürchteten sie die Wilden, die geflogen kommen und ihren geliebten Hort vernichten, ihn aus reiner Unachtsamkeit und Wildheit mit einem Feuerhauch verbrennen konnten.

Die Wilden fürchteten nichts. Sie lernten nichts. Weil sie unwissend und furchtlos waren, konnten sie sich nicht retten, als die nicht Geflügelten sie wie Tiere fingen und töteten. Aber andere Wilde kamen geflogen, setzten die schönen Häuser in Brand, zerstörten und töteten. Die Stärksten unter den Wilden und den Weisen waren die ersten, die einander töteten.

Jene, die sich am meisten fürchteten, versteckten sich während der Kämpfe, und wenn sie sich nicht mehr verstecken konnten, flohen sie. Sie benutzten ihre Fähigkeit des Erschaffens, bauten Boote und segelten nach Osten, fort von den Westlichen Inseln, wo die großen Geflügelten zwischen den zerstörten Türmen Krieg führten. So veränderten sich jene, die sowohl Drachen als auch Menschen gewesen waren, und wurden zu zweierlei Wesen: den immer weniger und wilder werdenden, durch ihre endlose, gedankenlose Gier und ihren Zorn zerstreuten Drachen auf den fernen Inseln des Western Reach, und dem Menschen-Volk, das in seinen reichen Orten und Städten immer zahlreicher wurde und die Inneren Inseln und den ganzen Süden und Osten füllte. Doch unter den Menschen gab es einige, die das Wissen der Drachen — die Wahre Sprache des Erschaffens — retteten, und diese sind jetzt die großen Zauberer.

Es gibt aber auch jene unter uns, sagt das Lied, die wissen, daß sie einmal Drachen waren, und unter den Drachen gibt es welche, die wissen, daß sie mit uns verwandt sind. Und diese erzählen, daß damals, als aus einem Volk zwei wurden, einige von ihnen, die noch beides, Menschen und Drachen und noch geflügelt waren, nicht nach Osten, sondern nach Westen zogen, über das Offene Meer hinweg, bis sie zur anderen Seite der Welt gelangten. Dort leben sie in Frieden, große, geflügelte, wilde und weise Wesen, mit dem Verstand der Menschen und dem Herz der Drachen. Und so sang sie:

Weiter westlich als der Westen
jenseits des Landes
tanzt mein Volk
auf dem anderen Wind

Das war die Geschichte, die das Lied der Frau aus Kemay erzählte, und sie schloß mit diesen Worten.

Ogion sagte zu ihr: ›Als ich Euch erblickte, sah ich Euer wahres Wesen. Die Frau, die mir jenseits des Herdes gegenübersitzt, ist nicht mehr als das Kleid, das sie trägt.‹

Aber sie schüttelte den Kopf, lachte und sagte nur: ›Wenn es so einfach wäre!‹

Nach einer Weile kehrte Ogion nach Re Albi zurück. Als er mir die Geschichte erzählte, sagte er zu mir: ›Seit jenem Tag frage ich mich, ob jemand, Mensch oder Drache, weiter westlich als der Westen gewesen ist; wer wir sind, und wo unsere Ganzheit liegt.‹ ... Bist du hungrig, Therru? Dort oben, wo die Straße die Biegung macht, sieht es so aus, als gäbe es einen guten Rastplatz. Vielleicht sind wir imstande, von dort aus Gont Port unten am Fuß des Berges zu sehen. Es ist eine große Stadt, größer noch als Valmouth. Wir werden uns hinsetzen, wenn wir die Biegung erreichen, und ein wenig rasten.«

Von der hohen Biegung der Straße aus konnten sie tatsächlich über die weiten Hänge mit Wald und felsigen Wiesen zu der Stadt an ihrer Bucht hinunterblicken, sahen die Klippen, die die Einfahrt zur Bucht bewachten, und die Boote auf dem dunklen Wasser wie Holzspäne oder Wasserkäfer. Weit vorn an ihrer Straße und noch etwas oberhalb davon ragte ein Felsen aus dem Berghang: der Overfell, auf dem das Dorf Re Albi lag, das Falkennest.

Therru jammerte nicht, aber als Goha fragte: »Wollen wir weitergehen?«, schüttelte das Kind, das zwischen der Straße und den Tiefen des Himmels und des Meeres saß, den Kopf. Die Sonne schien warm, und sie hatten seit dem Frühstück im Tal eine lange Strecke zurückgelegt.

Goha holte die Wasserflasche hervor, und sie tranken wieder; dann zog sie einen Beutel mit Rosinen und Walnüssen heraus und gab ihn dem Kind.

»Wir befinden uns in Sichtweite unseres Ziels«, erklärte sie, »und ich möchte vor Einbruch der Dunkelheit dort sein, wenn wir es schaffen. Ich kann es nicht erwarten, Ogion zu sprechen. Du bist sicherlich sehr müde, aber wir werden nicht schnell gehen. Dort werden wir heute abend in Sicherheit sein und es warm haben. Behalt den Beutel, steck ihn in deinen Gürtel. Rosinen machen deine Beine stark. Möchtest du einen Stab — wie ein Zauberer —, damit er dir beim Gehen hilft?«

Therru kaute und nickte. Goha zog ihr Messer, schnitt einen kräftigen Haselnußstecken für das Kind ab, und als sie eine Erle sah, die über die Straße gestürzt war, brach sie einen Ast ab und stutzte ihn zu einem starken, leichten Stock für sich selbst zurecht.

Sie brachen auf, und das durch die Rosinen verlockte

Kind schleppte sich weiter. Um sie beide zu unterhalten, sang Goha Liebeslieder, Hirtenlieder und Balladen, die sie im Middle Valley gelernt hatte; doch plötzlich verstummte ihre Stimme mitten in einer Melodie. Sie blieb stehen und streckte warnend die Hand aus.

Die vier Männer vor ihnen auf der Straße hatten sie gesehen. Es hatte gar keinen Sinn, sich im Wald zu verstecken, bis die vier weiter- oder vorübergegangen waren.

»Reisende«, flüsterte sie Therru zu und ging weiter. Sie faßte ihren Erlenstock fester.

Was Lark über Banden und Diebe gesagt hatte, waren nicht nur die Klagen jeder Generation, daß nichts mehr so sei, wie es war, und daß die Welt vor die Hunde gehe. In den letzten Jahren waren in den Städten und den ländlichen Gebieten von Gont Frieden und Vertrauen immer mehr geschwunden. Junge Männer benahmen sich unter ihren eigenen Leuten wie Fremde, mißbrauchten die Gastfreundschaft, stahlen, verkauften, was sie gestohlen hatten. Früher war selten gebettelt worden, doch jetzt war Betteln üblich, und der nicht zufriedengestellte Bettler drohte mit Gewalt. Frauen gingen ungern allein durch die Straßen und Gassen, und ihnen mißfiel der Verlust an Freiheit. Einige der jungen Frauen liefen von zu Hause fort und schlossen sich den Banden von Dieben und Wilderern an. Oft kamen sie innerhalb eines Jahres verdrossen, grün und blau geschlagen und schwanger zurück. Unter den Dorfzauberern und Hexen gingen Gerüchte um, daß verschiedenes in ihrem Beruf wankte: Zauber, die immer geheilt hatten, heilten nicht; Zaubersprüche, um etwas zu finden, fanden nichts oder den falschen Gegenstand; Liebestränke weckten in den Männern kein leidenschaftliches Verlangen, sondern mörderische Eifersucht. Noch schlimmer war, daß Menschen, die von der Kunst der Magie, ihren Gesetzen und Grenzen und den Gefahren, wenn man sie überschritt, nichts verstanden, sich als mächtig bezeichneten, ihren Anhängern Reichtum und Gesundheit, sogar Unsterblichkeit versprachen.

Ivy, die Hexe in Gohas Dorf, hatte dunkel von diesem Niedergang der Magie gesprochen, und Beech, der Zauberer von Valmouth, hatte das gleiche getan. Der kluge, bescheidene Mann war gekommen, um Ivy bei dem wenigen zu helfen, das die Schmerzen und die Verunstaltung, die Folgen von Therrus Verbrennungen, zu verringern vermochte. Er hatte zu Goha gesagt: »Eine Zeit, in der solches geschieht, muß eine Zeit der Zerstörung, das Ende eines Zeitalters sein. Wie viele hundert Jahre ist es her, daß es in Havnor einen König gegeben hat? So kann es nicht weitergehen. Wir müssen uns wieder dem Mittelpunkt zuwenden, oder wir sind verloren, Insel gegen Insel, Mann gegen Mann, Vater gegen Kind ...« Er hatte sie angesehen, ein wenig schüchtern, aber mit seinem klaren, klugen Blick. »Der Ring von Erreth-Akbe ist an seinen Platz im Turm von Havnor zurückgekehrt«, sagte er. »Ich weiß, wer ihn dorthin brachte ... Das war das Zeichen, das war sicherlich das Zeichen, daß das neue Zeitalter kommt. Aber wir haben es nicht verwirklicht. Wir haben keinen König. Wir haben keinen Mittelpunkt. Wir müssen unser Herz, unsere Stärke wiederfinden. Vielleicht wird der Oberste Magier endlich handeln.« Er fügte voll Zuversicht hinzu: »Schließlich stammt er aus Gont.«

Aber es war keine Nachricht über eine Tat des Obersten Magiers oder über einen Erben für den Thron in Havnor gekommen; und alles blieb so schlecht wie bisher.

Deshalb beobachtete Goha mit Angst und grimmigem Zorn, daß die vier Männer auf der Straße vor ihr zu zweit rechts und links an den Straßenrand traten, so daß sie und das Kind zwischen ihnen hindurchgehen mußten.

Während sie unbeirrt weiterschritten, hielt sich Therru sehr nahe bei ihr und hatte den Kopf gesenkt, aber sie faßte nicht nach Gohas Hand.

Einer der Männer, ein breitschultriger Kerl mit struppigen schwarzen Haaren auf der Oberlippe, die ihm über den Mund hingen, grinste ein wenig und begann zu sprechen. »He, ihr da«, sagte er, aber Goha sprach gleichzeitig und lauter. »Aus dem Weg!« befahl sie und hob ihren Erlenstock, als wäre er der Stab eines Zauberers. »Ich habe mit Ogion zu sprechen!« Sie trat zwischen die Männer und ging geradewegs weiter, und Therru trottete neben ihr her. Die Männer, die Unverschämtheit mit Hexenkunst verwechselten, blieben stehen. Vielleicht besaß Ogions Name noch Macht. Oder vielleicht besaßen Goha oder das Kind Macht. Denn als die beiden vorbei waren, fragte einer der Männer: »Habt ihr das gesehen?« Er spuckte aus und machte das Zeichen zur Abwehr des Bösen.

»Eine Hexe und ihre Mißgeburt«, meinte ein anderer. »Laßt sie gehen!«

Ein dritter, ein Mann mit Ledermütze und Weste, blieb einen Augenblick lang stehen und starrte vor sich hin, während die anderen weiterstapften. Sein Gesicht wirkte blaß und unglücklich; er wollte sich umdrehen und der Frau und dem Kind folgen, als ihn der Mann mit der behaarten Lippe rief: »Komm schon, Handy!« Und er gehorchte.

Als sie um die Biegung der Straße aus dem Blickfeld der Gaffer waren, hatte Goha Therru hochgehoben und war mit ihr weitergehastet, bis sie sie auf den Boden stellen mußte und keuchend stehenblieb. Das Kind stellte keine Fragen und versuchte nicht, einen Aufschub zu erreichen. Sobald Goha weitergehen konnte, lief das Kind, so rasch es konnte, neben ihr her und hielt ihre Hand.

»Du bist rot«, sagte Therru. »Wie Feuer.«

Sie sprach selten und nicht deutlich, weil ihre Stimme sehr heiser war, aber Goha verstand sie.

»Ich bin zornig«, erklärte Goha mit einem halben Lachen. »Wenn ich zornig bin, werde ich rot. Wie ihr Leute, ihr roten Leute, ihr Barbaren aus den westlichen Ländern ... Schau, dort liegt ein Ort vor uns, das ist Oak Springs. Es ist das einzige Dorf an dieser Straße. Wir werden dort haltmachen und ein wenig rasten. Vielleicht bekommen wir Milch. Dann können wir weitergehen, und wenn du dir den Weg bis zum Falkennest zutraust, werden wir es hoffentlich bis zum Einbruch der Nacht bis dorthin schaffen.«

Das Kind nickte. Goha öffnete den Beutel mit Rosinen und Walnüssen und aß einige. Dann schleppten sie sich weiter.

Die Sonne war längst untergegangen, als sie durch das Dorf und zu Ogions Haus oben auf der Klippe kamen. Im Westen schimmerten die ersten Sterne oberhalb einer dunklen Wolkenmasse über dem hohen Horizont des Meeres. Der Meereswind wehte und beugte die kurzen Gräser. Das einzige Fenster leuchtete mattgelb.

Goha lehnte ihren Stock und den von Therru an die Wand neben der Tür, ergriff die Hand des Kindes und klopfte einmal.

Niemand antwortete.

Sie stieß die Tür auf. Das Feuer auf dem Herd war erloschen, nur Schlacke und graue Asche, aber eine Öllampe auf dem Tisch enthielt einen winzigen Samen Licht, und von seiner Matratze auf dem Boden in der gegenüberliegenden Ecke aus sagte Ogion: »Komm herein, Tenar.«

Ogion

Sie brachte das Kind in der westlichen Nische zu Bett. Sie machte Feuer. Sie setzte sich mit untergeschlagenen Beinen neben Ogions Bett auf den Boden. »Niemand kümmert sich um dich!«

»Ich habe sie fortgeschickt«, flüsterte er.

Sein Gesicht war so hart und dunkel wie immer, aber das Haar war schütter und weiß, und das schwache Licht weckte keinen Funken in den Augen.

»Du wärst womöglich allein gestorben«, stieß sie heftig hervor.

»Hilf mir dabei«, verlangte der alte Mann.

»Noch nicht«, bat sie, beugte sich vor, legte ihm die Stirn auf die Hand.

»Nicht heute abend«, stimmte er zu. »Morgen.«

Er hob die Hand und strich ihr einmal über das Haar, soviel Kraft besaß er noch.

Sie richtete sich auf. Das Feuer brannte. Das Licht spielte auf den Wänden und an der niedrigen Decke und schickte die Schatten in die Ecken des langen Raums, in denen sie sich verdichteten.

»Wenn Ged käme«, murmelte der alte Mann.

»Hast du ihm eine Nachricht gesandt?«

»Verschwunden«, sagte Ogion. »Er ist verschwunden. Eine Wolke. Nebel über dem Land. Er ist in den Westen gezogen. Mit dem Ast des Ebereschenbaums. In den dunklen Nebel. Ich habe meinen Falken verloren.«

»Nein, nein, nein«, flüsterte sie. »Er wird wiederkommen.«

Sie schwiegen. Die Wärme des Feuers durchdrang beide, bis sich Ogion entspannte, abwechselnd einschlief und aufwachte und Tenar nach dem langen Tag die Ruhe als angenehm empfand. Sie rieb sich die Füße und die schmerzenden Schultern. Sie hatte Therru während des letzten Anstiegs ein Stück getragen, weil das Kind vor Müdigkeit keuchte, als es mit ihr Schritt halten wollte.

Tenar stand auf, erhitzte Wasser und wusch sich den Staub der Straße ab. Sie erwärmte Milch, aß vom Brot, das sie in Ogions Vorratsschrank fand, und setzte sich wieder zu ihm. Während er schlief, dachte sie nach, beobachtete sein Gesicht, den Feuerschein und die Schatten.

Sie dachte daran, wie ein Mädchen vor langer Zeit und weit entfernt von hier schweigend, nachdenkend, in der Nacht gesessen hatte, ein Mädchen in einem fensterlosen Raum, das sich selbst nur als diejenige kannte, die gegessen worden war, Priesterin und Dienerin der Mächte der Dunkelheit auf der Erde. Und es hatte eine Frau gegeben, die in der friedlichen Stille eines Baumhauses aufblieb, wenn Mann und Kinder schliefen, um nachzudenken, um eine Stunde lang allein zu sein. Und es gab die Witwe, die ein verbranntes Kind hierhergetragen hatte, die bei dem Sterbenden saß, die darauf wartete, daß ein Mann zurückkehrte. Wie alle Frauen, wie jede Frau; sie tat, was Frauen tun. Doch Ogion hatte sie nicht mit dem Namen der Dienerin oder der Frau oder der Witwe angesprochen. Auch Ged hatte es in der Finsternis der Gräber nicht getan. Vor langer Zeit, weiter zurückliegend als alles andere — hatte es auch ihre Mutter nicht getan, die Mutter, die sie nur als die Wärme und die Löwenfarbe des Feuerscheins in Erinnerung hatte, die Mutter, die ihr ihren Namen gegeben hatte.

»Ich bin Tenar«, flüsterte sie. Das Feuer erfaßte einen trockenen Fichtenast und sprang mit einer leuchtendgelben Flammenzunge in die Höhe.

Ogions Atem ging unruhig, und er rang nach Luft. Sie half ihm, so gut sie konnte, bis er sich etwas wohler fühlte. Sie schliefen eine Weile, sie döste neben seinen benommenen, dahinsterbenden Gedanken, die von fremden Worten unterbrochen wurden. Einmal in der Tiefe der Nacht sagte er laut, als träfe er einen Freund auf der Straße: »Du bist also da? Hast du mit ihm gesprochen?« Und als Tenar sich erhob, um Holz nachzulegen, begann er wieder zu reden, aber diesmal schien er mit jemandem in seiner Erinnerung über längst vergangene Jahre zu sprechen, denn er sagte so deutlich wie ein Kind: »Ich habe versucht, ihr zu helfen, aber das Dach des Hauses fiel auf sie. Es war das Erdbeben.« Tenar lauschte. Auch sie hatte Erdbeben erlebt. »Ich versuchte zu helfen«, sagte der Junge in der Stimme des Mannes voll Schmerz. Dann begann der keuchende Kampf um das Atmen von neuem.

Im Morgengrauen wurde Tenar von einem Geräusch geweckt, das sie zuerst für das Meer hielt. Es war ein mächtiges Flügelrauschen. Eine Vogelschar flog niedrig über sie hinweg, so zahlreich, daß die Flügel wie Sturm brausten und die raschen Schatten das Fenster verdunkelten. Es hörte sich an, als würden sie das Haus einmal umkreisen und zögen dann weiter. Sie stießen weder Rufe noch Schreie aus, und Tenar wußte nicht, welche Vögel es waren.

Am Morgen kamen Leute aus dem Dorf Re Albi; Ogions abgelegenes Haus stand nördlich des Ortes. Eine Ziegenhirtin kam, eine Frau holte die Milch von Ogions Ziegen, und andere fragten, was sie für ihn tun konnten. Moss, die Dorfhexe, betastete den Erlenstock und den Haselnußstecken neben der Tür und lugte hoffnungsvoll herein, doch nicht einmal sie wagte einzutreten, und Ogion knurrte von seinem Strohsack aus: »Schick sie fort! Schick alle fort!«

Es hatte den Anschein, als sei er kräftiger geworden und fühle sich besser. Als die kleine Therru aufwachte, sprach er mit ihr in der einfachen, freundlichen, ruhigen Art, an die sich Tenar erinnerte. Das Kind ging hinaus, um in der Sonne zu spielen, und er wandte sich Tenar zu: »Mit welchem Namen rufst du sie?«

Er kannte die Wahre Sprache des Erschaffens, aber er hatte nie Kargisch gelernt.

»Therru bedeutet brennen, das Aufflammen von Feuer«, antwortete sie.

»Ah, ah«, sagte er, seine Augen leuchteten, und er runzelte die Stirn. Einen Augenblick lang schien er nach Worten zu suchen. »Die da«, sagte er, »die da — sie werden sie fürchten.«

»Sie fürchten sie schon jetzt«, meinte Tenar bitter.

Der Magier schüttelte den Kopf.

»Lehre sie, Tenar«, flüsterte er. »Lehre sie alles! — Nicht Roke. Sie haben Angst. — Warum habe ich dich gehen lassen? Warum bist du gegangen? Um sie herzubringen — zu spät.«

»Sei still, sei still«, ermahnte sie ihn zärtlich, denn er kämpfte um Worte und Atem und fand beides nicht. Er schüttelte den Kopf, keuchte: »Lehre sie!« Und hörte auf, sich zu bewegen.

Er wollte nicht essen und trank nur ein wenig Wasser. Um die Tagesmitte schlief er. Als er am späten Nachmittag erwachte, verlangte er: »Jetzt, Tochter«, und setzte sich auf.

Tenar ergriff seine Hand und lächelte ihn an.

»Hilf mir aufstehen.«

»Nein, nein.«

»Ja. Ins Freie. Ich kann nicht im Haus sterben.«

»Wohin möchtest du?«

»Irgendwohin. Aber wenn ich es schaffe, den Waldweg. Die Buche oberhalb der Wiese.«

Als sie sah, daß er aufzustehen vermochte und entschlossen war, ins Freie zu gelangen, half sie ihm. Sie gingen gemeinsam zur Tür, wo er stehenblieb und sich in dem einzigen Raum seines Hauses umsah. In der dunklen Ecke rechts von der Tür lehnte sein hoher Stab schwach glänzend an der Wand. Tenar griff danach, um ihn Ogion zu reichen, doch er schüttelte den Kopf. »Nein, nicht ihn.« Er sah sich wieder um, als suche er etwas Fehlendes, Vergessenes. »Komm jetzt«, forderte er sie schließlich auf.

Als ihm der frische Wind aus dem Westen ins Gesicht blies und er zum hohen Horizont hinausblickte, sagte er: »Das ist gut.«

»Laß mich Leute aus dem Dorf holen, damit sie eine Trage machen und dich tragen«, bat sie. »Alle warten darauf, etwas für dich zu tun.«

»Ich will gehen«, erklärte der alte Mann.

Therru kam um die Hausecke und sah ernst zu, wie Ogion und Tenar Schritt für Schritt über die verwilderte Wiese auf den Wald zugingen, der an der inneren Seite des Felsens am steilen Hang hinaufkletterte, und wie sie alle fünf oder sechs Schritte stehenblieben, damit Ogion keuchend Luft holen konnte. Die Sonne war heiß und der Wind kalt. Sie brauchten sehr lange, um die Wiese zu überqueren. Als sie endlich den Fuß einer großen jungen Buche erreichten, dicht am Waldrand, wenige Schritte oberhalb eines beginnenden Bergpfads, war Ogions Gesicht grau, und die Beine zitterten ihm wie Gras im Wind. Er sank zwischen den Wurzeln des Baumes nieder und lehnte sich mit dem Rücken an den Stamm. Lange konnte er sich weder bewegen noch sprechen, und das wild pochende und zeitweise aussetzende Herz erschütterte den Körper. Endlich nickte er und flüsterte: »Es ist gut.«

Therru war ihnen in einiger Entfernung gefolgt. Tenar trat zu ihr, drückte sie an sich und sprach ein wenig mit ihr. Dann kam sie zu Ogion zurück. »Sie bringt eine dikke Decke.«

»Nicht kalt.«

»Mir ist kalt.«

Auf ihrem Gesicht lag die Andeutung eines Lächelns.

Das Kind schleppte eine Decke aus Ziegenwolle heran. Es flüsterte Tenar etwas zu und lief wieder davon.

»Heather wird ihr erlauben, beim Melken der Ziegen zu helfen, und sich um sie kümmern«, erklärte Tenar. »Damit ich bei dir bleiben kann.«

»Für dich gibt es niemals nur eine einzige Aufgabe«, flüsterte er heiser und pfeifend; mehr war ihm von seiner Stimme nicht geblieben.

»Ja, immer mindestens zweierlei — und für gewöhnlich mehr«, bestätigte Tenar. »Aber ich bin hier.«

Er nickte.

Er schwieg lange und lehnte mit geschlossenen Augen am Baumstamm. Tenar, die sein Gesicht beobachtete, sah, wie es sich ebenso langsam veränderte wie das Licht im Westen.

Er öffnete die Augen und blickte durch eine Lücke im Dickicht zum westlichen Himmel hinauf. In diesem fernen, klaren, goldenen Raum aus Licht schien er etwas zu beobachten, eine Handlung oder Tat. Er flüsterte einmal zögernd, als sei er unsicher: »Der Drache ...«

Die Sonne war untergegangen, der Wind eingeschlafen.

Ogion sah Tenar an.

»Vorbei«, flüsterte er frohlockend. »Alles hat sich verändert! — Verändert, Tenar! Warte — warte hier, auf ...« Ein Schütteln erfaßte seinen Körper und beutelte ihn wie den Ast eines Baums bei starkem Wind. Er keuchte. Die Augen schlossen und öffneten sich, blickten über sie hinaus. Er legte die Hand auf die ihre; sie beugte sich zu ihm; er sagte ihr seinen Namen, damit man ihn nach seinem Tod wahrhaftig kannte.

Er faßte nach ihrer Hand, schloß die Augen und nahm noch einmal den Kampf auf, um das Atmen, bis es keinen Atem mehr gab. Er lag da wie die Wurzeln des Baums, während die Sterne herauskamen und durch die Blätter und Äste des Waldes schimmerten.

Tenar saß in der Dämmerung und der Dunkelheit bei dem Toten. Jenseits der Wiese leuchtete eine Laterne wie ein Glühwürmchen. Sie hatte die Wolldecke über ihn und sich gelegt, aber ihre Hand, die die seine hielt, war kalt geworden, als hielte sie einen Stein. Sie berührte noch einmal mit der Stirn seine Hand. Dann erhob sie sich steif und schwindlig, ihr Körper fühlte sich fremd an, und sie ging demjenigen entgegen, der mit dem Licht kam, um ihn zu begrüßen und zu führen.

In dieser Nacht wachten Ogions Nachbarn bei ihm, und er schickte sie nicht fort.

Das Herrenhaus des Lords von Re Albi stand auf einer Felsplatte, die am Berghang oberhalb des Overfell aus der Erde ragte. Zeitig am Morgen, lange bevor die Sonne über den Berg gestiegen war, kam der in den Diensten dieses Lords stehende Zauberer durch das Dorf; und sehr bald danach quälte sich ein weiterer Zauberer die steile Straße von Gont Port herauf; er war schon in der Dunkelheit aufgebrochen. Sie hatten gehört, daß Ogion im Sterben lag, oder ihre Macht war so groß, daß sie wußten, wenn ein großer Magier starb.

Das Dorf Re Albi besaß keinen Zauberer, nur seinen Magier, und eine Hexe mußte die niedrigeren Arbeiten wie Finden, Heilen und Knocheneinrichten besorgen, womit die Menschen den Magier nicht belästigen wollten. Aunty Moss war ein mürrisches Geschöpf, unverheiratet wie die meisten Hexen und ungewaschen. Ihre ergrauenden Haare waren zu seltsamen Zauberknoten geknüpft, und ihre Augen waren vom Räuchern der Kräuter gerötet. Sie war mit der Laterne über die Wiese gekommen, und sie hatte in dieser Nacht mit Tenar und den übrigen bei Ogion gewacht. Sie hatte im Wald eine Wachskerze unter einen Lampenschirm gestellt und hatte duftende Öle in einem Tonteller verbrannt; sie hatte die Worte gesprochen, die gesprochen werden mußten, und getan, was getan werden mußte. Als es so weit war, daß sie den Körper berühren mußte, um ihn für das Begräbnis vorzubereiten, hatte sie Tenar einmal angesehen, als bitte sie um Erlaubnis, und war dann mit der Erfüllung ihrer Pflichten fortgefahren. Die Dorfhexen kümmerten sich für gewöhnlich um das Heimsenden der Toten, wie man es nannte, und oft um das Begräbnis.

Als der Zauberer vom Herrenhaus herunterkam, ein hochgewachsener junger Mann mit einem silberschimmernden Stab aus Fichtenholz, und der Zauberer von Gont Port heraufkam, ein kräftiger Mann in mittleren Jahren mit einem kurzen Eibenstab, sah Aunty Moss sie nicht mit ihren blutunterlaufenen Augen an, sondern duckte und verbeugte sich, sammelte ihre armseligen Zaubermittel und ihr Hexenzeug ein und zog sich zurück.

Als sie die Leiche so hingelegt hatte, wie sie liegen mußte, um begraben zu werden, mit angezogenen Knien auf der linken Seite, hatte sie in die nach oben gerichtete linke Hand ein winziges Zauberbündel gelegt, einen Gegenstand, der in weiche Ziegenhaut gehüllt und mit farbiger Kordel zusammengebunden war. Der Zauberer von Re Albi schnippte es mit der Spitze seines Stabes weg.

»Ist das Grab ausgehoben?« fragte der Zauberer von Gont Port.

»Ja«, erwiderte der Zauberer von Re Albi. »Es wurde auf dem Friedhof des Hauses meines Lords gegraben«, und zeigte zu dem Herrenhaus oben auf dem Berg.

»Ich verstehe«, sagte Gont Port. »Ich hatte angenommen, unser Magier werde in der Stadt, die er vor dem Erdbeben gerettet hat, mit allen Ehren beigesetzt.«

»Mein Lord beansprucht die Ehre für sich«, sagte Re Albi.

»Aber es wäre ...«, begann Gont Port und unterbrach sich; er wollte nicht streiten, war aber nicht bereit, dem lässigen Anspruch des jungen Mannes nachzugeben. Er blickte zum Toten hinunter. »Er muß namenlos begraben werden«, sagte er bedauernd und bitter. »Ich bin die ganze Nacht über gegangen, aber zu spät gekommen. Ein großer Verlust ist noch größer geworden!«

Der junge Zauberer schwieg.

»Er hieß Aihal«, warf Tenar ein. »Es war sein Wunsch, hier zu liegen, wo er jetzt liegt.«

Beide Männer sahen sie an. Als der junge Mann eine Frau mittleren Alters aus dem Dorf sah, wandte er sich einfach ab. Der Mann von Gont Port musterte sie einen Augenblick und fragte: »Wer bist du?«

»Ich werde Flints Witwe Goha genannt«, antwortete sie. »Es ist deine Aufgabe zu wissen, wer ich bin. Aber es ist nicht meine Aufgabe, es zu sagen.«

Jetzt würdigte der Zauberer von Re Albi sie eines kurzen Blicks. »Gib acht, Frau, wie du zu den Mächtigen sprichst.«

»Warte, warte«, mahnte Gont Port mit einer Handbewegung, die Re Albis Empörung zu beschwichtigen versuchte, und sah Tenar immer noch an. »Du warst — du warst einmal seine Schülerin?«

»Und seine Freundin«, fügte Tenar hinzu. Dann wandte sie den Kopf ab und schwieg. Sie hatte den Zorn in ihrer Stimme gehört, als sie das Wort ›Freundin‹ aussprach. Sie blickte zu ihrem Freund hinunter, ein für den Erdboden bereiter, empfindungsloser, regloser Leichnam. Sie standen lebend und voll Macht über ihm, boten keine Gegnerschaft an, nur Verachtung, Rivalität, Zorn.

»Entschuldigt«, sagte sie. »Es war eine lange Nacht. Ich war bei ihm, als er starb.«

»Es ist nicht ...«, begann der junge Zauberer, aber die alte Aunty Moss unterbrach ihn unerwartet und erklärte laut: »Sie war es. Ja, sie war es. Niemand außer ihr. Er schickte nach ihr. Er schickte den jungen Townsend, den Schafhändler, um den ganzen Berg herum, damit er ihr sagte, sie solle kommen, und er wartete mit dem Sterben, bis sie kam und bei ihm war, dann starb er, und er starb dort, wo er begraben sein wollte, hier.«

»Und«, fragte der Ältere, »und er hat dir ...?«

»Seinen Namen.» Tenar sah die Männer an, und wider Willen forderten die Ungläubigkeit auf dem Gesicht des Älteren, die Verachtung auf dem Gesicht des Jüngeren eine respektlose Antwort heraus. »Ich habe den Namen genannt«, stellte sie fest. »Muß ich ihn Euch wiederholen?«

Zu ihrer Bestürzung erkannte sie an dem Gesichtsausdruck der beiden, daß sie tatsächlich den Namen, Ogions wahren Namen, nicht gehört hatten; sie hatten ihr keine Beachtung geschenkt.

»Oh!« sagte sie. »Das ist eine böse Zeit — eine Zeit, da sogar ein solcher Name nicht gehört wird, da er wie ein Stein fallen kann! Ist Zuhören nicht Macht? Dann hört: Sein Name war Aihal. Sein Name im Tod ist Aihal. In den Liedern wird er als Aihal von Gont gerühmt werden. Wenn überhaupt noch Lieder erschaffen werden. Er war ein schweigsamer Mann. Jetzt ist er noch schweigsamer. Vielleicht wird es keine Lieder geben, nur Schweigen. Ich weiß es nicht. Jetzt bin ich sehr müde. Ich habe meinen Vater und lieben Freund verloren.« Die Stimme versagte ihr; ein Schluchzen schnürte ihr die Kehle zusammen. Sie drehte sich um und wollte gehen. Auf dem Waldweg sah sie das kleine Zauberbündel, das Aunty Moss gefertigt hatte. Sie hob es auf, kniete neben der Leiche nieder, küßte die offene Handfläche der linken Hand und legte das Bündel hinein. Auf den Knien liegend blickte sie noch einmal zu den beiden Männern auf. Sie fragte ruhig:

»Werdet Ihr dafür sorgen, daß sein Grab hier, wo er es wünschte, ausgehoben wird?« fragte sie.

Zuerst nickte der Ältere, dann der Jüngere.

Sie erhob sich, strich sich den Rock glatt und schritt im Morgenlicht über die Wiese.

Kalessin

›Warte‹, hatte Ogion, der jetzt Aihal war, zu ihr gesagt, kurz bevor der Wind des Todes ihn geschüttelt und vom Leben losgerissen hatte. ›Vorbei — alles verändert‹, hatte er geflüstert, und dann: ›Tenar, warte ...‹ Aber er hatte nicht gesagt, worauf sie warten solle. Vielleicht auf die Veränderung, die er gesehen oder von der er gewußt hatte; aber welche Veränderung? Meinte er seinen eigenen Tod, sein eigenes Leben, das vorüber war? Er hatte voll Freude, frohlockend gesprochen. Er hatte ihr zu warten aufgetragen.

»Was habe ich sonst zu tun?« fragte sie sich, während sie den Boden des Hauses fegte. »Habe ich jemals etwas anderes getan?« Und sie fragte ihre Erinnerung an ihn: »Soll ich hier warten, in deinem Haus?«

»Ja«, erwiderte Aihal der Schweigsame schweigend und lächelnd.

Sie fegte also das Haus, säuberte den Herd und lüftete die Matratzen. Sie warf angeschlagenes Geschirr und einen tropfenden Topf weg, aber sie behandelte alle Gegenstände sanft. Sie legte sogar die Wange an einen gesprungenen Teller, als sie ihn hinaus auf den Abfallhaufen trug, denn er stellte einen Beweis dafür dar, daß der alte Magier seit einem Jahr krank gewesen war. Er hatte enthaltsam und so einfach gelebt wie ein armer Bauer, aber solange seine Augen klar waren und er seine Stärke besaß, hätte er nie von einem zerbrochenen Teller gegessen oder einen Topf nicht flicken lassen. Diese Zeichen seiner Schwäche bekümmerten sie, und es tat ihr leid, daß sie nicht bei ihm gewesen war und für ihn gesorgt hatte.

»Das hätte ich gern getan«, sagte sie zu seinem Bild in

ihrem Gedächtnis, aber er antwortete nicht. Er hatte nie gewollt, daß sich jemand außer ihm selbst um sein Wohl kümmerte. Ob er sie gefragt hätte: ›Hast du nichts Besseres zu tun?‹ Sie wußte es nicht. Er schwieg. Aber sie war jetzt sicher, daß sie richtig gehandelt hatte, als sie beschloß, hier, in diesem Haus zu bleiben.

Shandy und ihr alter Mann Clearbrook, der länger als Tenar auf der Farm im Middle Valley lebte, würden sich um die Herden und den Obstgarten kümmern; das zweite Paar auf der Farm, Tiff und Sis, würden die Ernte einbringen. Der Rest mußte eine Zeitlang selbst für sich sorgen. Die Kinder aus der Nachbarschaft würden ihre Himbeerstauden leerpflücken. Das war bitter; sie liebte Himbeeren. Hier oben auf dem Overfell, wo ständig der Wind vom Meer herüberwehte, war es für Himbeeren zu kalt. Aber Ogions kleiner alter Pfirsichbaum in dem geschützten Winkel der südseitigen Hauswand trug achtzehn Pfirsiche, und Therru beobachtete sie wie eine Katze auf Mäusejagd, bis sie eines Tages hereinkam und mit ihrer heiseren, undeutlichen Stimme meldete: »Zwei Pfirsiche sind ganz rot und gelb.«

»Ah«, sagte Tenar. Sie gingen zusammen zu dem Pfirsichbaum, pflückten die beiden ersten reifen Pfirsiche und aßen sie an Ort und Stelle ungeschält. Der Saft floß ihnen über das Kinn. Sie leckten sich die Finger ab.

»Kann ich ihn einsetzen?« fragte Therru, die den schrundigen Kern ihres Pfirsichs betrachtete.

»Ja. Der Platz in der Nähe des alten Baums ist gut. Aber nicht zu nahe. Damit beide Raum für ihre Wurzeln und Äste haben.«

Das Kind wählte einen Platz und grub das winzige Grab. Sie legte den Kern hinein und bedeckte ihn mit Erde. Tenar sah ihr zu. In den wenigen Tagen, seit sie hier lebten, hatte sich Therru verändert. Sie war noch immer teilnahmslos, zeigte keinen Zorn, keine Freude; aber seit sie hier waren, hatten sich ihre schreckliche Wachsamkeit, ihre Unbeweglichkeit beinahe unmerklich entspannt. Sie hatte die Pfirsiche begehrt und daran gedacht, den Kern einzusetzen, um die Zahl der Pfirsichbäume auf der Welt zu vergrößern. Auf Oak Farm hatte sie nur vor zwei Menschen keine Angst gehabt, Tenar und Lark; aber hier hatte sie sich mühelos an Heather angeschlossen, die Ziegenhirtin von Re Albi, eine geistig zurückgebliebene Zwanzigjährige mit lauter Stimme, die das Kind beinahe wie eine ihrer Ziegen, ein lahmes Kitz, behandelte. Das war gut so. Und Aunty Moss war ebenfalls gut, ganz gleich, wie sie roch.

Als Tenar vor fünfundzwanzig Jahren zum erstenmal in Re Albi gelebt hatte, war Moss keine alte, sondern eine junge Hexe gewesen. Sie hatte sich geduckt, verbeugt, und ›die junge Lady‹, ›die weiße Lady‹, Ogions Schützling und Schülerin, angegrinst und nur überaus achtungsvoll mit ihr gesprochen. Tenar hatte gespürt, daß diese Achtung gespielt war, eine Maske für Neid, Abneigung und Mißtrauen, die ihr von Frauen nur zu bekannt war, denen gegenüber sie eine höhere Stellung einnahm; diese Frauen betrachteten sich als das Übliche und Tenar als das Unübliche, als eine Bevorzugte. Als Priesterin der Gräber von Atuan oder als ausländischer Schützling des Magiers von Gont unterschied sie sich von ihnen, stand über ihnen. Die Männer hatten ihr Macht gegeben, die Männer hatten die Macht mit ihr geteilt. Die Frauen betrachteten sie von außen, manchmal als Rivalinnen, manchmal auch mit einer Spur von Spott.

Sie hatte sich als Außenseiterin, als Ausgeschlossene gefühlt. Sie war vor den Mächten der Wüstengräber geflohen und hatte dann die Macht des Wissens und der Kenntnisse abgegeben, die ihr Ogion anbot, ihr Beschützer. Sie hatte allem den Rücken gekehrt, war auf die andere Seite, in den anderen Raum gegangen, wo die Frauen lebten, um eine von ihnen zu sein. Eine Frau, die Frau eines Farmers, eine Mutter, eine Haushälterin, die die Macht übernahm, für die eine Frau geboren war, die Autorität, die ihr die Gliederung der Menschheit zuwies.

Dort im Middle Valley war Flints Frau Goha willkommen gewesen unter den Frauen; natürlich war sie eine weißhäutige und etwas seltsam sprechende Fremde, aber eine tüchtige Hausfrau, eine flinke Spinnerin, mit sittsamen, wohlerzogenen Kindern und einer blühenden Farm: ehrbar. Und für die Männer war sie Flints Frau, die tat, was eine Frau zu tun hatte: Bett, Nachkommenschaft, Backen, Kochen, Putzen, Spinnen, Nähen, Dienen. Eine gute Frau. Sie achteten sie. Schließlich ging es Flint gut, meinten sie. Ich möchte wissen, wie eine weiße Frau aussieht — überall weiß? fragten ihre Augen, wenn sie sie ansahen, bis sie älter wurde und die Männer sie nicht mehr ansahen.

Hier war alles anders, alles das gab es hier nicht. Seit sie mit Moss bei Ogion gewacht hatte, zeigte die Hexe deutlich, daß sie Tenars Freundin, Anhängerin, Dienerin sein würde — was immer diese wollte. Tenar wußte nicht genau, wozu Aunty Moss tauglich sein wollte, weil sie sie für unberechenbar, unzuverlässig, unverständlich, leidenschaftlich, dumm, schlau und schmutzig hielt. Aber Moss vertrug sich mit dem verbrannten Kind. Vielleicht bewirkte Moss diese Veränderung, diese geringfügige Entspannung bei Therru. Therru benahm sich ihr gegenüber, so wie sie sich allen gegenüber benahm — ausdruckslos, reaktionslos, gefügig, so wie etwas Lebloses, ein Stein, gefügig ist. Aber die alte Frau hatte nicht aufgegeben, hatte ihr kleine Süßigkeiten und Schätze angeboten, hatte sie bestochen, sie beschwatzt, ihr geschmeichelt. »Komm mit Aunty Moss, Schätzchen. Komm mit, und Aunty Moss wird dir etwas Hübsches zeigen, wie du es noch nie gesehen hast ...«

Moss' Nase ragte über die zahnlosen Kiefer und die dünnen Lippen hinaus; auf der Wange hatte sie eine Warze von der Größe eines Kirschkerns; das Haar war ein grauschwarzes Gewirr aus Zauberknoten und Strähnen; und sie roch genauso stark, derb, intensiv und kompliziert wie ein Fuchsbau. ›Komm mit in den Wald, Schätzchen!‹ lockten die alten Hexen in den Märchen, die man den Kindern von Gont erzählte. ›Komm mit, und ich werde dir etwas ganz Hübsches zeigen!‹ Und dann schob die Hexe das Kind in den Backofen, briet es braun und aß es oder warf es in den Brunnen, wo es für ewige Zeiten herumhüpfte und unglücklich quakte, oder ließ es hundert Jahre lang in einem großen Stein schlafen, bis der Königssohn, der Magier-Prinz kam, der den Stein mit einem Wort zerspringen ließ, die Jungfrau mit einem Kuß weckte und die böse Hexe erschlug ...

»Komm mit mir, Schätzchen!« Sie führte das Kind auf die Felder und zeigte ihm das Nest einer Lerche im grünen Gras oder in die Marschen, wo sie weißen Holunder, wilde Minze und Blaubeeren sammelten. Sie mußte das Kind nicht in einen Backofen sperren oder in ein Ungeheuer verwandeln, oder in Stein einschließen. Das alles war bereits geschehen.

Sie war freundlich zu Therru, aber es war eine schmeichlerische Freundlichkeit, und wenn sie zusammen waren, sprach sie sehr viel mit dem Kind. Tenar wußte nicht, was Moss dem Kind erzählte oder es lehrte und ob sie der Hexe erlauben sollte, den Kopf des Kindes mit Unsinn zu füllen. Schwach wie die Magie einer Frau, böse wie die Magie einer Frau, das hatte sie hundertmal gehört. Sie hatte tatsächlich gesehen, daß die Hexenkunst von Frauen wie Moss oder Ivy oft sinnlos und manchmal aus Absicht oder Unwissen böse war. Obwohl die Dorfhexen viele Zaubersprüche und Zauberworte und einige der großen Gesänge kannten, waren sie nie in der Hohen Kunst oder den Grundsätzen der Zauberei ausgebildet worden. Keine Frau wurde dafür ausgebildet. Zaubern war Männerarbeit, eine Fähigkeit der Männer; Magie wurde von Männern gemacht.

Es hatte nie einen weiblichen Magier gegeben. Obwohl einige wenige sich halb leichtfertig, halb gefährlich als Zauberinnen oder Magierinnen bezeichnet hatten, war ihre Macht unausgebildet gewesen, Stärke ohne Kunst und Kenntnisse.

Die gewöhnlichen Dorfhexen wie Moss lebten von einigen wenigen Worten der Wahren Sprache, die ältere Hexen als großen Schatz hinterlassen oder die sie für einen hohen Preis von Zauberern gekauft hatten. Außerdem besaßen sie einen Vorrat an gebräuchlichen Zaubersprüchen zum Suchen und Heilen, bedeutungslosen Ritualen, Geheimniskrämerei, dummem Geschwätz, eine solide, auf Erfahrung beruhende Ausbildung in Geburtshilfe, Einrichten von Knochen, Behebung von Beschwerden bei Mensch und Tier, eine umfassende Kenntnis von Kräutern sowie eine Menge Aberglauben — und das alles entsprang der angeborenen Fähigkeit, zu heilen, zu psalmodieren, die Gestalt zu wechseln oder jemanden mit einem Zauberbann zu belegen. Dieses Gemisch konnte sich gut oder schlecht auswirken. Manche Hexen waren böse, verbitterte Frauen, die bereit waren, Schaden anzurichten, und keinen Grund sahen, dies nicht zu tun. Die meisten waren Hebammen und Heilerinnen, die nebenbei über ein paar Liebestränke, Fruchtbarkeitszauber und Potenzzauber sowie über eine gehörige Portion Zynismus verfügten. Einige wenige, die Weisheit, aber keine Gelehrsamkeit besaßen, benutzten ihre Gabe ausschließlich zum Guten, obwohl sie im Gegensatz zu jedem Zauberlehrling nicht erklären konnten, warum sie etwas taten, und ihr Eingreifen oder ihr Nichteingreifen mit Gewäsch über das Gleichgewicht und die Wege der Macht rechtfertigten. Als Tenar Ogions Schützling und Schülerin gewesen war, hatte eine dieser Frauen zu Tenar gesagt: »Ich folge meinem Herzen. Lord Ogion ist ein großer Zauberer. Er erweist dir eine große Ehre, indem er dich unterrichtet. Aber überleg einmal, Kind, ob alles, was er dich gelehrt hat, letzten Endes nicht darin besteht, deinem Herzen zu folgen.«

Tenar hatte schon damals gefunden, daß die weise Frau recht und doch nicht ganz recht hatte; etwas fehlte. Dieser Ansicht war sie heute noch.

Wenn sie Moss und Therru beobachtete, dachte sie, daß Moss ihrem Herzen folgte, daß es aber ein dunkles, wildes, sonderbares Herz war, wie eine Krähe, die ihren eigenen Geschäften auf eigenen Wegen nachgeht. Und sie dachte, daß nicht nur Güte Moss zu Therru zog, sondern auch Therrus Verletzung, der Schaden, der ihr zugefügt worden war: durch Gewalt, durch Feuer.

Doch alles, was Therru tat oder sagte, zeigte, daß sie von Aunty Moss nur lernte, wo die Lerche ihr Nest hatte und wo die Blaubeeren wuchsen und wie man ein Abnehmespiel mit einer Hand spielt. Das Feuer hatte Therrus rechte Hand so sehr zerfressen, daß sie zu einer Art Keule verheilt war und sie den Daumen nur als Greifzange wie die Schere einer Krabbe verwenden konnte. Doch Aunty Moss kannte erstaunlich viele Abnehmespiele für vier Finger und einen Daumen, und Reime zu den Figuren:

Wirble, wirble, röte alles!
Brenne, brenne, begrabe alles!
Komm, Drache, komm!

Und die Schnur bildete vier Dreiecke, die sich mit einem Ruck in ein Quadrat verwandelten ... Therru sang nie laut, aber Tenar hörte, wie sie leise den Vers flüsterte, während sie allein auf der Schwelle des Magierhauses saß und die Figuren bildete.

Tenar fragte sich, was — außer Mitleid, außer der Pflicht Hilflosen gegenüber — sie an das Kind band. Wenn Tenar sie nicht genommen hätte, so hätte Lark sie behalten. Aber Tenar hatte sie genommen, ohne sich auch nur zu fragen, warum. War sie ihrem Herzen gefolgt? Ogion hatte nichts über das Kind erfahren wollen, aber er hatte gesagt: »Sie werden sie fürchten.« Und Tenar hatte wahrheitsgemäß geantwortet: »Sie tun es.« Vielleicht fürchtete sie das Kind, wie sie Grausamkeit, Vergewaltigung und Feuer fürchtete. War Angst das Band, das sie festhielt?

»Goha«, sagte Therru, die unter dem Pfirsichbaum auf den Fersen saß und zu der Stelle in der harten Sommererde hinübersah, wo sie den Pfirsichkern gepflanzt hatte, »was sind Drachen?«

»Große Geschöpfe«, antwortete Tenar, »wie Eidechsen, aber länger als ein Schiff — größer als das Haus. Mit Flügeln, wie Vögel. Sie atmen Feuer aus.«

»Kommen sie hierher?«

»Nein.«

Therru stellte keine weiteren Fragen.

»Hat dir Aunty Moss von Drachen erzählt?«

Therru schüttelte den Kopf. »Nein, du.«

»Ach so«, sagte Tenar. Dann fuhr sie fort: »Der Pfirsichbaum, den du gepflanzt hast, braucht Wasser, um zu wachsen. Einmal täglich, bis der Regen kommt.«

Therru stand auf und lief um die Ecke des Hauses zum Brunnen. Ihre Beine und Füße waren unverletzt und vollkommen. Tenar sah gern, wie sie ging oder lief, die dunklen, staubigen, hübschen kleinen Füße auf der Erde. Sie kam mit Ogions Gießkanne zurück, mühte sich mit ihr ab und schüttete eine kleine Flut über den frisch gepflanzten Kern.

»Du erinnerst dich also an die Geschichte aus der Zeit, als Menschen und Drachen eins waren ... Sie berichtet, wie die Menschen hierherkamen, nach Osten, die Drachen aber auf den fernen Westlichen Inseln blieben. Weit, weit weg von hier.«

Therru nickte. Sie schien nicht achtzugeben, aber als Tenar ›die Westlichen Inseln‹ sagte und auf das Meer hinaus zeigte, wandte Therru das Gesicht dem hohen hellen Horizont zu, den sie zwischen den an Stöcken festgebundenen Bohnen und dem Melkschuppen erblickte.

Auf dem Dach des Melkschuppens erschien eine Ziege und stellte sich mit edel erhobenem Kopf im Profil zu ihnen auf; sie hielt sich offensichtlich für eine Bergziege.

»Sippy ist wieder entwischt«, stellte Tenar fest.

Therru ahmte Heathers Ziegenruf nach und machte »Hesssss! Hesssss!«. Heather erschien neben dem Zaun, der das Bohnenbeet umgab, und rief »Hesssss!« zu der Ziege hinauf; die kümmerte sich nicht um sie, sondern blickte nachdenklich zu den Bohnen hinunter.

Tenar überließ die drei dem Sippy-Einfangen-Spiel. Sie wanderte an dem Bohnenbeet vorbei zur Kante des Felsens und an ihr entlang. Ogions Haus stand abseits vom Dorf und dem Rand des Overfell näher als jedes andere Haus. Der Overfell war hier ein steiler, grasbewachsener, von Felsbändern und -vorsprüngen durchzogener Hang, auf dem Ziegen weiden konnten. Wenn man nach Norden ging, wurde der Hang immer steiler, bis er senkrecht abfiel; auf dem Weg drang der Felsen immer wieder an die Oberfläche, bis sich etwa eine Meile nördlich des Dorfs der Overfell zu einer Felsplatte aus rötlichem Sandstein verengte, die über dem Meer hing, das sechshundert Meter weiter unten den Fuß des Felsens unterhöhlte.

An diesem Ende des Overfell wuchsen nur Flechten, Hauswurzen und hie und da ein windverkrüppeltes Engelsauge, wie ein Knopf, der auf den rauhen, brüchigen Stein gefallen war. Im Landesinnern erhob sich oberhalb eines schmalen Heidestreifens nördlich und östlich des Felsen die gewaltige dunkle Flanke des Gont Mountain. Der Felsen ragte so hoch über die Bucht empor, daß man hinunterblicken mußte, um ihr äußeres Ufer und die verschwommenen Niederungen von Essary zu erkennen. Jenseits davon erstreckte sich im Süden und Westen nur der Himmel über dem Meer.

In den Jahren, da Tenar in Re Albi gelebt hatte, war

sie gern hierherkommen. Ogion hatte den Wald geliebt, aber sie, die in einer Wüste gelebt hatte, in der die einzigen Bäume im Umkreis von hundert Meilen ein Obstgarten mit knorrigen Pfirsich- und Apfelbäumen gewesen war, der in den endlosen Sommern von Hand bewässert wurde, in der nichts grün, feucht und mühelos wuchs, in der es nur einen Berg, eine große Ebene und den Himmel gab — sie mochte den Rand des Felsen mehr als den Wald, der ihn einschloß. Sie mochte es, wenn sie überhaupt nichts über dem Kopf hatte.

Die Flechten, die grauen Hauswurzen, die stengellosen Gänseblümchen mochte sie ebenfalls; sie waren ihr vertraut. Sie setzte sich nicht weit vom Rand auf den abfallenden Felsen und blickte auf das Meer hinaus, wie sie es früher getan hatte. Die Sonne war heiß, aber der ständig wehende Wind kühlte ihr den Schweiß auf dem Gesicht und den Armen. Sie stützte sich auf die Hände, lehnte sich zurück und dachte an nichts; Sonne, Wind, Himmel und Meer erfüllten sie, machten sie für Sonne, Wind, Himmel, Meer durchsichtig. Doch ihre linke Hand erinnerte sie daran, daß sie existierte, und sie sah sich um, um festzustellen, was sie am Handballen kratzte. Es war eine winzige Distel, die sich in einen Spalt im Sandstein duckte, ihre farblosen Dornen kaum in das Licht und in den Wind hob. Sie nickte steif, als der Wind blies, widerstand ihm, war im Fels verwurzelt. Tenar betrachtete sie lange.

Als sie wieder auf das Meer hinaussah, erblickte sie blau in dem blauen Dunst, wo Meer und Himmel zusammentrafen, den Strich einer Insel: Oranéa, die östlichste der Inneren Inseln.

Sie starrte verträumt das verschwommene Traumgebilde an, bis ein Vogel, der von Westen her über das Meer flog, ihre Aufmerksamkeit erregte. Er war keine Möwe, denn er flog gleichmäßig, und für einen Pelikan flog er zu hoch. War es eine Wildgans oder ein Albatros, der große seltene Wanderer des offenen Meers, der zwischen die Inseln geraten war? Sie beobachtete die langsamen Flügelschläge, hoch und weit draußen, in der blendenden Luft. Dann erhob sie sich, zog sich ein wenig vom Rand des Felsen zurück und wartete regungslos; ihr Herz schlug schnell, und der Atem stockte ihr, während sie den geschmeidigen, eisendunklen, von langen feuerroten Flügeln aus Flughäuten getragenen Körper, die ausgestreckten Klauen, die Rauchfäden beobachtete, die sich hinter ihm in der Luft auflösten.

Er flog geradewegs nach Gont, geradewegs zum Overfell, geradewegs zu ihr. Sie sah das Glitzern der rostigschwarzen Schuppen und das Leuchten des großen Auges. Sie sah die rote Zunge, die eine Flammenzunge war. Der Gestank von Verbranntem haftete dem Wind an, als der Drache zischend brüllte und abbog, um auf der Felsplatte zu landen, und einen Feuerhauch ausatmete.

Seine Füße prallten auf den Felsen. Der stachlige peitschende Schwanz rasselte, und die Flügel, scharlachrot an den Stellen, wo die Sonne hindurchschien, rauschten und raschelten, während sie sich über den gepanzerten Flanken falteten. Der Kopf drehte sich langsam. Der Drache sah die Frau an, die in Reichweite der sensenscharfen Klauen stand. Die Frau sah den Drachen an. Sie spürte die Hitze seines Körpers.

Man hatte ihr gesagt, daß ein Mensch einem Drachen nicht in die Augen sehen darf, aber das kümmerte sie nicht. Die weit auseinanderstehenden gelben Augen unter gepanzerten Schalen oberhalb der schmalen Nase und der glühenden, rauchenden Nasenlöcher sahen sie unverwandt an. Ihr kleines weiches Gesicht und ihre dunklen Augen sahen ihn unverwandt an.

Keiner sprach.

Der Drache wendete den Kopf ein wenig zur Seite, damit sie nicht vernichtet wurde, als er ein lautes »Ha!« aus orangefarbenen Flammen sprach — oder vielleicht lachte.

Dann senkte er den Körper, hockte sich hin und sprach, aber nicht zu ihr.

»Ahivaraihe, Ged«, sagte er, sehr sanft, rauchig, die brennende Zunge flackerte auf; er senkte den Kopf.

Jetzt erblickte Tenar zum erstemal den Mann, der auf dem Rücken des Drachen saß. Er saß in der Kerbe zwischen zwei der hohen Schwertstacheln, die sich hintereinander auf dem Rückgrat des Drachen emporreckten: dicht hinter dem Hals und oberhalb der Schultern, wo die Flügel wurzelten. Die Hände umklammerten den rostdunklen Panzer auf dem Hals des Drachen, und der Kopf lehnte an der Wurzel des Schwertstachels, als schliefe er.

»Ahi eheraihe, Ged!« sagte der Drache ein wenig lauter; das breite Maul schien ständig zu lächeln, zeigte die Zähne, die gelblich und so lang wie Tenars Unterarm waren und scharfe weiße Spitzen hatten.

Der Mann rührte sich nicht.

Der Drache wendete den langen Kopf und sah Tenar wieder an.

»Sobriost«, flüsterte er, als gleite Stahl über Stahl.

Dieses Wort aus der Sprache des Erschaffens kannte sie. Ogion hatte sie alle Worte dieser Sprache gelehrt, die sie lernen wollte. Steh auf, sagte der Drache, sitz auf! Sie sah die Stufen zum Aufsitzen. Der Fuß mit den Klauen, der abgewinkelte Ellbogen, das Schultergelenk, der erste Muskel des Flügels: vier Stufen.

Auch sie sagte »Ha!«, aber nicht lachend, sondern nur um wieder zu dem Atem zu kommen, der ihr im Hals steckenblieb; sie senkte für einen Augenblick den Kopf, um die lähmende Schwäche zu überwinden. Dann trat sie vor, an den Klauen, dem lippenlosen breiten Maul und dem großen gelben Auge vorbei, und bestieg die Schulter des Drachen. Sie ergriff den Arm des Mannes. Er bewegte sich nicht, aber er war bestimmt nicht tot, denn der Drache hatte ihn hierhergebracht und zu ihm gesprochen. »Komm jetzt«, sagte sie und erblickte sein

Gesicht, als sie den verkrampften Griff seiner linken Hand löste. »Komm schon, Ged. Komm ...«

Er hob ein wenig den Kopf. Seine Augen waren offen, sahen aber nichts. Sie mußte um ihn herumklettern, zerkratzte sich an der heißen gepanzerten Haut des Drachen die Beine und löste die rechte Hand des Mannes von einer hornigen Verdickung an der Wurzel des Schwertstachels. Sie brachte ihn dazu, daß er ihre Arme ergriff, und halb trug, halb zog sie ihn die vier seltsamen Stufen zur Erde hinunter.

Er ermannte sich so weit, daß er sich an ihr festzuhalten versuchte, aber er hatte keine Kraft. Er fiel wie ein abgeladener Sack vom Drachen auf den Felsen und blieb dort liegen.

Der Drache wendete den riesigen Kopf, roch und schnüffelte mit einer rein tierischen Geste am Körper des Mannes herum.

Er hob den Kopf, und auch die Flügel hoben sich leicht mit ungeheurem metallischen Geräusch. Er schob die Füße von Ged weg und näher zum Rand des Felsens hin. Er wandte den Kopf auf dem stachligen Hals nach hinten, sah Tenar noch einmal unverwandt an, und seine Stimme sprach wie das trockene Dröhnen eines Brennofen-Feuers: »*Thesse Kalessin.*«

Der Wind vom Meer pfiff in den halbgeöffneten Flügeln des Drachen.

»*Thesse Tenar*«, antwortete die Frau mit klarer, zitternder Stimme.

Der Drache blickte weg, nach Westen, über das Meer. Er krümmte den langen Körper unter dem Geklirr und Geklapper von Eisenschuppen, breitete dann plötzlich die Flügel aus, duckte sich und sprang direkt vom Felsen in den Wind hinein. Der nachgeschleppte Schwanz zog Kerben in den Stein. Die roten Flügel schlugen nach unten, hoben sich, schlugen nach unten, und Kalessin war schon weit vom Land entfernt, flog geradeaus, flog nach Westen.

Tenar sah ihm nach, bis er nicht mehr größer war als eine Wildgans oder eine Möwe. Die Luft war kalt. Solange der Drache dagewesen war, hatte sie sich durch das innere Feuer des Drachen heiß, hochofenheiß gefühlt. Tenar erschauerte. Sie setzte sich neben Ged auf den Felsen und begann zu weinen. Sie verbarg das Gesicht in den Armen und weinte laut. »Was kann ich tun?« rief sie. »Was kann ich jetzt tun?«

Dann wischte sie sich Augen und Nase am Ärmel ab, schob die Haare mit beiden Händen zurück und wandte sich dem Mann zu, der neben ihr lag. Er lag so ruhig, so lässig auf dem nackten Felsen, als bliebe er für immer hier liegen.

Tenar seufzte. Sie konnte nichts tun, aber es gab immer ein Nächstliegendes, das zu tun war.

Sie konnte ihn nicht tragen. Sie mußte Hilfe holen. Das bedeutete, daß er alleinbleiben würde. Ihr schien, daß er zu nahe am Rand des Felsen lag. Wenn er aufzustehen versuchte, würde er womöglich stürzen, weil er schwach und schwindlig war. Wie konnte sie ihn von hier wegbringen? Wenn sie sprach und ihn berührte, regte er sich überhaupt nicht. Sie packte ihn unter den Achseln und versuchte, ihn wegzuziehen, und zu ihrer Überraschung gelang es ihr; obwohl er eine leblose Masse war, hatte er nicht viel Gewicht. Sie zog ihn entschlossen einige Meter weiter zum Land hin, vom nackten Fels auf einen Fleck Erde, wo trockene Grasbüschel den Anschein eines Schutzes weckten. Dort mußte sie ihn liegenlassen. Sie vermochte kaum zu gehen, denn die Beine zitterten ihr, und ihr Atem wurde noch immer von Schluchzern unterbrochen. Sie lief so schnell wie möglich zu Ogions Haus und rief, während sie näher kam, nach Heather, Moss und Therru.

Das Kind kam hinter dem Melkschuppen hervor und blieb stehen, wie es seine Art war; es gehorchte Tenars Ruf, kam aber nicht näher, um sie zu begrüßen oder um begrüßt zu werden.

»Therru, lauf ins Dorf und hol Hilfe — jemanden mit Kraft. Auf dem Felsen liegt ein verletzter Mann.«

Therru blieb stehen. Sie war noch nie allein ins Dorf gegangen. Sie erstarrte zwischen Gehorsam und Angst. Tenar merkte es und fragte: »Ist Aunty Moss da? Ist Heather da? Wir drei können ihn gemeinsam tragen. Nur rasch, rasch, Therru!« Sie hatte das Gefühl, daß Ged bestimmt sterben würde, wenn sie ihn ungeschützt dort liegen ließ. Wenn sie zurückkäme, wäre er fort — tot, abgestürzt, von Drachen geholt. Alles mögliche konnte geschehen. Sie mußte sich beeilen, bevor es geschah. Flint war auf dem Feld an einem Schlaganfall gestorben, und sie war nicht bei ihm gewesen. Er war allein gestorben. Der Hirt hatte ihn beim Tor gefunden. Ogion war gestorben, und sie hatte ihn nicht vor dem Tod bewahren können, sie konnte ihm keinen Atem einhauchen. Ged war nach Hause gekommen, um zu sterben, und das war das Ende von allem, es blieb nichts übrig, sie konnte nichts tun, aber sie mußte etwas tun. »Rasch, Therru! Hole jemanden!«

Tenar machte sich selbst zittrig auf den Weg zum Dorf, erblickte aber die alte Moss, die über die Weide geeilt kam und mit ihrem dicken Weißdornstock daherstapfte. »Hast du mich gerufen, Schätzchen?«

Moss' Anwesenheit verschaffte Tenar sofort Erleichterung. Sie bekam wieder Luft und konnte denken. Moss vergeudete keine Zeit mit Fragen, und als sie hörte, daß dort oben ein Verletzter lag, der geholt werden mußte, nahm sie den schweren Matratzenüberzug aus Segeltuch, den Tenar zum Lüften aufgehängt hatte, und trug ihn ans Ende des Overfell. Sie und Tenar betteten Ged auf das Tuch und schleppten diese Trage mühsam nach Hause, als Heather, gefolgt von Therru und Sippy, herbeigelaufen kam. Heather war jung und stark, und mit ihrer Hilfe konnten sie das Segeltuch heben wie eine Bahre und den Mann ins Haus schaffen.

Tenar und Therru schliefen in der Nische in der Westwand des einzigen langen Raums. Am anderen Ende stand nur Ogions Bett, das jetzt mit einem schweren Leinenlaken bedeckt war. Dorthin legten sie Ged. Tenar breitete Ogions Decke über ihn, während Moss Zaubersprüche murmelte und Heather und Therru nur dastanden und ihn anstarrten.

»Laßt ihn jetzt in Ruhe«, befahl Tenar und führte alle in den vorderen Teil des Hauses.

»Wer ist das?« fragte Heather.

»Was tat er auf dem Overfell?« fragte Moss.

»Du kennst ihn, Moss. Er war einmal Ogions — Aihals Lehrling.«

Die Hexe schüttelte den Kopf. »Das war der Junge aus Ten Alders, Schätzchen«, widersprach sie. »Der ist heute Oberster Magier in Roke.«

Tenar nickte.

»Nein, Schätzchen«, widersprach Moss. »Der da sieht so aus wie er. Aber er ist es nicht. Dieser Mann ist kein Magier. Nicht einmal ein Zauberer.«

Heather sah vergnügt von einer zur anderen. Sie verstand meist nicht, was die Menschen sagten, aber sie hörte gern, wie sie es redeten.

»Aber ich kenne ihn, Moss. Es ist Sparrowhawk, der Sperber.« Als sie den Namen aussprach, Geds Gebrauchsnamen, setzte sie eine Zärtlichkeit in sich frei, und zum erstenmal dachte und fühlte sie, daß er es tatsächlich war, und daß die Jahre, seit sie ihn kennengelernt hatte, eine Bindung darstellten. Sie sah ein Licht wie einen Stern in der Dunkelheit, unter der Erde, vor langer Zeit, und sein Gesicht im Licht. »Ich kenne ihn, Moss.« Sie lächelte, und dann wurde ihr Lächeln breiter. »Er ist der erste Mann, den ich jemals sah.«

Moss murmelte etwas und bewegte sich unruhig. Sie widersprach ›Mistress Goha‹ ungern, aber sie war absolut nicht überzeugt. »Es gibt Tricks, Verkleidungen, Veränderungen, Gestaltwechsel«, meinte sie. »Sei lieber vorsichtig, Schätzchen. Wie gelangte er dorthin, wo du ihn gefunden hast, dort draußen? Hat ihn jemand gesehen, als er durchs Dorf kam?«

»Hat keine von euch — gesehen ...?«

Sie starrten sie an. Sie versuchte ›den Drachen‹ zu sagen und konnte es nicht. Lippen und Zunge wollten das Wort nicht bilden. Aber ein Wort bildete sich mit ihrer Hilfe, schuf sich selbst mit ihrem Mund und Atem. »Kalessin«, sagte sie.

Therru starrte sie an. Eine Welle von Wärme, Hitze, schien von dem Kind auszugehen, als hätte es Fieber. Sie sprach nicht, bewegte jedoch die Lippen, als wiederhole sie den Namen, und die Fieberhitze brannte um sie herum.

»Tricks«, wiederholte Moss. »Jetzt, da unser Magier fort ist, werden alle möglichen Gauner vorbeikommen.«

»Ich bin mit Sparrowhawk in einem offenen Boot von Atuan nach Havnor und von Havnor nach Gont gekommen«, erklärte Tenar trocken. »Du hast ihn gesehen, als er mich hierherbrachte, Moss. Er war damals nicht Oberster Magier. Aber er war der gleiche, der gleiche Mann. Gibt es weitere solche Narben wie die seinen?«

Bei diesem Hinweis wurde die alte Frau still, sammelte sich. Sie blickte zu Therru hinüber. »Nein«, gab sie zu. »Aber ...«

»Glaubst du, ich würde ihn nicht erkennen?«

Moss verzog den Mund, runzelte die Stirn, rieb die Daumen gegeneinander, betrachtete ihre Hände. »Es gibt Böses auf der Welt, Mistress«, mahnte sie. »Böses, das die Gestalt und den Körper eines Mannes annimmt, aber seine Seele ist fort — gegessen ...«

»Das Gebbeth?«

Moss wand sich, als das Wort offen ausgesprochen wurde. Sie nickte. »Es heißt, daß der Magier Sparrowhawk vor langer Zeit hierher kam, bevor du mit ihm kamst. Und ein Wesen der Dunkelheit kam mit ihm — folgte ihm. Vielleicht ist es noch immer da. Vielleicht ...«

»Der Drache, der ihn herbrachte«, unterbrach Tenar sie, »nannte ihn bei seinem wirklichen Namen. Und ich kenne diesen Namen.« Zorn über das beharrliche Mißtrauen der Hexe schwang in ihrer Stimme mit.

Moss verstummte. Ihr Schweigen war eine bessere Entgegnung als Worte.

»Vielleicht ist der Schatten, der auf ihm liegt, sein Tod«, sagte Tenar. »Vielleicht liegt er im Sterben. Ich weiß es nicht. Wenn Ogion ...«

Bei dem Gedanken an Ogion weinte sie wieder, dachte daran, daß Ged zu spät nach Hause gekommen war. Sie schluckte die Tränen hinunter und trat zur Holzkiste, um ihr Späne für das Feuer zu entnehmen. Sie gab Therru den Kessel, damit sie ihn fülle, und berührte ihr Gesicht, während sie mit ihr sprach. Die wulstigen, dikken Narben fühlten sich heiß an, aber das Kind hatte kein Fieber. Tenar kniete nieder, um Feuer zu machen. Jemand in diesem prächtigen Haushalt — eine Hexe, eine Witwe, ein Krüppel, und eine geistig Zurückgebliebene — mußte tun, was getan werden mußte, und durfte das Kind nicht mit Weinen erschrecken. Aber der Drache war fort, und sollte nun nichts mehr kommen als der Tod?

Besserung

Er lag wie tot da, aber er war nicht tot. Wo war er gewesen? Was hatte er durchgemacht? In dieser Nacht zog ihm Tenar im Feuerschein die schmutzigen, abgetragenen, schweißsteifen Kleidungsstücke aus. Sie wusch ihn und ließ ihn nackt zwischen dem Leinenlaken und der Decke aus weicher schwerer Ziegenwolle liegen. Er war zwar klein und von leichtem Körperbau, aber doch untersetzt und kräftig gewesen; jetzt war er so mager, als wäre er bis auf die Knochen abgenützt, fadenscheinig und zerbrechlich. Sogar die Narben auf der Schulter und der linken Seite des Gesichts von der Schläfe bis zu den Kinnbacken wirkten schwächer, silbrig. Und das Haar war grau.

Ich habe genug vom Trauern, dachte Tenar. Genug vom Trauern, genug vom Kummer. Ich will nicht um ihn trauern. Schließlich ist er auf dem Drachen zu mir geritten.

Einst wollte ich ihn töten, dachte sie. Wenn es mir möglich ist, werde ich dafür sorgen, daß er lebt. Sie sah ihn an; in ihrem Blick lag Herausforderung, aber kein Mitleid.

»Wer von uns hat den anderen aus dem Labyrinth gerettet, Ged?«

Er hörte nicht, rührte sich nicht, schlief. Sie war sehr müde. Sie badete in dem Wasser, das sie erhitzt hatte, um ihn damit zu waschen, und kroch neben die kleine, warme, seidige Stille, die schlafende Therru, ins Bett. Sie schlief, und ihr Schlaf dehnte sich zu einem großen windigen Raum, voll rosa und goldenem Dunst. Sie flog. Ihre Stimme rief: »Kalessin!« Eine Stimme antwortete, die aus den Tiefen des Lichts rief.

Als sie erwachte, zwitscherten die Vögel auf den Feldern und auf dem Dach. Sie setzte sich auf und erblickte durch das knorrige Glas des nach Westen gehenden niedrigen Fensters das Licht des Morgens. In ihr war etwas Neues, ein Same oder ein Schimmer, zu klein, als daß man ihn ansah oder an ihn dachte. Therru schlief noch. Tenar saß neben ihr, blickte durch das kleine Fenster auf Wolken und Sonnenlicht, dachte an ihre Tochter Apple, versuchte, sich Apple als Säugling vorzustellen. Nur ein schwacher Eindruck, der verschwand, als sie sich ihm zuwandte — der kleine dicke Körper, der vor Lachen bebte, das dünne fliegende Haar ... Und das zweite Kind, Spark* hatten sie es im Scherz genannt, weil es ein Stück von Flint** war. Sie kannte seinen wahren Namen nicht. Er war als Kind genauso kränklich gewesen, wie Apple gesund war. Er war zu früh zur Welt gekommen und sehr klein, war mit zwei Monaten beinahe an Diphtherie gestorben, und in den drauffolgenden zwei Jahren war es vorgekommen, als zöge sie einen aus dem Nest gefallenen Spatzen auf; man wußte nie, ob er am nächsten Morgen noch leben würde. Aber er hielt durch, der kleine Funke erlosch nicht. Er wuchs heran und wurde ein drahtiger Junge, immer in Bewegung, getrieben; auf der Farm nicht zu gebrauchen; keine Geduld mit Tieren, Pflanzen, Menschen; er gebrauchte Worte nur für seine Bedürfnisse, nie zur Freude und dem Geben und Empfangen von Liebe und Wissen.

Apple war dreizehn und Spark elf, als Ogion auf seinen Wanderungen vorbeikam. Damals hatte Ogion Apple in den Quellen von Kaheda am Ende des Tals ihren Namen gegeben; sie war schön durch das grüne Wasser geschritten, die Kind-Frau, und er hatte ihr ihren wahren Namen, Hayohe, gegeben. Er war für einige Tage

---

* dt. Funke — *Anm. d. Übers.*

** dt. Feuerstein — *Anm. d. Übers.*

auf Oak Farm geblieben und hatte den Jungen gefragt, ob er ein wenig mit ihm durch den Wald wandern wolle. Spark schüttelte nur den Kopf. »Was tätest du, wenn du könntest?« hatte ihn der Magier gefragt, und der Junge antwortete, was er Vater oder Mutter nie hatte sagen können: »Zur See fahren.«

Deshalb heuerte er drei Jahre später, nachdem Beech ihm seinen wahren Namen gegeben hatte, als Matrose auf einem Handelsschiff an, das zwischen Valmouth, Oranéa und North Havnor Handel trieb. Von Zeit zu Zeit kam er auf die Farm, aber nicht oft und nie für lange, obwohl sie beim Tod seines Vaters ihm gehören würde. Er war weißhäutig wie Tenar, wurde aber groß, so wie Flint, und hatte ein schmales Gesicht. Er verriet seinen Eltern seinen wahren Namen nicht. Vielleicht würde er ihn nie jemandem verraten. Tenar hatte ihn zum letztenmal vor drei Jahren gesehen. Vielleicht wußte er vom Tod seines Vaters, vielleicht auch nicht. Vielleicht war auch er tot, ertrunken, aber das glaubte sie nicht. Er würde den Funken, sein Leben, über das Wasser, durch die Stürme tragen.

So war jetzt etwas in ihr, ein Funke; wie die körperliche Gewißheit einer Empfängnis; eine Veränderung, etwas Neues. Sie wollte nicht fragen, was es war. Man fragte nicht. Man fragte nicht nach einem wahren Namen. Er wurde einem gegeben oder nicht.

Sie stand auf und kleidete sich an. Es war zwar zeitig, aber es war warm, und sie machte kein Feuer. Sie saß in der Tür, trank eine Tasse Milch und sah zu, wie der Schatten des Gont Mountain vom Meer landeinwärts zog. Der Wind wehte auf der luftumwehten Felsplatte so schwach, wie es nur möglich war, und die Brise fühlte sich nach Hochsommer an — weich und üppig, mit dem Duft der Wiesen. In der Luft lag Süße, eine Veränderung.

›Alles hat sich verändert!‹ hatte der alte Mann sterbend voll Freude geflüstert. Hatte seine Hand auf die ihre gelegt, hatte ihr das Geschenk gegeben, seinen Namen, hatte ihn hergegeben.

»Aihal!« flüsterte sie. Als Antwort meckerten hinter dem Melkschuppen zwei Ziegen, die darauf warteten, daß Heather käme. »Meh-eh« sagte die eine, und die andere sagte tiefer, metallisch: »Blah-ah! Blah-ah!« Man kann sich darauf verlassen, daß eine Ziege alles verdirbt, pflegte Flint zu sagen. Flint, ein Schafhirte, hatte Ziegen nicht gemocht. Aber Sparrowhawk war als Junge hier auf den Bergen Ziegenhirt gewesen.

Sie ging hinein. Therru stand bei dem schlafenden Mann und betrachtete ihn. Tenar legte dem Kind den Arm um die Schultern, und obwohl Therru für gewöhnlich vor einer Berührung oder Liebkosung zurückwich oder unbeteiligt blieb, nahm sie sie diesmal hin und drückte sich vielleicht sogar ein wenig an Tenar.

Ged lag noch immer in dem gleichen erschöpften, überwältigenden Schlaf. Sein Gesicht war ihnen zugewandt und sie sahen die vier weißen Narben, die es kennzeichneten.

»Ist er verbrannt worden?« flüsterte Therru.

Tenar antwortete nicht sofort. Sie wußte nicht, woher die Narben rührten. Sie hatte ihn vor langer Zeit im Gemalten Raum des Labyrinths von Atuan höhnisch gefragt: ›Ein Drache?‹ Er hatte ernsthaft geantwortet: ›Kein Drache. Einer von den Namenlosen; aber ich habe seinen Namen erfahren ...‹ Das war alles, was sie wußte. Aber sie wußte, was ›verbrannt‹ für das Kind bedeutete.

»Ja«, antwortete sie.

Therru sah ihn weiterhin an. Sie hatte den Kopf schiefgelegt, um ihr sehendes Auge zu gebrauchen, und sie sah aus wie ein kleiner Vogel, ein Spatz oder ein Fink.

»Komm jetzt, Finklein, Vögelchen, er braucht Schlaf, du brauchst einen Pfirsich. Gibt es heute morgen einen reifen Pfirsich?«

Therru lief hinaus, um nachzusehen, und Tenar folgte ihr.

Während das Kind den Pfirsich aß, musterte es die Stelle, an der es gestern den Pfirsichkern gepflanzt hatte. Sie war offensichtlich enttäuscht, daß dort kein Baum gewachsen war, aber sie sagte nichts.

»Gieß ihn«, riet ihr Tenar.

Aunty Moss traf um die Mitte des Vormittags ein. Eine ihrer Fertigkeiten als Hexe und Mädchen für alles war Korbflechten. Sie verwendete dazu die Binsen des Overfell-Moors, und Tenar hatte sie gebeten, sie diese Kunst zu lehren. Tenar hatte als Kind in Atuan gelernt, wie man lernt. Als Fremde in Gont hatte sie festgestellt, daß die Leute gern lehrten. Sie hatte gelernt, sich unterrichten zu lassen und dadurch angenommen zu werden, weil man ihr die Fremdartigkeit vergab.

Ogion hatte sie sein Wissen gelehrt, und dann hatte Flint sie das seine gelehrt. Lernen war ihr zur Lebensgewohnheit geworden. Es gab immer sehr viel zu lernen, mehr, als sie als Priesterin-Lehrling oder Schülerin eines Magiers geglaubt hatte.

Die Binsen waren eingeweicht worden, und an diesem Morgen mußte man sie spalten, was anstrengend, aber nicht schwierig war und die Aufmerksamkeit nicht voll in Anspruch nahm.

»Aunty«, begann Tenar, als sie auf der Schwelle saßen, eine Schüssel mit eingeweichten Binsen zwischen sich und eine Matte vor sich, auf die sie die gespaltenen Binsen legten, »woher weißt du, ob jemand ein Zauberer ist oder nicht?«

Moss' Antwort war weitschweifig und begann mit den üblichen Denksprüchen und dunklen Phrasen. »Das Tiefe kennt die Tiefe«, erklärte sie rätselhaft, und »Was geboren ist, wird sprechen«, und sie erzählte eine Geschichte von der Ameise, die ein winziges Haar vom Boden eines Palastes aufhob und damit in den Ameisenhaufen lief, und in der Nacht leuchtete der Haufen im Boden wie ein Stern, denn das Haar stammte von dem Kopf des großen Magiers Brost. Aber nur der Weise konnte den leuchtenden Ameisenhaufen sehen. Für gewöhnliche Augen war er vollkommen dunkel.

»Man braucht also eine Ausbildung«, stellte Tenar fest.

Vielleicht, vielleicht auch nicht, war der Kern von Moss' dunkler Antwort. »Manche werden mit der Gabe geboren« behauptete sie. »Auch wenn sie es nicht wissen, ist sie vorhanden. Und sie wird leuchten wie das Haar des Magiers im Erdboden.«

»Ja«, stimmte Tenar zu, »das habe ich gesehen.« Sie spaltete säuberlich eine Binse, spaltete sie noch einmal und legte die Teile auf die Matte. »Woher weißt du dann, wann ein Mensch kein Zauberer ist?«

»Sie ist nicht da«, erklärte Moss, »sie ist nicht da, Schätzchen. Die Macht. Sieh doch. Wenn ich Augen im Kopf habe, kann ich sehen, daß du Augen hast, nicht wahr? Und wenn du blind bist, sehe ich es. Und wenn du nur ein Auge hast wie die Kleine oder wenn du drei hast, sehe ich sie, nicht wahr? Doch wenn ich kein Auge habe, mit dem ich sehe, werde ich es erst wissen, wenn du es mir erzählst. Aber ich habe es. Ich sehe, ich weiß. Das dritte Auge!« Sie berührte ihre Stirn und stieß ein lautes trockenes Kichern aus, wie eine Henne, die triumphierend verkündet, daß sie ein Ei gelegt hat. Sie freute sich, weil sie die Worte gefunden hatte, mit denen sie ausdrücken konnte, was sie sagen wollte. Tenar war allmählich klar geworden, daß ein großer Teil ihrer dunklen Äußerungen und ihres Singsangs nur die Unfähigkeit war, mit Worten und Ideen umzugehen. Niemand hatte sie jemals gelehrt, logisch zu denken. Niemand hatte ihr jemals zugehört, wenn sie etwas sagte. Alles, was man von ihr erwartete, was man von ihr wollte, war Unklarheit, Mysterium, Gemurmel. Sie war eine Hexe. Sie hatte nichts mit klaren Äußerungen zu tun.

»Ich verstehe«, sagte Tenar. »Also — vielleicht ist das eine Frage, die du nicht beantworten willst —, also wenn du jemanden mit deinem dritten Auge, mit deiner Macht, ansiehst, dann siehst du seine Macht — oder du siehst sie nicht?«

»Es ist mehr ein Wissen«, erläuterte Moss. »Sehen ist nur eine Art, es auszudrücken. Es ist nicht so, wie ich dich sehe, wie ich diese Binse sehe, wie ich den Berg dort drüben sehe. Es ist ein Wissen. Ich weiß, was in dir, aber nicht in der armen hohlköpfigen Heather vorhanden ist. Ich weiß, was in dem lieben Kind ist, aber nicht in dem, der dort drinnen liegt. Ich weiß ...« Sie wußte nicht weiter, murmelte und spuckte. »Jede Hexe, die nur eine Haarnadel wert ist, weiß, ob die andere eine Hexe ist!« erklärte sie schließlich offen, ungeduldig.

»Ihr erkennt einander.«

Moss nickte. »Ja, so ist es. Das ist das Wort. Erkennen.«

»Und ein Zauberer würde deine Macht erkennen, würde dich als Zauberin erkennen ...«

Doch Moss grinste sie an, die schwarze Höhle eines Grinsens in einem Spinnennetz aus Falten.

»Du meinst einen Mann, Schätzchen, einen Zauberer? Was hat ein Mann der Macht mit uns zu tun?«

»Aber Ogion ...«

»Lord Ogion war gütig«, sagte Moss ohne Ironie.

Sie spalteten die Binsen eine Zeitlang schweigend.

»Schneid dir an ihnen nicht den Daumen auf, Schätzchen«, mahnte Moss.

»Ogion hat mich unterrichtet. Als wäre ich kein Mädchen. Als wäre ich sein Lehrling, so wie Sparrowhawk. Er lehrte mich die Sprache des Erschaffens, Moss. Was immer ich ihn fragte, er erzählte es mir.«

»Es gab keinen zweiten wie ihn.«

»Ich war es, die nicht unterrichtet werden wollte. Ich verließ ihn. Was sollte ich mit seinen Büchern anfangen? Was nützten sie mir? Ich wollte leben, ich wollte einen

Mann, ich wollte meine Kinder, ich wollte mein Leben.«

Sie spaltete die Binsen schnell und säuberlich mit dem Nagel.

»Und ich habe es bekommen«, fügte sie hinzu.

»Nimm mit der rechten Hand, wirf mit der linken weg«, meinte die Hexe. »Wer kann das sagen, liebe Mistress? Wer kann das sagen? Daß ich einen Mann wollte, hat mich mehr als einmal in schreckliche Schwierigkeiten gebracht. Aber ich wollte nie heiraten. Nein, nein. Das ist nichts für mich.«

»Warum nicht?« fragte Tenar.

Die verblüffte Moss antwortete einfach: »Welcher Mann würde eine Hexe heiraten?« Und dann, mit einer mahlenden Bewegung ihres Kiefers, wie ein wiederkäuendes Schaf: »Und welche Hexe würde einen Mann heiraten?«

Sie spaltete die Binsen.

»Was stimmt mit den Männern nicht?« erkundigte sich Tenar vorsichtig.

Moss antwortete genauso vorsichtig, mit leiser Stimme: »Ich weiß es nicht, mein Schätzchen. Ich habe darüber nachgedacht. Ich habe oft darüber nachgedacht. Am besten kann ich es so ausdrücken. Ein Mann steckt in seiner Haut, siehst du, wie eine Nuß in der Schale.« Sie hielt die langen, gekrümmten, nassen Finger in die Höhe, als hielte sie eine Walnuß. »Diese Schale ist hart und stark, und sie ist voll von ihm. Voll von großartigem Mann-Fleisch, Mann-Ich. Das ist alles. Alles, was da ist. Drinnen steckt nur er und sonst nichts.«

Tenar überlegte eine Weile und fragte schließlich: »Aber wenn er ein Zauberer ist ...«

»Dann ist alles, was drinnen ist, seine Macht. Seine Macht ist er, verstehst du? So verhält es sich mit ihm. Und das ist alles. Wenn seine Macht fort ist, ist er fort. Leer.« Sie zerbrach die unsichtbare Walnuß und warf die Schale weg. »Nichts.«

»Und eine Frau?«

»Ja, also, Schätzchen, eine Frau ist etwas ganz anderes. Wer weiß, wo eine Frau beginnt und wo sie aufhört? Höre, Mistress, ich habe Wurzeln, ich habe Wurzeln, die tiefer reichen als diese Insel. Tiefer als das Meer, älter als das Emporsteigen der Landmassen. Ich gehe auf die Dunkelheit zurück.« Moss' gerötete Augen leuchteten seltsam hell, und ihre Stimme sang wie ein Instrument. »Ich gehe auf die Dunkelheit zurück! Ich war vor dem Mond. Niemand weiß, niemand weiß, niemand kann sagen, was ich bin, was eine Frau ist, eine mächtige Frau, die Macht einer Frau, tiefer als die Wurzeln der Bäume, tiefer als die Wurzeln von Inseln, älter als das Erschaffen, älter als der Mond. Wer wagt, dem Dunkel Fragen zu stellen? Wer will das Dunkel nach seinem Namen fragen?«

Die alte Frau wiegte sich vor und zurück, psalmodierte, war in ihrer Beschwörung aufgegangen; aber Tenar hielt sich gerade und spaltete mit dem Daumennagel eine Binse in die Hälfte.

»Ich will es«, erklärte sie.

Sie spaltete die nächste Binse.

»Ich habe lang genug im Dunkeln gelebt«, fügte sie hinzu.

Sie schaute von Zeit zu Zeit hinein, um sich zu vergewissern, daß Sparrowhawk noch schlief. Auch jetzt tat sie es. Als sie sich wieder zu Moss setzte und das Gespräch von vorher nicht wieder aufnehmen wollte, weil die Ältere ein mürrisches, mißmutiges Gesicht machte, sagte sie: »Als ich heute morgen aufwachte, hatte ich, oh, das Gefühl, daß ein neuer Wind weht. Eine Veränderung. Vielleicht nur das Wetter. Hast du es gefühlt?«

Aber Moss wollte weder ja noch nein sagen. »Hier am Overfell wehen viele Winde, manche sind gut, manche schlecht. Manche bringen Wolken, manche Schönwetter, und manche bringen jenen Nachrichten, die es hören können, aber jene, die nicht zuhören, können nicht hören. Woher soll ich es wissen, eine alte Frau ohne Magier-Weisheit, ohne Buch-Weisheit? Mein ganzes Wissen liegt in der Erde, in der dunklen Erde. Unter den Füßen der Stolzen. Unter den Füßen der stolzen Lords und Magier. Warum sollten die Gelehrten hinunterblikken? Was weiß eine alte Hexe?«

Sie wäre eine ernstzunehmende Gegnerin, dachte Tenar, und sie war eine schwierige Freundin.

Sie griff nach einer Binse. »Ich bin unter Frauen aufgewachsen, Aunty. Nur Frauen. In dem kargischen Gebiet, weit im Osten, in Atuan. Ich wurde als kleines Kind meiner Familie weggenommen, um an einem Ort in der Wüste zur Priesterin erzogen zu werden. Ich weiß nicht, wie er hieß, wir nannten ihn in unserer Sprache nur den Ort. Der einzige Ort, den ich kannte. Ein paar Soldaten bewachten ihn, aber sie konnten nicht auf die Innenseite der Mauern kommen. Und wir konnten nicht außerhalb der Mauern gelangen. Das war nur in einer Gruppe möglich, alle Frauen und Mädchen, mit Eunuchen, die uns bewachten und die Männer außer Sichtweite hielten.«

»Was sind das für Leute, die du da genannt hast?«

»Eunuchen?« Tenar hatte gedankenlos das kargische Wort verwendet. »Kastrierte Männer«, erklärte sie.

Die Hexe starrte sie an, zischte »Tsech!« und machte das Zeichen, um Böses abzuwehren. Sie saugte an den Lippen. Sie war aus ihrer Verstimmung gerissen worden.

»Einer von ihnen bedeutete für mich fast so viel wie eine Mutter … Aber verstehst du, Aunty, ich habe erst einen Mann gesehen, als ich eine erwachsene Frau war. Bis dahin nur Mädchen und Frauen. Und dennoch wußte ich nicht, was Frauen sind, weil alle Menschen, die ich kannte, Frauen waren. Wie Männer, die unter Männern leben, Matrosen, Soldaten, Magier auf Roke —

wissen sie, was Männer sind? Wie können sie es, wenn sie nie mit einer Frau sprechen?«

»Halten sie sie fest, und verfahren sie mit ihnen wie mit Widdern und Ziegenböcken«, fragte Moss, »einfach so, mit einem Kastriermesser?«

Das Entsetzen, das Makabre und ein Schimmer von Vergeltung hatten über Zorn und Vernunft gesiegt. Moss wollte bei einem einzigen Thema bleiben, dem der Eunuchen.

Tenar konnte ihr nicht viel erzählen. Ihr wurde klar, daß sie nie darüber nachgedacht hatte. Als sie eines der Mädchen in Atuan gewesen war, hatte es kastrierte Männer gegeben; einer von ihnen hatte sie zärtlich geliebt, und sie ihn; sie hatte ihn getötet, um ihm zu entrinnen. Dann war sie auf den Archipel gekommen, wo es keine Eunuchen gab, und hatte sie vergessen, hatte sie zusammen mit Manans Leiche in der Dunkelheit versenkt.

Sie versuchte, Moss' Gier nach Einzelheiten zu befriedigen. »Wahrscheinlich nahmen sie kleine Jungen und ...« Aber sie unterbrach sich. Ihre Hände hörten auf zu arbeiten.

»Wie Therru«, sagte sie nach einer langen Pause. »Wozu ist ein Kind da? Wozu ist es da? Um benützt zu werden. Um vergewaltigt, um kastriert zu werden ... Hör zu, Moss. Als ich an den dunklen Orten lebte, taten sie dort ebendas. Und als ich hierherkam, dachte ich, ich sei in das Licht hinausgetreten. Ich lernte die wahren Worte. Ich hatte meinen Mann, ich gebar meine Kinder, ich hatte ein gutes Leben. Im hellen Tageslicht. Und im hellen Tageslicht taten sie das — dem Kind. Auf den Wiesen am Fluß. Der Fluß, der aus der Quelle entspringt, in der Ogion meiner Tochter den Namen gab. Im Sonnenlicht. Ich versuche herauszufinden, wo ich leben kann, Moss. Verstehst du, was ich meine? Was ich sagen will?«

»Nun, nun«, meinte die Ältere; und nach einer Weile,

»Schätzchen, es gibt genügend Elend, ohne daß du es suchst.« Als sie sah, daß Tenars Hände zitterten, während sie eine eigensinnige Binse zu spalten versuchte, sagte sie wieder:

»Schneid dir an ihnen nicht den Daumen auf, Schätzchen.«

Ged erwachte erst am nächsten Tag. Moss, die sehr geschickt, aber für eine Krankenschwester erschreckend unsauber war, war es geglückt, Fleischsuppe in ihn hineinzulöffeln. »Am Verhungern«, erklärte sie, »und vor Durst ausgetrocknet. Er bekam nicht viel zu essen und zu trinken, wo immer er war.« Nachdem sie ihn noch einmal abgeschätzt hatte, fügte sie hinzu: »Ich glaube, daß er schon zu geschwächt ist. Sie werden schwach, weißt du, und können nicht einmal trinken, obwohl das alles ist, was sie brauchen. Ich habe erlebt, wie ein großer starker Mann so gestorben ist. Innerhalb weniger Tage, zu einem Schatten zusammengeschrumpft, sozusagen.«

Aber mit ihrer unbarmherzigen Geduld brachte sie ein paar Löffelvoll ihres Gebräus aus Fleisch und Kräutern in ihn hinein. »Wir werden ja sehen«, meinte sie. »Vermutlich zu spät. Er stiehlt sich fort.« Sie sprach ohne Bedauern, vielleicht mit Behagen. Der Mann bedeutete ihr nichts; der Tod war ein Ereignis. Vielleicht konnte sie diesen Magier begraben. Man hatte ihr nicht erlaubt, den alten zu begraben.

Am nächsten Tag trug Tenar gerade Salbe auf seine Hände auf, als er erwachte. Er war offensichtlich lang auf Kalessins Rücken geritten, denn er hatte die Eisenschuppen so erbittert umklammert, daß sie ihm die Haut von den Handflächen geschunden hatten und die Innenseite der Finger kreuz und quer zerschnitten war. Noch im Schlaf ballte er die Hände, als wollten sie den nichtvorhandenen Drachen festhalten. Sie mußte ihm die Finger sanft öffnen, um die Wunden zu waschen und zu salben. Während sie das tat, schrie er auf, zuckte zusammen und streckte die Hände aus, als hätte er das Gefühl des Fallens. Er öffnete die Augen. Sie sprach leise. Er sah sie an.

»Tenar«, sagte er, ohne zu lächeln, erkannte sie jenseits jeden Gefühls wieder. Sie empfand reine Freude, wie über einen süßen Geschmack oder eine Blume, weil noch ein Mensch lebte, der ihren Namen kannte, und weil es dieser Mann war.

Sie beugte sich vor und küßte ihn auf die Wange. »Lieg still. Laß es mich weitermachen.« Er gehorchte und schlief bald wieder ein, diesmal mit geöffneten, entspannten Händen.

Als sie später in der Nacht neben Therru einschlief, dachte sie: Aber ich habe ihn vorher nie geküßt. Die Erkenntnis erschütterte sie. Zuerst glaubte sie es nicht. Während der vielen Jahre war doch sicherlich ... Nicht in den Gräbern, aber danach, als sie gemeinsam im Gebirge unterwegs waren ... In *Lookfar,* als sie zusammen nach Havnor segelten ... Als er sie hierher nach Gont brachte ...?

Nein. Ogion hatte sie ebenfalls nie geküßt — und sie ihn auch nicht. Er hatte sie Tochter genannt und sie geliebt, aber er hatte sie nicht berührt; und sie, die als einsame, unberührte Priesterin, als etwas Heiliges, erzogen worden war, hatte keine Berührung gesucht oder nicht gewußt, daß sie sie suchte. Manchmal legte sie Stirn oder Wange einen Augenblick lang auf Ogions offene Hand, und er strich ihr vielleicht über die Haare, einmal, sehr leicht.

Ged hatte nicht einmal das getan.

Habe ich nie daran gedacht? fragte sie sich voll ungläubiger Ehrfurcht.

Sie wußte es nicht. Während sie daran zu denken versuchte, überkam sie heftiges Entsetzen, das Gefühl eines Vergehens, und erstarb dann, bedeutungslos. Ihre Lippen kannten die leicht rauhe, trockene, kühle Haut seiner rechten Wange in der Nähe des Mundes, und nur dieses Wissen war von Bedeutung, hatte Gewicht.

Sie schlief. Sie träumte, daß eine Stimme sie »Tenar! Tenar!« rief und daß sie antwortete, wie ein Meeresvogel rief, im Licht über das Meer flog; aber sie wußte nicht, welchen Namen sie rief.

Sparrowhawk enttäuschte Aunty Moss. Er blieb am Leben. Nach einem Tag oder nach zwei Tagen gab sie ihn als gerettet auf. Sie kam und fütterte ihn mit ihrer Brühe aus Ziegenfleisch, Wurzeln und Kräutern, lehnte ihn an sich, umgab ihn mit dem starken Geruch ihres Körpers, löffelte Leben in ihn hinein und murrte. Obwohl er sie wiedererkannt und sie mit ihrem Gebrauchs-Namen angesprochen hatte und obwohl sie nicht leugnen konnte, daß er anscheinend der Mann namens Sparrowhawk war, wollte sie es nicht wahrhaben. Sie mochte ihn nicht. Er war ganz verkehrt, behauptete sie. Tenar schätzte die Klugheit der Hexe so sehr, daß dies sie beunruhigte, aber sie fand in sich keinen solchen Verdacht, nur die Freude darüber, daß er hier war und daß er langsam ins Leben zurückkehrte. »Wenn er wieder er selbst ist, wirst du schon sehen«, sagte sie zu Moss.

»Er selbst!« wiederholte Moss und machte mit den Fingern eine Bewegung, als bräche sie eine Nußschale auf und ließe sie fallen.

Er fragte sehr bald nach Ogion. Tenar hatte diese Frage gefürchtet. Sie hatte sich gesagt und sich beinahe selbst eingeredet, daß er nicht fragen werde, daß er es so wisse, wie es die Magier wissen, wie es sogar die Zauberer von Gont Port und Re Albi gewußt hatten, als Ogion starb. Aber am vierten Morgen war er wach, als sie zu ihm kam, blickte zu ihr auf und stellte fest: »Dies ist Ogions Haus.«

»Aihals Haus«, sagte sie so leichthin, wie es ihr möglich war; es fiel ihr noch immer nicht leicht, den wahren Namen des Magiers auszusprechen. Sie wußte nicht, ob

Ged den Namen gekannt hatte. Er hatte ihn sicherlich gekannt. Ogion hatte es ihm bestimmt erzählt, oder es war nicht nötig gewesen, daß er es ihm erzählte.

Er reagierte eine Weile nicht, und als er sprach, geschah es ausdruckslos. »Dann ist er tot.«

»Seit zehn Tagen.«

Er sah vor sich hin, als überlege er, versuche, etwas zu Ende zu denken.

»Wann bin ich hierhergekommen?«

Sie mußte sich nahe zu ihm beugen, um ihn zu verstehen.

»Vor vier Tagen, am Abend.«

»Außer mir war niemand in den Bergen«, erklärte er. Dann zuckte sein Körper zusammen und erschauerte, als leide er Schmerzen oder erinnere sich an unerträglichen Schmerz. Er schloß stirnrunzelnd die Augen und holte tief Luft.

Als er seine Kraft allmählich wiedergewann, wurden Tenar dieses Stirnrunzeln, der angehaltene Atem und die geballten Hände vertraut. Seine Kraft kehrte zurück, aber nicht seine Ruhe, seine Gesundheit.

Er saß im Sonnenschein des Sommernachmittags auf der Schwelle des Hauses. Es war die längste Wanderung, die er bis jetzt vom Bett aus unternommen hatte. Er saß auf der Schwelle, blickte in den Tag hinaus, und Tenar, die vom Bohnenbeet her um die Hausecke kam, betrachtete ihn. Er wirkte immer noch aschgrau, schattenhaft. Es waren nicht nur die grauen Haare, sondern es war etwas in der Beschaffenheit von Haut und Knochen, und aus mehr bestand er nicht. In seinen Augen war kein Licht. Doch dieser aschfahle Mann, dieser Schatten, war der gleiche, den sie einst in seiner strahlenden Macht gesehen hatte — das starke Gesicht mit der Adlernase und dem schönen Mund, ein gutaussehender Mann. Er war immer ein stolzer, gutaussehender Mann gewesen.

Sie trat zu ihm.

»Du brauchst vor allem den Sonnenschein«, sagte sie, und er nickte, aber während er in der Flut der Sommerwärme saß, hatte er die Hände geballt.

Er war so still, daß sie dachte, ihre Anwesenheit störe ihn vielleicht. Womöglich konnte er sich bei ihr nicht so wohl fühlen wie früher. Schließlich war er jetzt Oberster Magier — sie vergaß es immer wieder. Und es waren fünfundzwanzig Jahre vergangen, seit sie in den Bergen von Atuan gewandert und zusammen in *Lookfar* über das östliche Meer gesegelt waren.

»Wo befindet sich *Lookfar?*« fragte sie plötzlich; der Gedanke daran hatte sie überrascht, und dann dachte sie: Wie dumm von mir! Es liegt so viele Jahre zurück, und er ist Oberster Magier und hat das kleine Boot jetzt sicherlich nicht mehr.

»In Selidor«, erwiderte er; sein Gesicht war in gleichbleibendem unverständlichen Elend erstarrt.

So lange her wie ewig, so weit entfernt wie Selidor ...

»Die fernste Insel«, sagte sie; es war halb eine Frage.

»Die fernste im Westen«, antwortete er.

Sie saßen nach dem Abendessen am Tisch. Therru war hinausgegangen, um zu spielen.

»Du bist also auf Kalessin aus Selidor gekommen?«

Als sie den Namen des Drachen wieder nannte, sprach dieser sich selbst, formte ihren Mund zu dem Wort und seinem Klang, verwandelte ihren Atem in sanftes Feuer.

Bei dem Namen blickte Ged sie an, ein ausdrucksvoller Blick, und ihr wurde klar, daß er ihr für gewöhnlich nie in die Augen sah. Er nickte. Dann stellte er seine Zustimmung schwerfällig, aber ehrlich richtig: »Von Selidor nach Roke. Und dann von Roke nach Gont.«

Tausend Meilen? Zehntausend Meilen? Sie hatte keine Ahnung. Sie hatte die großen Landkarten in der Schatzkammer von Havnor gesehen, aber niemand hatte sie Zahlen, Entfernungen gelehrt. *So weit entfernt wie*

Selidor ... War der Flug eines Drachen in Meilen zu messen?

»Ged.« Da sie allein waren, verwendete sie seinen wahren Namen. »Ich weiß, daß du große Schmerzen und Gefahren erduldet hast. Wenn du nicht willst ... Vielleicht kannst du es nicht, vielleicht solltest du es mir nicht erzählen — aber wenn ich es wüßte, wenn ich etwas davon wüßte, könnte ich dir vielleicht eine größere Hilfe sein. Ich möchte es gern sein. Sie werden bald aus Roke kommen, um dich zu holen, werden ein Schiff für den Obersten Magier schicken, was weiß ich, werden einen Drachen für dich schicken! Du wirst wieder fort sein. Und wir werden nie miteinander geredet haben.« Während sie sprach, ballte sie die Hände, weil ihr Ton und ihre Worte so falsch klangen. Über den Drachen scherzen — quengeln wie eine vorwurfsvolle Ehefrau.

Er blickte mürrisch, geduldig auf den Tisch, wie ein Bauer, der nach einem schweren Tag auf den Feldern ein häusliches Gewitter über sich ergehen läßt.

»Ich glaube nicht, daß jemand von Roke kommen wird«, antwortete er, und es war für ihn eine solche Anstrengung, daß er erst nach einer Weile fortfuhr. »Gib mir Zeit.«

Sie glaubte, daß das alles war, was er sagen würde, und antwortete: »Ja, natürlich. Entschuldige«, und wollte aufstehen, um den Tisch abzuräumen, als er, noch immer zu Boden blickend, undeutlich sagte: »Ich habe das, jetzt.«

Dann stand er ebenfalls auf, brachte seinen Teller zur Spüle und räumte den Tisch vollends ab. Während Tenar die Reste der Mahlzeit wegtrug, spülte er das Geschirr. Das fiel ihr auf. Sie hatte ihn mit Flint verglichen; aber Flint hatte in seinem ganzen Leben keinen Teller gespült. Frauenarbeit. Doch Ged und Ogion hatten als Junggesellen hier gelebt, ohne Frauen; wo Ged gelebt hatte, hatte es keine Frauen gegeben; deshalb besorgte er ›Frauenarbeit‹, ohne sich etwas dabei zu denken. Es wäre ein Jammer, dachte sie, wenn er darüber nachdächte, wenn er allmählich befürchten würde, daß seine Würde von einem Spültuch abhinge.

Niemand aus Roke kam, um ihn zu holen. In der Zeit, als sie darüber sprachen, hätte es nur ein Schiff schaffen können, dessen Segel der magische Wind auf der gesamten Strecke schwellte; aber die Tage vergingen, und noch immer traf keine Botschaft und kein Zeichen ein. Es kam ihr merkwürdig vor, daß sie ihren Obersten Magier so lange in Ruhe ließen. Wahrscheinlich hatte er ihnen verboten, jemanden zu ihm zu schicken; oder er hatte sich vielleicht dank seiner Zauberkunst hier versteckt, damit sie nicht wußten, wo er sich befand, und damit man ihn nicht erkannte. Denn die Dorfbewohner kümmerten sich noch immer auffallend wenig um ihn.

Daß niemand vom Herrenhaus des Lords von Re Albi heruntergekommen war, war weniger überraschend. Die Lords dieses Hauses hatten sich nie gut mit Ogion vertragen. Im Dorf hieß es, daß Frauen des Hauses der dunklen Künste kundig gewesen seien. Angeblich hatte eine von ihnen einen Lord im Norden geheiratet, der sie lebend unter einem Stein begrub; eine andere hatte sich an dem ungeborenen Kind in ihrem Leib zu schaffen gemacht, um es zu einem Geschöpf der Macht zu machen, und als es zur Welt kam, hatte es tatsächlich Worte gesprochen, aber es hatte keine Knochen. »Wie ein kleiner Sack aus Haut«, flüsterte die Hebamme im Dorf, »ein kleiner Sack mit Augen und einer Stimme, und es trank nie, sondern es sprach in einer fremden Sprache und starb ...« Unabhängig davon, ob diese Geschichten stimmten, hatten die Lords von Re Albi immer Abstand gewahrt. Man hätte annehmen können, daß Tenar, als sie zum erstenmal als Gefährtin des Magiers Sparrowhawk und als Schützling des Magiers Ogion nach Re Albi kam und den Ring von Erreth-Akbe nach Havnor brachte, aufgefordert worden wäre, im Herrenhaus zu wohnen; aber das geschah nicht. Sie hatte statt dessen zu ihrem Entzücken allein in einer winzigen Hütte gelebt, die dem Dorfweber Fan gehörte; sie erblickte die Leute aus dem großen Haus selten und nur von fern. Es gab keine Hausherrin, erzählte ihr Moss, nur den alten, sehr alten Lord, seinen Enkel und den jungen Zauberer Aspen, den man von der Schule auf Roke in Dienst genommen hatte.

Tenar hatte Aspen zum letztenmal gesehen, als Ogion mit Aunty Moss' Talisman in der Hand unter der Buche am Bergpfad begraben worden war. Obwohl es merkwürdig schien, wußte er entweder nicht, daß sich der Oberste Magier von Erdsee in seinem Dorf befand, oder er blieb aus einem unbekannten Grund fern. Der Zauberer von Gont Port, der ebenfalls gekommen war, um Ogion zu begraben, war auch nicht wiedergekommen. Selbst wenn er nicht wußte, daß Ged hier war, war ihm sicherlich bekannt, wer sie war, die Weiße Dame, die den Ring von Erreth-Akbe am Handgelenk getragen hatte, die die Rune des Friedens ergänzt hatte ... Und wie viele Jahre ist das her, alte Frau! sagte sie sich. Bist du ganz von Sinnen?

Dennoch war sie es gewesen, die ihnen Ogions wahren Namen verraten hatte. Ein wenig Höflichkeit waren sie ihr schon schuldig.

Doch Zauberern war Höflichkeit fremd. Sie waren Männer der Macht. Sie hatten nur mit Macht zu tun. Und welche Macht besaß sie jetzt? Welche Macht hatte sie je besessen? Als Mädchen, als Priesterin, war sie ein Gefäß gewesen: Die Macht der dunklen Orte war durch sie geflossen, hatte sie benutzt, sie leer, unberührt zurückgelassen. Als junge Frau hatte ein mächtiger Mann sie mächtiges Wissen gelehrt, und sie hatte es beiseite gelegt, sich von ihm abgewandt, es nicht angerührt. Als Frau hatte sie zur rechten Zeit die Macht einer Frau gewählt und besessen, und die Zeit war vorbei; ihre Zeit als Ehefrau und Mutter lag hinter ihr. In ihr gab es nichts, keine Macht, die irgendwer erkennen konnte.

Doch ein Drache hatte zu ihr gesprochen. »Ich bin Kalessin«, hatte er gesagt, und sie hatte geantwortet: »Ich bin Tenar.«

»Was ist ein Drachenlord?« hatte sie Ged an dem dunklen Ort gefragt, dem Labyrinth, hatte versucht, seine Macht zu bestreiten, ihn dazuzubringen, die ihre anzuerkennen; und er hatte mit jener schlichten Ehrlichkeit geantwortet, die sie immer entwaffnete: »Ein Mann, zu dem Drachen sprechen.«

Sie war also eine Frau, zu der Drachen sprachen. War das das Neue, das noch nicht enthüllte Wissen, der Lichtsame, den sie in sich fühlte, wenn sie unter dem nach Westen blickenden kleinen Fenster erwachte?

Einige Tage nach dem kurzen Gespräch bei Tisch jätete sie Ogions Garten und rettete die Zwiebeln, die sie im Frühjahr gepflanzt hatte, vor dem Unkraut des Sommers. Ged trat durch das Tor im hohen Zaun, der die Ziegen fernhielt, und begann am anderen Ende der Reihe zu jäten. Er arbeitete eine Zeitlang, dann setzte er sich und betrachtete seine Hände.

»Gib ihnen Zeit zu heilen«, meinte Tenar sanft.

Er nickte.

Die hohen, von Stangen gestützten Bohnen in der nächsten Reihe blühten. Ihr Duft war sehr süß. Ged hatte die mageren Arme auf die Knie gestützt und starrte in das sonnenbeschienene Wirrwarr von Ranken, Blüten und herabhängenden Bohnenschoten. Sie sprach, während sie arbeitete: »Als Aihal starb, sagte er: ›Alles hat sich verändert ...‹ Seit seinem Tod klage ich um ihn, trauere ich um ihn, aber etwas hellt meinen Kummer auf. Etwas wird geboren werden — ist freigesetzt worden. Ich weiß es im Schlaf und wenn ich erwache — etwas hat sich verändert.«

»Ja«, bestätigte er, »etwas Böses ist zu Ende gegangen. Und ...«

Nach langem Schweigen begann er wieder. Er sah sie nicht an, aber seine Stimme klang zum erstenmal wie die Stimme, an die sie sich erinnerte, ruhig, leise, mit dem trockenen gontischen Tonfall.

»Erinnerst du dich daran, Tenar, wie wir das erste Mal nach Havnor kamen?«

Kann ich es vergessen? fragte ihr Herz, aber sie schwieg, damit sie ihn nicht wieder ins Schweigen trieb.

»Wir hatten *Lookfar* in den Hafen gebracht und stiegen den Kai hinauf — die Stufen sind aus Marmor. Die Menschen, alle diese Menschen — und du hobst die Hand, um ihnen den Ring zu zeigen ...«

... Ich hielt deine Hand; ich war unsagbar entsetzt: Die Gesichter, die Stimmen, die Farben, die Türme, die Fahnen und Banner, das Gold und Silber, die Musik und alles, was ich kannte, warst du — in der ganzen Welt warst du das einzige, das ich kannte, warst neben mir, als wir gingen ...

»Die Haushofmeister des Königshauses führten uns durch die Straßen voller Menschen zum Fuß des Turms von Erreth-Akbe. Wir stiegen die hohen Stufen hinauf, wir beide allein. Erinnerst du dich?«

Sie nickte. Sie legte die Hände auf die Erde, die sie gejätet hatte, und fühlte die körnige Kühle.

»Ich öffnete die Tür. Sie war schwer, sie klemmte zuerst. Wir gingen hinein. Erinnerst du dich?«

Es war, als bitte er um Bestätigung. Geschah es? Erinnere ich mich?

»Es war eine große hohe Halle«, sagte sie. »Sie erinnerte mich an meine Halle, in der ich gegessen wurde, aber nur deshalb, weil sie so hoch war. Das Licht fiel aus Fenstern weit oben im Turm. Sonnenstrahlen, die einander kreuzten wie Schwerter.«

»Und der Thron«, sagte er.

»Der Thron, ja, ganz in Gold und Rot. Aber leer. Wie der Thron in der Halle in Atuan.«

»Jetzt nicht.« Er blickte über die grünen Zwiebelschößlinge hinweg zu ihr herüber. Sein Gesicht wirkte angespannt, sehnsüchtig, als spräche er von einer Freude, die er nicht fassen konnte. »Es gibt einen König in Havnor, in der Mitte der Welt. Was vorhergesagt wurde, hat sich erfüllt. Die Rune ist geheilt, und die Welt ist ganz. Die Tage des Friedens sind gekommen. Er ...«

Er unterbrach sich, blickte zu Boden und ballte die Fäuste.

»Er trug mich vom Tod ins Leben. Arren von Enlad. Der Lebannen der Lieder, die gesungen werden müssen. Er hat seinen wahren Namen angenommen, Lebann, König von Erdsee.«

»Das ist es also«, fragte sie kniend, ohne ihn aus den Augen zu lassen, »die Freude, das Ins-Licht-Treten?«

Er antwortete nicht.

Ein König in Havnor, dachte sie und sprach es aus: »Ein König in Havnor!«

In ihr entstand die Vision der schönen Stadt, der breiten Straßen, der Türme aus Marmor, der Dächer aus Ziegel und Bronze, der Schiffe mit den weißen Segeln im Hafen, des wunderbaren Thronsaals, in der das Sonnenlicht wie Schwerter hinabfiel, des Reichtums, der Würde und der Harmonie, der Ordnung, die dort herrschte. Sie sah, wie sich die Ordnung von diesem strahlenden Mittelpunkt aus verbreitete wie vollkommene Ringe im Wasser, wie die Geradlinigkeit einer gepflasterten Straße oder eines Schiffs, das vor dem Wind segelt: Es ging den Weg, den es gehen sollte, es führte zum Frieden.

»Du hast es gut gemacht, teurer Freund«, sagte sie.

Er machte eine kleine Bewegung, als wolle er sie am Sprechen hindern, wandte sich ab und drückte die Hand auf den Mund. Sie ertrug es nicht, seine Tränen zu sehen, und beugte sich über ihre Arbeit. Sie zog ein Unkraut heraus und dann das nächste, und die zähe Wurzel riß ab. Sie grub mit den Händen, um die Wurzel des Unkrauts in dem rauhen Boden, im Dunkel der Erde zu finden.

»Goha«, sagte Therrus schwache gesprungene Stimme am Tor, und Tenar drehte sich um. Das Halbgesicht des Kindes sah sie mit dem sehenden und dem geblendeten Auge an. Soll ich ihr erzählen, daß es in Havnor einen König gibt? fragte sich Tenar.

Sie stand auf und trat zum Tor, damit Therru nicht gezwungen war, sich Gehör zu verschaffen. Als sie bewußtlos im Feuer lag, hatte sie Feuer eingeatmet, sagte Beech. »Ihre Stimme ist verbrannt«, erklärte er.

»Ich habe auf Sippy aufgepaßt«, flüsterte Therru, »aber sie ist aus der Geißkleeweide entkommen. Ich kann sie nicht finden.«

Es war die längste Rede, die sie je gehalten hatte. Sie zitterte, weil sie gelaufen war und weil sie versuchte, nicht zu weinen. Wir können nicht alle gleichzeitig weinen, sagte sich Tenar. Das ist dumm, das darf nicht sein! Sie drehte sich um. »Sparrowhawk, eine Ziege ist davongelaufen.«

Er stand sofort auf und kam zum Tor.

»Versuch es beim Quellhaus«, riet er.

Er blickte das Kind an, als sähe er die gräßlichen Narben nicht, als sähe er es kaum: ein Kind, das eine Ziege verloren hatte, das eine Ziege finden mußte. Er sah die Ziege. »Oder sie ist zu der Dorfherde gelaufen«, fügte er hinzu.

Therru lief bereits zum Quellhaus.

»Ist sie deine Tochter?« fragte er Tenar. Er hatte nie zuvor ein Wort über das Kind gesagt, und Tenar konnte in diesem Augenblick nur denken, wie überaus seltsam sich Männer verhielten.

»Nein, auch nicht meine Enkelin. Aber mein Kind«, antwortete sie. Was trieb sie dazu, wieder höhnische Bemerkungen zu machen, ihn zu verspotten?

Er trat in dem Augenblick durch das Tor, da Sippy auf sie zurannte, ein braun-weißer Blitz, dem weit hinten Therru folgte.

»Hi!« rief Ged plötzlich, versperrte der Ziege mit einem Sprung den Weg und trieb sie direkt in das offene

Tor und Tenars Arme, der es gelang, Sippys lockeres Lederhalsband zu fassen. Die Ziege blieb sofort sanft wie ein Lamm stehen und sah mit einem gelben Auge Tenar und mit dem anderen die Zwiebelreihen an.

»Raus«, sagte Tenar und führte sie aus dem Ziegenhimmel hinüber auf die steinigere Weide, auf die sie gehörte.

Ged setzte sich genauso atemlos wie Therru auf den Boden, oder vielleicht war er noch atemloser, denn er keuchte, und ihm schwindelte offensichtlich; aber er weinte wenigstens nicht. Man kann sich darauf verlassen, daß eine Ziege alles verdirbt.

»Heather hätte dich nicht beauftragen dürfen, Sippy zu hüten«, sagte Tenar zu Therru. »Niemand kann Sippy hüten. Wenn sie wieder wegläuft, erzähl es Heather und mach dir keine Sorgen. Ist es gut so?«

Therru nickte. Sie sah Ged an. Sie schenkte Menschen, und erst recht Männern, sehr selten mehr als einen Blick; aber sie betrachtete ihn unverwandt und hatte den Kopf schiefgelegt wie ein Spatz. Wurde ein Held geboren?

Verschlechterung

Die Sonnenwende lag über einen Monat zurück, aber an der Westflanke des Overfells waren die Abende noch immer lang. Therru hatte den ganzen Tag lang mit Aunty Moss Kräuter gesucht, war spät zurückgekommen und zu müde gewesen, um zu essen. Tenar brachte sie zu Bett, setzte sich zu ihr und sang ihr vor. Wenn Therru übermüdet war, konnte sie nicht schlafen, sondern kauerte wie ein gelähmtes Tier in ihrem Bett und wurde von Halluzinationen heimgesucht, bis sie sich in einem alptraumhaften Zustand befand, weder schlief noch wachte und unerreichbar war. Tenar hatte herausgefunden, daß sie diesen Zustand verhindern konnte, wenn sie das Kind in den Armen hielt und es in Schlaf sang. Wenn ihr die Lieder ausgingen, die sie als Frau eines Farmers im Middle Valley gelernt hatte, sang sie endlose kargische Weisen, die sie als Kind-Priesterin bei den Gräbern von Atuan gelernt hatte. Sie schläferte Therru mit dem eintönigen Singsang und den sanften Klagen ein, die einst die Opfer für die Namenlosen Mächte und den Leeren Thron begleitet hatten, der jetzt mit dem Staub und den Trümmern des Erdbebens gefüllt war. Sie spürte in diesen Liedern nur die Macht des Liedes an sich; und sie sang gern in ihrer eigenen Sprache, obwohl sie die Lieder nicht kannte, die eine Mutter in Atuan ihrem Kind vorsang, die Lieder, die ihre Mutter ihr vorgesungen hatte.

Therru schlief endlich tief und fest. Tenar ließ sie vom Schoß ins Bett gleiten und wartete einen Augenblick lang, um sicher zu sein, daß sie weiterschlief. Dann blickte sie sich um, um sich zu vergewissern, daß sie allein war, und legte rasch, beinahe schuldbewußt, aber mit feierlichem Behagen und tiefer Freude ihre schmale, hellhäutige Hand an jene Seite des Kindergesichts, an der das Feuer Auge und Wange zerstört und zerklüftete, strähnige Narben hinterlassen hatte. Unter ihrer Berührung verschwand das alles. Das Fleisch wurde heil, wurde zum runden, weichen, schlafenden Gesicht eines Kindes. Es war, als stelle ihre Berührung die Wirklichkeit wieder her.

Sie zog die Hand leicht und zögernd zurück und sah den nicht behebbaren Schaden, die Genesung, die nie vollständig sein konnte.

Sie bückte sich, küßte die Narbe, erhob sich leise und verließ das Haus.

Die Sonne ging in unermeßlichem perlenschimmernden Dunst unter. Niemand war in der Nähe. Sparrowhawk war wahrscheinlich im Wald unterwegs. Er hatte damit begonnen, regelmäßig Ogions Grab zu besuchen, und hatte Stunden an dem stillen Ort unter der Buche verbracht; als er kräftiger wurde, wanderte er über die Waldwege, die Ogion geliebt hatte. Nahrung besaß offensichtlich keinen Reiz für ihn; Tenar mußte ihn zum Essen auffordern. Er mied Gesellschaft und war nur bestrebt, allein zu bleiben. Therru wäre ihm überallhin gefolgt, und da sie genauso still war wie er, störte sie ihn nicht, aber er war ruhelos, schickte sie bald nach Hause und ging allein weiter; Tenar wußte nie, was er vorhatte. Er kam spät nach Hause, warf sich auf das Bett, um zu schlafen, und war oft schon wieder fort, wenn sie und das Kind erwachten. Sie ließ ihm Brot und Fleisch übrig, damit er es mitnähme.

Sie sah jetzt, daß er über den Wiesenpfad herabkam, der so lang und hart gewesen war, als sie Ogion geholfen hatte, ihn zum letztenmal hinaufzusteigen. Sparrowhawk kam durch die leuchtende Luft, die vom Wind gebeugten Gräser, schritt gleichmäßig aus, war hart wie ein Stein in sein halsstarriges Elend eingeschlossen.

»Wirst du beim Haus bleiben?« fragte sie ihn aus einiger Entfernung. »Therru schläft. Ich möchte ein bißchen umhergehen.«

»Ja. Geh nur«, antwortete er, und sie ging weiter und dachte darüber nach, wie gleichgültig ein Mann den Anforderungen gegenüberstand, die eine Frau beherrschten: daß jemand in der Nähe eines schlafenden Kindes sein mußte, daß die Freiheit des einen die Unfreiheit des anderen bedeutete, es sei denn, daß ein sich stets veränderndes, wandlungsfähiges Gleichgewicht erreicht war, das Gleichgewicht eines Körpers, der sich vorwärtsbewegt, wie sie es soeben tat, auf zwei Beinen, erst das eine, dann das andere, und so die bemerkenswerte Kunst des Gehens ausübte. Dann nahmen die dunkelnden Farben des Himmels und die sanfte Beharrlichkeit des Windes ihre Gedanken gefangen. Sie ging ohne gedankliche Bilder weiter, bis sie zu den Sandsteinfelsen kam. Dort blieb sie stehen und sah zu, wie sich die Sonne im friedlichen rosaroten Dunst verlor.

Sie kniete nieder und fand mit den Augen und dann mit den Fingerspitzen eine lange, flache, undeutliche, bis zum Rand in den Felsen eingekerbte Vertiefung: die Spur von Kalessins Schwanz. Sie folgte ihr immer wieder mit den Fingern, blickte in die Tiefen des Zwielichts, träumte. Einmal sprach sie. Diesmal war der Name kein Feuer in ihrem Mund, sondern zischte und glitt ihr langsam von den Lippen: »Kalessin ...«

Sie blickte nach Osten. Die Gipfel des Gont Mountain oberhalb des Waldes waren rot, fingen das Licht auf, das hier unten verschwunden war. Die Farbe verblaßte, während sie zusah. Sie blickte weg, und als sie wieder hinsah, war der Gipfel grau, düster, die bewaldeten Hänge waren dunkel.

Sie wartete auf den Abendstern. Als er über dem Dunst erstrahlte, ging sie nach Hause.

Nach Hause, nicht zu ihrem Zuhause. Warum befand sie sich hier in Ogions Haus und nicht in ihrem eigenen

Bauernhaus, kümmerte sich um Ogions Ziegen und Zwiebeln und nicht um ihren eigenen Obstgarten und ihre Herden? ›Warte‹, hatte er gesagt, und sie hatte gewartet; der Drache war gekommen; und Ged war jetzt gesund — war gesund genug. Sie hatte das Ihre getan. Sie hatte das Haus gehütet. Sie wurde nicht mehr gebraucht. Es war Zeit, daß sie ging.

Doch sie konnte nicht daran denken, daß sie diesen hohen Felsen, dieses Falkennest verließ und wieder in die Niederung hinunterstieg, in das mühelose Ackerland, das windlose Binnenland; wenn sie daran dachte, verließ sie der Mut und ihr Herz wurde traurig. Was war mit dem Traum, den sie hier, unter dem kleinen, nach Westen gehenden Fenster geträumt hatte? Was war mit dem Drachen, der hier zu ihr gekommen war?

Die Tür des Hauses stand wie immer offen, um Licht und Luft hineinzulassen. Sparrowhawk saß ohne Lampe oder Feuerschein auf einem niedrigen Schemel neben dem gefegten Herd. Er saß oft dort. Sie nahm an, daß dies während seiner kurzen Lehrzeit bei Ogion, als er als Junge hier gelebt hatte, sein Platz gewesen war. Als sie Ogions Schülerin war, war es an Wintertagen ihr Platz gewesen.

Als sie hineinkam, sah er sie an, aber sein Blick war nicht auf die Tür gerichtet gewesen, sondern rechts neben sie, auf die dunkle Ecke hinter der Tür. Dort stand Ogions Stab, ein mannshoher Eichenstock, schwer, am Griff glattgescheuert. Therru hatte den Haselnußstekken und den Erlenstock danebengestellt, die Tenar zurechtgeschnitten hatte, als sie nach Re Albi gegangen waren.

Tenar dachte: Sein Stab, sein Zauberer-Stab aus Eibenholz, den ihm Ogion gegeben hat ... Wo ist er? Und gleichzeitig: Warum habe ich bis jetzt nicht daran gedacht?

Im Haus war es dunkel und stickig. Sie war bedrückt. Sie hatte sich gewünscht, daß er bleiben und mit ihr reden würde, aber jetzt saß er hier, und sie hatte ihm nichts zu sagen, genausowenig wie er ihr.

»Ich habe mir gedacht«, begann sie schließlich und rückte die vier Teller auf der Anrichte aus Eichenholz zurecht, »daß es für mich Zeit ist, auf meine Farm zurückzukehren.«

Er sprach nicht. Vielleicht nickte er, aber sie hatte ihm den Rücken zugekehrt.

Sie war plötzlich müde und wollte zu Bett gehen; aber er saß im Vorderteil des Hauses, und es war noch nicht ganz dunkel; sie konnte sich nicht vor ihm ausziehen. Die Scham machte sie zornig. Sie wollte ihn gerade bitten, für eine Weile hinauszugehen, als er sich räusperte und zögernd sprach.

»Die Bücher. Ogions Bücher. Die Runen und die beiden Sagenbücher. Willst du sie mitnehmen?«

»Mitnehmen?«

»Du warst seine letzte Schülerin.«

Sie trat zum Herd hinüber und setzte sich ihm gegenüber auf Ogions dreibeinigen Stuhl.

»Ich habe gelernt, die Runen des Hardischen zu schreiben, aber ich habe zweifellos das meiste davon vergessen. Er hat mich einige Worte der Drachensprache gelehrt. Einiges davon weiß ich noch. Aber sonst nichts. Ich wurde kein Meister, kein Zauberer. Ich heiratete, weißt du. Hätte Ogion seine Bücher der Weisheit der Frau eines Bauern hinterlassen?«

Nach einer Pause fragte er ausdruckslos: »Hat er sie jemandem hinterlassen?«

»Natürlich dir.«

Sparrowhawk schwieg.

»Du warst sein letzter Lehrling, sein Stolz und sein Freund. Er sprach es nie aus, aber sie gehören natürlich dir.«

»Was soll ich mit ihnen anfangen?«

Sie starrte ihn durch die Dämmerung an. Auf der anderen Seite des Raums schimmerte das westliche Fenster. Die mürrische, unbarmherzige, nichtserklärende Wut in seiner Stimme weckte ihren Zorn.

»Du, der Oberste Magier, fragst mich? Warum behandelst du mich, als wäre ich eine noch größere Törin, als ich bin, Ged?«

Er stand auf. Seine Stimme zitterte. »Merkst du denn nicht — kannst du denn nicht sehen — das ist alles vorbei — damit ist es aus!«

Sie starrte ihn an und versuchte, sein Gesicht zu erkennen.

»Ich besitze keine Macht, nichts. Ich gab alles, was ich hatte — gab es her. Um zu beenden ... Damit ... Es ist geschehen, ich bin damit fertig.«

Sie versuchte seine Worte abzulehnen, aber es gelang ihr nicht.

»Als würde man ein wenig Wasser, eine Tasse Wasser, in den Sand schütten«, sagte er. »In dem trockenen Land. Ich mußte es tun. Aber jetzt habe ich nichts zum Trinken. Und was machte es aus, welchen Unterschied machte es, macht es ... eine Tasse Wasser für die ganze Wüste? Ist die Wüste verschwunden? — Horch! — So flüsterte mir etwas hinter der Tür zu: Horch, horch!

Als ich jung war, ging ich in das trockene Land. Ich traf ihn dort, ich wurde zu ihm, ich vermählte mich mit meinem Tod. Er gab mir Leben. Wasser, das Wasser des Lebens. Ich war ein Brunnen, eine Quelle, floß, gab. Aber dort fließen keine Quellen. Alles, was mir zum Schluß blieb, war eine Tasse Wasser, und die mußte ich in den Sand schütten, in das Bett des trockenen Flusses, in der Dunkelheit auf Felsen. Es ist fort. Es ist vorbei. Erledigt.«

Sie hatte von Ogion und von Ged genug erfahren, um zu wissen, von welchem Land er sprach und daß er zwar in Bildern sprach, daß diese aber nicht Masken der Wahrheit, sondern die Wahrheit selbst waren, wie sie ihm widerfahren war. Sie wußte auch, daß sie bestreiten mußte, was er sagte, obwohl alles stimmte. »Du gestehst dir keine Zeit zu, Ged«, sagte sie. »Die Rückkehr vom Tod ist vermutlich eine lange Reise — sogar auf dem Rücken eines Drachen. Das braucht seine Zeit. Zeit und Ruhe, Schweigen, Stille. Du bist verletzt gewesen. Du wirst genesen.«

Er schwieg lange. Sie glaubte, daß sie das Richtige gesagt und ihm Trost gespendet hatte. Aber er sprach dann doch.

»So wie das Kind?«

Das war ein so scharfes Messer, daß sie nicht spürte, wie es ihr in den Körper drang.

»Ich weiß nicht«, fuhr er mit der gleichen leisen trokkenen Stimme fort, »warum du es zu dir genommen hast, obwohl du wußtest, daß es nicht geheilt werden kann. Obwohl du wußtest, welches Leben es erwartet. Wahrscheinlich ist es ein Teil der Zeit, in der wir gelebt haben — einer dunklen Zeit, eines Zeitalters der Zerstörung, einer Endzeit. Wahrscheinlich nahmst du die Kleine so auf, wie ich mich meinem Feind stellte, weil du nichts anderes tun konntest. So müssen wir im neuen Zeitalter mit der Ausbeute unseres Sieges über das Böse weiterleben. Du mit deinem verbrannten Kind und ich mit überhaupt nichts.«

Die Verzweiflung spricht ruhig, mit leiser Stimme.

Tenar wandte sich um und betrachtete den Stab des Magiers im düsteren Winkel rechts neben der Tür, aber in ihm war kein Licht. Er war innen und außen dunkel. Durch die offene Tür sah man hoch und trüb zwei Sterne. Sie betrachtete sie. Sie wollte wissen, welche Sterne es waren, stand auf und tastete sich am Tisch vorbei zur Tür. Der Dunst war höher gestiegen und es waren nicht viele Sterne sichtbar. Einer von denen, die sie von drinnen gesehen hatte, war der weiße Sommerstern, den sie in Atuan in ihrer eigenen Sprache Tehanu nannten. Den anderen kannte sie nicht. Sie wußte nicht, wie man Tehanu hier auf Hardisch nannte und wie sein wahrer Name lautete, wie die Drachen ihn nannten. Sie wußte nur, wie ihre Mutter ihn genannt hätte, Tehanu, Tehanu. Tenar, Tenar …

»Ged«, fragte sie von der Tür her, ohne sich umzudrehen, »wer hat dich aufgezogen, als du ein Kind warst?«

Er stellte sich neben sie und betrachtete ebenfalls den dunstigen Horizont des Meers, die Sterne, die dunkle Masse des Bergs über ihnen.

»Eigentlich niemand«, antwortete er. »Meine Mutter starb, als ich ein Säugling war. Ich hatte einige ältere Brüder. Ich erinnere mich nicht an sie. Mein Vater, der Schmied, war da. Und die Schwester meiner Mutter. Sie war die Hexe von Ten Alders.«

»Aunty Moss«, warf Tenar ein.

»Jünger. Sie besaß etwas Macht.«

»Wie hieß sie?«

Er schwieg.

»Ich kann mich nicht erinnern«, antwortete er langsam.

Nach einer Weile sagte er: »Sie lehrte mich die Namen. Falke, Wanderfalke, Adler, Fischadler, Hühnerhabicht, Sperber …«

»Wie nennst du diesen Stern? Den weißen hoch oben.«

Er blickte zu ihm hinauf. »Das Herz des Schwans. In Ten Alders nannte man ihn den Pfeil.«

Aber er nannte den Namen nicht in der Sprache des Erschaffens, auch nicht die wahren Namen von Habicht, Falke, Sperber, die die Hexe ihn gelehrt hatte.

»Was ich dort drinnen gesagt habe — war falsch«, flüsterte er. »Ich sollte überhaupt nicht sprechen. Verzeih mir.«

»Wenn du nicht sprechen willst, bleibt mir nichts anderes übrig, als dich zu verlassen.« Sie wandte sich ihm zu. »Warum denkst du nur an dich? Immer an dich? Geh für eine Weile hinaus«, befahl sie ihm zornig. »Ich möchte zu Bett gehen.«

Er murmelte eine Entschuldigung und verließ das Haus; sie trat in die Nische, schlüpfte aus den Kleidern und ins Bett und verbarg ihr Gesicht in der süßen Wärme von Therrus seidigem Nacken.

»Obwohl du weißt, welch ein Leben sie erwartet …«

Ihr Zorn auf ihn, ihr dummes Abstreiten, daß er die Wahrheit ausgesprochen hatte, entsprangen der Enttäuschung. Obwohl Lark immer wieder gesagt hatte, daß man nichts tun könne, hatte sie doch gehofft, daß Tenar die Verbrennungen heilen könne; und obwohl Tenar immer behauptet hatte, daß dies nicht einmal Ogion gelungen wäre, hatte sie gehofft, daß Ged Therru heilen könne — daß er die Hand auf die Narbe legen und daß das Gesicht ganz und wieder heil, das blinde Auge hell, die Krallenhand weich, das zerstörte Leben wiederhergestellt sein würden.

»Obwohl du weißt, welch ein Leben sie erwartet …«

Die abgewandten Gesichter, die Zeichen zur Abwehr des Bösen, das Entsetzen und die Neugierde, das krankhafte Mitleid und die hinterhältige Drohung, denn Leid zieht Leid an … Und nie die Arme eines Mannes. Nie jemand, der sie an sich ziehen würde. Nur Tenar. Oh, er hatte recht, das Kind hätte sterben sollen, sollte besser tot sein. Sie hätte in das trockene Land ziehen lassen sollen, sie, Lark und Ivy, aufdringliche weichherzige, grausame alte Frauen. Er hatte recht, er hatte immer recht. Und die Männer, die sie für ihre Bedürfnisse und Spiele benutzt hatten, die Frau, die zugelassen hatte, daß sie benützt wurde — sie hatten recht gehabt, als sie sie bewußtlos schlugen und in das Feuer stießen, damit sie verbrannte. Nur hatten sie es nicht gründlich gemacht. Sie hatten die Nerven verloren, hatten Leben in ihr gelassen. Das war falsch gewesen. Alles, was sie, Tenar, getan hatte, war falsch. Sie war als Kind den dunklen Mächten gegeben worden: Sie war von ihnen gegessen worden, sie hatte zugelassen, daß sie gegessen wurde. Glaubte sie, daß sie, indem sie das Meer überquerte, andere Sprachen lernte, die Frau eines Mannes, die Mutter von Kindern wurde, einfach ihr Leben lebte, jemals etwas anderes sein konnte, als sie war: ihre Dienerin, ihre Nahrung, ihr Besitz, den sie für ihre Bedürfnisse und Spiele verwendeten? Selbst zerstört, hatte sie die Zerstörte an sich gezogen, Teil ihres eigenen Untergangs, der Leib des eigenen Übels.

Die Haare des Kindes waren fein, warm, rochen süß. Sie hatte sich in der Wärme von Tenars Arm zusammengerollt und träumte. Wie konnte sie das Unrechte sein? Ihr war hoffnungslos Unrecht geschehen, aber sie war nichts Unrechtes. Nicht verloren, nicht verloren, nicht verloren. Tenar hielt sie, rührte sich nicht und richtete ihren Geist auf das Licht in ihren Träumen, auf die Tiefen aus leuchtender Luft, den Namen des Drachen, den Namen des Sterns, Herz des Schwans, der Pfeil, Tehanu.

Sie kämmte die schwarze Ziege, um die feine Unterwolle zu erhalten, die sie spinnen und einem Weber bringen würde, damit er sie zu Stoff verarbeitete, dem seidigen ›Vliesfell‹ von Gont Island. Die alte schwarze Ziege war tausendmal gekämmt worden, mochte es und stemmte sich gegen das Ziehen und Zerren des Drahtkamms. Die ausgekämmten grauschwarzen Haare wuchsen zu einer schmutzigen weichen Wolke an, die Tenar schließlich in einen Netzbeutel stopfte; zum Dank klaubte sie einige Disteln von den Ohren der Ziege und tätschelte anerkennend die runden Flanken. »Bäh«, machte die Ziege und trabte davon. Tenar verließ die eingezäunte Weide, ging zur Vorderseite des Hauses und warf einen Blick auf die Wiese, um sich zu vergewissern, daß Therru noch immer dort spielte.

Moss hatte dem Kind gezeigt, wie man Graskörbchen flocht, und obwohl die verkrüppelte Hand ungeschickt war, bekam sie allmählich heraus, wie sie es am besten bewerkstelligte. Sie saß im Gras und hielt ihre Arbeit im Schoß, aber sie arbeitete nicht. Sie beobachtete Sparrowhawk.

Er stand in einiger Entfernung von ihr, beinahe am Rand des Felsens. Er wandte Therru den Rücken zu und wußte nicht, daß ihn jemand beobachtete, denn er beobachtete einen Vogel, ein junges Turmfalkenweibchen; das Weibchen wieder beobachtete ein kleines Beutetier, das es im Gras entdeckt hatte. Es rüttelte über dem Tier, um die Maus oder Wühlmaus zu erschrecken und in Panik zu versetzen, so daß sie zu ihrem Loch rannte. Der Mann starrte den Vogel genauso hungrig und gespannt an. Er hob die rechte Hand langsam, mit ausgestrecktem Unterarm und schien zu sprechen, obwohl der Wind seine Worte forttrug. Das Falkenweibchen drehte ab, stieß seinen hohen, rauhen, durchdringenden Schrei aus und schoß in die Höhe und auf den Wald zu.

Der Mann senkte den Arm, rührte sich nicht und beobachtete weiterhin den Vogel. Das Kind und die Frau schwiegen. Nur der Vogel flog davon, entkam.

»Er ist einmal als Falke, als Wanderfalke zu mir gekommen«, hatte Ogion an einem Wintertag am Feuer erzählt. Er hatte ihr die Zaubersprüche für das Gestaltwechseln vorgesagt, von Verwandlungen, vom Magier Bordger erzählt, der zum Bären geworden war. »Er flog aus dem Nordwesten zu mir, auf mein Handgelenk. Ich trug ihn zum Feuer hinein. Er konnte nicht sprechen. Weil ich ihn kannte, konnte ich ihm helfen; er konnte den Falken abstreifen und ein Mensch werden. Aber er hatte immer etwas von einem Habicht an sich. In seinem Dorf nannte man ihn Sparrowhawk, weil die wilden Falken auf ein Wort von ihm zu ihm kamen. Wer sind wir? Was bedeutet es, ein Mensch zu sein? Bevor er seinen Namen hatte, bevor er Wissen, bevor er Macht besaß, waren Falke, Mensch, Magier und noch mehr in ihm — er war etwas, das wir nicht benennen können. So sind wir alle.«

Das Mädchen, das am Herd saß, ins Feuer blickte, zuhörte, sah den Falken; sah den Mann; sah, wie die Vögel zu ihm kamen, auf seinen Befehl oder wenn er ihren Namen rief, flügelschlagend kamen und mit den scharfen Krallen seinen Arm umklammerten, sah sich als Falken, als wilden Vogel.

Mäuse

Townsend, der Schafkäufer, der Ogions Nachricht zu der Farm im Middle Valley gebracht hatte, kam an einem Nachmittag zum Haus des Magiers. »Wirst du jetzt, da Lord Ogion tot ist, Ziegen verkaufen?«

»Möglicherweise«, antwortete Tenar ausweichend. Sie hatte sich tatsächlich den Kopf darüber zerbrochen, wie sie weitermachen sollte, wenn sie in Re Albi blieb. Wie jeder Zauberer hatte Ogion seinen Unterhalt bekommen von den Menschen, denen seine Fähigkeiten und seine Macht halfen — in diesem Fall von allen Einwohnern Gonts. Er hätte nur bitten müssen, und was er brauchte, wäre dankbar gegeben worden, eine gute Gegenleistung für das Wohlwollen eines Magiers; aber er mußte nie bitten. Eher mußte er den Überschuß an Nahrung, Kleidung, Werkzeug, Vieh und allen nötigen und unnötigen Bedarfs- und Ziergegenständen verschenken, die ihm angeboten oder die einfach auf seiner Schwelle abgestellt wurden. »Was soll ich denn damit anfangen?« hatte er ratlos gefragt, wenn er mit einer Armvoll empört kreischender Küken oder einem Ballen Vorhangstoff oder Töpfen mit eingelegten Rüben dastand.

Doch Tenar hatte ihren Lebensunterhalt im Middle Valley zurückgelassen. Als sie so plötzlich aufbrach, hatte sie nicht darüber nachgedacht, wie lange sie wegbleiben würde. So hatte sie die sieben Elfenbeinstücke mitgenommen, Flints Schatz; das Geld hätte sie im Dorf ohnehin nur dazu verwenden können, um Land oder Vieh zu kaufen oder ein Geschäft mit einem Händler aus Gont Port abzuschließen, der den reichen Bauern und kleinen Lords von Gont Pellawi-Felle oder Seide aus Lorbanery verkaufte. Flints Farm lieferte ihr alles, was sie und Therru zum Essen und Anziehen brauchten; Ogions sechs Ziegen sowie seine Bohnen und Zwiebel hatten eher seinem Vergnügen als seinen Bedürfnissen gedient. Sie hatte von seiner Vorratskammer gelebt, von den Geschenken der Dorfbewohner, die diese ihr im Andenken an den Magier brachten, und von Aunty Moss' Großzügigkeit. Erst gestern hatte die Hexe gesagt:

»Schätzchen, die Küken meiner Kragenhenne sind geschlüpft, und wenn sie zu scharren beginnen, bringe ich dir zwei oder drei. Der Magier wollte sie nicht haben, sie waren ihm zu laut und zu dumm, aber was ist ein Haus ohne Hühnchen vor der Tür?«

Moss' Hennen betraten und verließen ihr Haus nach Belieben, schliefen auf ihrem Bett und bereicherten die Geruchsmischung in dem dunklen, rauchigen, stinkenden Raum unglaublich.

»Ich habe eine einjährige braun-weiße Geiß, die eine gute Milchziege abgeben wird«, sagte Tenar zu dem Mann mit dem scharfen Gesicht.

»Ich habe an die ganze Herde gedacht«, wandte er ein. »Vielleicht. Sind ja ohnehin nur fünf oder sechs, richtig?«

»Sechs. Wenn du sie dir ansehen willst — sie grasen dort oben auf der Weide.«

»Das werde ich tun.« Aber er rührte sich nicht. Natürlich durfte keine Seite Interesse zeigen.

»Hast du das große Schiff gesehen, das eingelaufen ist?« fragte er.

Ogions Haus blickte nach Westen und Norden, und man sah von dort aus nur die felsigen Landzungen an der Einfahrt in die Bucht, die Armed Cliffs; aber vom Dorf aus konnte man an mehreren Stellen auf die steile, in Schlangenlinien verlaufende Straße nach Gont Port hinunterschauen und die Kais sowie den ganzen Hafen überblicken. Schiffe zu beobachten war in Re Albi ein alltägliches Vergnügen. Auf der Bank hinter der Schmiede, von der aus man die beste Aussicht hatte, saßen meist zwei alte Männer, und obwohl sie wahrscheinlich nie im Leben die fünfzehn Zickzack-Meilen der Straße hinunter nach Gont Port gegangen waren, beobachteten sie das Kommen und Gehen der Schiffe wie ein seltsames und doch vertrautes Schauspiel, das zu ihrer Unterhaltung veranstaltet wurde.

»Aus Havnor, hat der Junge des Schmieds gesagt. Er war unten in Port, um Barren zu kaufen, und ist gestern spät abends zurückgekommen. Er erzählte, daß das große Schiff aus Havnor Great Port kommt.«

Wahrscheinlich sprach er, um sie von dem Preis der Ziegen abzulenken, und sein verschlagener Blick hing vermutlich mit der Form seiner Augen zusammen. Aber Havnor Great Port trieb wenig Handel mit Gont, einer abseits liegenden armen Insel, die nur wegen ihrer Magier, Piraten und Ziegen berühmt war; etwas an den Worten ›das große Schiff‹ beunruhigte oder erschreckte sie, sie wußte nicht, warum.

»Er erzählte auch, daß es in Havnor jetzt einen König gibt«, fuhr der Schafkäufer fort.

»Das wäre gut«, meinte Tenar.

Townsend nickte. »Könnte das ausländische Gesindel fernhalten.«

Tenars ausländischer Kopf nickte freundlich.

»Aber es gibt Leute in Port, denen es vielleicht nicht gefallen wird.« Er meinte die Piratenkapitäne von Gont, deren Herrschaft über die nordöstlichen Meere in den letzten Jahren so sehr zugenommen hatte, daß viele der alten Handelsverbindungen mit den zentralen Inseln des Archipels unterbrochen oder aufgegeben wurden; dadurch wurde jeder auf Gont mit Ausnahme der Piraten ärmer, was jedoch nichts daran änderte, daß die Piraten in den Augen der meisten Bewohner von Gont Helden waren. Womöglich war Tenars Sohn Matrose auf einem Piratenschiff. Und dadurch sicherer als auf einem langsamen Handelsschiff. Besser Hai als Hering, wie das Sprichwort lautete.

»Es gibt immer Unzufriedene, ganz gleich, worum es geht.« Tenar hielt sich instinktiv an die Regeln für ein solches Gespräch, verlor aber allmählich die Geduld, erhob sich und fügte hinzu: »Ich zeige dir die Ziegen. Du kannst sie dir ansehen. Ich weiß nicht, ob wir alle oder überhaupt welche verkaufen werden.« Sie brachte den Mann zum Tor der Geißklee-Weide und ließ ihn dort stehen. Sie mochte ihn nicht. Er konnte nichts dafür, daß er ihr einmal und vielleicht zweimal eine schlechte Nachricht überbracht hatte, aber seine Augen wichen den ihren aus, und sie fühlte sich in seiner Gesellschaft nicht wohl. Sie würde ihm Ogions Ziegen nicht verkaufen. Nicht einmal Sippy.

Nachdem er gegangen war, ohne ein Geschäft abgeschlossen zu haben, wurde sie unruhig. Sie hatte zu ihm gesagt: »Ich weiß nicht, ob wir verkaufen werden«, und es war dumm gewesen, wir statt ich zu sagen; er hatte nicht mit Sparrowhawk sprechen wollen, hatte nicht einmal auf ihn angespielt, was ein Mann, der mit einer Frau verhandelte, sonst immer tat, vor allem dann, wenn sie sein Angebot ablehnte.

Sie wußte nicht, was die Leute im Dorf von Sparrowhawk, seiner Anwesenheit und Abwesenheit hielten. Der hochmütige, schweigsame und in mancher Hinsicht gefürchtete Ogion war ihr Magier und ebenfalls ein Dorfbewohner gewesen. Auf Sparrowhawk waren sie vielleicht wegen seines Namens stolz; der Oberste Magier, der eine Zeitlang in Re Albi gelebt und wunderbare Dinge getan hatte — auf den Ninety Isles einen Drachen überlistet, den Ring von Erreth-Akbe von irgendwoher zurückgebracht —, aber sie kannten ihn nicht. Und er kannte sie nicht. Seit seiner Rückkehr war er nie ins Dorf, immer nur in den Wald, in die Wildnis gegangen. Sie hatte bis jetzt nicht darüber nachgedacht; aber so wie Therru mied er das Dorf.

Sie hatten bestimmt über ihn gesprochen. Es war ein Dorf, und die Menschen redeten. Der Klatsch über das Tun der Zauberer und Magier hielt sich jedoch in Grenzen. Das Thema war zu unheimlich, das Leben der Mächtigen unterschied sich zu sehr von dem ihren, war zu fremdartig. »Laß es sein«, hatten die Dorfbewohner im Middle Valley gesagt, wenn jemand zu unverblümt über einen gerade anwesenden Wettermacher oder ihren eigenen Zauberer Beech herzog. »Laß es sein. Er geht seinen Weg, nicht den unseren.«

Daß sie geblieben war, um einen dieser Mächtigen zu pflegen und ihm zu dienen, war für die Dorfbewohner nichts Fragwürdiges; es war wieder ein Fall von ›Laß es sein‹. Sie war nicht oft im Dorf gewesen; die Leute waren weder freundlich noch unfreundlich zu ihr. Sie hatte einmal in der Hütte der Weberin Fan gewohnt, war der Schützling des alten Magiers gewesen, er hatte Townsend um den ganzen Berg herum nach ihr geschickt; das war alles schön und gut. Aber dann war sie mit dem so schrecklich anzusehenden Kind gekommen; wer würde sich freiwillig am hellichten Tag mit dem Mädchen zeigen? Und welche Frau war bereit, die Schülerin, die Pflegerin eines Zauberers zu sein? Bestimmt war auch hier Hexerei, noch dazu fremde, im Spiel. Aber sie war trotzdem die Frau eines reichen Bauern im Middle Valley, auch wenn er tot und sie seine Witwe war. Wer konnte schon die Denkweise einer Hexe verstehen? Laß es sein, es ist besser, wenn du es sein läßt ...

Sie traf den Obersten Magier von Erdsee, als er am Gartenzaun vorbeiging. »Angeblich ist ein Schiff aus der Stadt Havnor gekommen«, sagte sie.

Er blieb stehen. Er hatte eine Bewegung gemacht, die er rasch unterdrückte, aber es war der Anfang einer Kehrtwendung gewesen, um wegzulaufen, fortzustürzen, davonzurennen wie eine Maus vor dem Falken.

»Was ist los, Ged?« fragte sie.

»Ich kann nicht. Ich kann mich ihnen nicht stellen.«

»Wem?«

»Den Männern des Königs.«

Sein Gesicht war grau geworden, wie bei seiner Ankunft; er sah sich um und suchte ein Versteck.

Sein Entsetzen war so überwältigend und offenkundig, daß sie nur daran dachte, wie sie ihn beschützen könnte. »Du mußt nicht mit ihnen sprechen. Wenn jemand kommt, werde ich ihn fortschicken. Komm ins Haus. Du hast den ganzen Tag lang nichts gegessen.«

»Ein Mann war hier«, stellte er fest.

»Er hat um die Ziegen gefeilscht. Ich habe ihn fortgeschickt. Komm jetzt!«

Er folgte ihr, und als sie im Haus waren, schloß sie die Tür.

»Sie können dir nichts anhaben, Ged. Was sollten sie schon vorhaben?«

Er setzte sich an den Tisch und schüttelte langsam den Kopf. »Nein, nein.«

»Wissen sie, daß du hier bist?«

»Das weiß ich nicht.«

»Wovor hast du Angst?« fragte sie, nicht ungeduldig, aber klar und entschieden.

Er vergrub das Gesicht in den Händen, rieb sich Schläfen und Stirn und blickte zu Boden. »Ich war ...«, begann er. »Ich bin nicht ...«

Das war alles, was er herausbrachte.

Sie unterbrach ihn. »Schon gut, es ist in Ordnung.« Sie wagte nicht, ihn zu berühren, wollte seine Demütigung durch vermeintliches Mitleid nicht noch schlimmer machen. Sie war seinetwegen auf ihn zornig. »Es geht sie nichts an«, fuhr sie fort, »wo du bist oder wer du bist, oder was du tun oder nicht tun willst! Wenn sie zum Schnüffeln kommen, werden sie neugierig wieder heimgehen.« Das war einer von Larks Sprüchen. Sie sehnte sich plötzlich nach der Gesellschaft einer einfachen, vernünftigen Frau. »Außerdem hat das Schiff möglicherweise gar nichts mit dir zu tun. Es kann sein, daß man Piraten vertreiben will. Es wäre ohnehin gut, wenn der König sich dazu entschließen könnte ... Ich habe hinten im Schrank Wein gefunden, zwei Flaschen; ich möchte wissen, wie lange Ogion sie dort versteckt hielt. Uns beiden täte ein Glas Wein, dazu Brot und Käse sicherlich gut. Die Kleine hat zu Abend gegessen und ist mit Heather auf Froschfang gegangen. Vielleicht gibt es heute abend noch Froschschenkel. Aber jetzt mußt du mit Brot und Käse vorliebnehmen. Und Wein. Ich möchte wissen, woher er stammt, wer ihn Ogion gebracht hat, wie alt er ist.« Sie sprach ohne Unterbrechung, das Geplapper einer Frau, ersparte ihm, antworten zu müssen oder ihr Schweigen zu mißdeuten, bis er die schlimmste Scham überwunden, ein wenig gegessen und ein Glas des alten, weichen, roten Weins getrunken hatte.

»Es ist am besten, wenn ich fortgehe, Tenar«, sagte er. »Bis ich gelernt habe der zu sein, der ich jetzt bin.«

»Wohin willst du gehen?«

»Auf den Berg hinauf.«

»Herumwandern — wie Ogion?« Sie sah ihn an. Sie erinnerte sich daran, wie sie mit ihm auf den Straßen von Atuan gegangen war und ihn verspottet hatte. »Betteln Zauberer oft?« Und er hatte geantwortet: »Ja, aber sie versuchen, im Austausch dafür etwas zu geben.«

»Könntest du dich eine Zeitlang als Wettermacher oder als Finder durchbringen?« fragte sie vorsichtig und füllte ihm das Glas.

Er schüttelte den Kopf, trank vom Wein und blickte weg. »Nein. Nichts dergleichen. Weder noch.«

Sie glaubte ihm nicht. Sie wollte sich auflehnen, es bestreiten, ihn fragen. Wie kann das sein, wie kannst du das sagen — als hättest du alles vergessen, was du weißt, alles, was du von Ogion, in Roke und auf deinen Reisen gelernt hast! Du kannst die Worte, die Namen, das Handwerkliche deiner Kunst nicht vergessen haben. Du hast gelernt, du hast dir deine Macht verdient! — Sie erlaubte sich nicht, dies alles auszusprechen, aber sie murmelte: »Ich verstehe es nicht. Wie kann alles ...«

»Eine Tasse Wasser«, antwortete er und neigte sein Glas ein wenig, als wolle er den Inhalt ausschütten. Nach einer Weile meinte er: »Ich verstehe nicht, warum er mich zurückgebracht hat. Die Güte der Jungen ist Grausamkeit ... Jedenfalls bin ich da und muß weitermachen, bis ich zurückkehren kann.«

Sie verstand nicht ganz, was er meinte, aber sie hörte den Vorwurf oder die Beschwerde heraus, und bei ihm erschütterte es sie und machte sie zornig. Sie sagte steif: »Kalessin hat dich hergebracht.«

Weil die Tür geschlossen war und nur das kleine westliche Fenster das Licht des Spätnachmittags einließ, war es im Haus dunkel. Sie konnte seinen Gesichtsausdruck nicht ausmachen; aber dann hob er ihr mit einem schattenhaften Lächeln das Glas entgegen und trank.

»Dieser Wein«, sagte er. »Ein großer Kaufmann oder Pirat muß ihn Ogion gebracht haben. Ich habe nie etwas Gleichwertiges getrunken. Nicht einmal in Havnor.« Er drehte das plumpe Glas in den Händen und betrachtete es. »Ich werde mir irgendeinen Namen zulegen und über den Berg nach Armouth und dem East Forest-Land gehen, woher ich gekommen bin. Sie werden beim Heuen sein. Beim Heuen und bei der Ernte findet man immer Arbeit.«

Sie wußte nicht, was sie ihm antworten sollte. Er war schmächtig und sah kränklich aus, und man würde ihm diese Arbeit nur aus Mitleid oder aus Roheit geben; und wenn er sie bekäme, wäre er nicht imstande, sie zu leisten.

»Die Straßen sind nicht mehr wie früher«, erklärte

sie. »Seit einigen Jahren sind überall Diebe und Banden unterwegs. Ausländisches Gesindel, wie mein Freund Townsend sagt. Aber es ist nicht mehr ungefährlich, allein zu wandern.«

Sie sah ihn im dämmrigen Licht an, um zu beobachten, wie er die Worte aufnahm, und fragte sich für einen Augenblick erschrocken, wie es wohl war — wenn man nie vor einem menschlichen Wesen Angst gehabt hatte —, wie es wohl war, wenn man lernen mußte, Angst zu haben.

»Ogion ist immer ...«, begann er und preßte die Lippen aufeinander; ihm war eingefallen, daß Ogion ein Magier gewesen war.

»Unten im Süden der Insel gibt es viele Herden«, meinte Tenar. »Schafe, Ziegen, Rinder. Man treibt sie vor dem Langen Tanz die Hügel hinauf und läßt sie dort weiden, bis der Regen kommt. Man braucht dort immer Hirten.« Sie trank einen Schluck Wein. Er fühlte sich in ihrem Mund wie der Name des Drachen an. »Warum kannst du nicht einfach hierbleiben?«

»Nicht in Ogions Haus. Es ist der erste Ort, wo sie suchen werden.«

»Und was ist, wenn sie kommen? Was wollen sie von dir?«

»Daß ich der bin, der ich war.«

Die Verzweiflung in seiner Stimme ließ sie erschauern.

Sie schwieg, versuchte sich daran zu erinnern, wie es gewesen war, Macht zu besitzen, die Gegessene zu sein, die Einzige Priesterin der Gräber von Atuan, und dann alles zu verlieren, wegzuwerfen, nur Tenar, nur sie selbst zu werden. Sie dachte daran, wie es war, eine Frau in der Blüte ihres Lebens zu sein, Kinder und einen Mann zu haben und dann alles zu verlieren, alt, verwitwet und machtlos zu sein. Aber trotzdem verstand sie seine Scham, die Qual seiner Demütigung nicht. Vielleicht konnte nur ein Mann so empfinden. Eine Frau gewöhnte sich daran, sich zu schämen.

Vielleicht hatte Aunty Moss recht, und wenn das Fleisch weg war, war die Schale leer.

Hexengedanken, dachte sie, und um ihn und sich selbst auf andere Gedanken zu bringen und weil der milde, feurige Wein den Geist und die Zunge beflügelte, sagte sie: »Weißt du, ich habe daran gedacht, wie Ogion mich lehrte und ich nicht weitermachen wollte, sondern mir einen Bauern suchte und ihn heiratete — als ich das tat, dachte ich an meinem Hochzeitstag, Ged wird zornig sein, wenn er das erfährt.« Sie sagte es lachend.

»Ich war es«, gab er zu.

Sie wartete.

»Ich war enttäuscht«, fügte er hinzu.

»Zornig«, berichtigte sie.

»Zornig«, wiederholte er.

Er schenkte ihr Glas voll.

»Ich besaß damals die Macht, Macht zu erkennen«, erklärte er. »Und du — du leuchtetest an diesem entsetzlichen Ort, dem Labyrinth, in der Dunkelheit ...«

»Dann verrate mir: Was hätte ich mit meiner Macht und dem Wissen, das Ogion mich lehren wollte, anfangen sollen?«

»Sie anwenden.«

»Wie?«

»So wie die Kunst der Magie angewendet wird.«

»Von wem?«

»Von Zauberern«, erwiderte er ein wenig schmerzlich.

»Magie bedeutet die Fertigkeiten, die Künste von Zauberern, von Magiern?«

»Was sollte Magie sonst bedeuten?«

»Ist das alles, was es jemals bedeuten kann?«

Er überlegte und blickte ein oder zwei Mal zu ihr auf.

»Als Ogion mich hier — an diesem Herd — die Worte der Alten Sprache lehrte«, fuhr sie fort, »waren sie in meinem Mund genauso leicht und schwer wie in dem seinen. Es war, als lernte ich die Sprache, die ich vor meiner Geburt gesprochen hatte. Aber der Rest — das Wissen, die Runen der Macht, die Zaubersprüche, die Regeln, das Beschwören der Kräfte —, das alles war für mich tot. Die Sprache eines anderen. Ich hätte hergerichtet sein können wie ein Krieger, dachte ich oft, mit Lanze, Schwert, Helmbusch und allem, aber es hätte nicht zu mir gepaßt. Was sollte ich mit dem Schwert anfangen? Hätte es mich zum Helden gemacht? Ich wäre ich selbst gewesen, aber in einer Verkleidung, die nicht zu mir paßte, das ist alles; ich wäre kaum imstande gewesen zu gehen.«

Sie trank ihren Wein.

»Deshalb habe ich alles abgelegt und meine eigene Kleidung angezogen.«

»Was sagte Ogion, als du ihn verließest?«

»Was sagte Ogion für gewöhnlich?«

Das weckte wieder das schattenhafte Lächeln. Er antwortete nicht.

Sie nickte.

Nach einer Weile fuhr sie sanfter fort: »Er nahm mich auf, weil du mich zu ihm brachtest. Er wollte nach dir keinen Lehrling mehr und hätte nie ein Mädchen aufgenommen, wenn du ihn nicht darum gebeten hättest. Aber er liebte mich. Er behandelte mich mit Ehrerbietung. Und ich liebte und ehrte ihn. Doch er konnte mir nicht geben, was ich wollte, und ich konnte nicht annehmen, was er mir geben konnte. Das wußte er. Als er Therru sah, war es etwas anderes, Ged. Am Tag, bevor er starb. Du behauptest, und Moss behauptet ebenfalls, daß Macht Macht erkennt. Ich weiß nicht, was er in ihr sah, aber er sagte: ›Lehre sie!‹ Und er sagte ...«

Ged wartete.

»Er sagte: ›Sie werden sie fürchten.‹ Und dann sagte er: ›Lehre sie *alles*. Nicht Roke.‹ Ich weiß nicht, was er damit meinte. Wenn ich bei ihm geblieben wäre, wüßte ich es vielleicht, wäre vielleicht imstande, sie zu lehren. Aber ich dachte, Ged wird kommen, er wird es wissen.

Er wird wissen, was er sie lehren soll, was sie wissen muß, mein Mädchen, dem Unrecht geschehen ist.«

»Ich weiß es nicht.« Er sprach sehr leise. »Ich sah … In dem Kind sehe ich nur — das Unrecht, das zugefügt wurde. Das Böse.«

Er trank von seinem Wein.

»Ich habe nichts, was ich ihr geben könnte«, stellte er fest.

Von der Tür kam ein kratzendes leises Geräusch. Er sprang sofort wieder mit hilfloser Bewegung auf und suchte nach einem Versteck.

Tenar ging zur Tür, öffnete sie einen Spalt und roch Moss, bevor sie sie sah.

»Männer im Dorf«, flüsterte die alte Frau dramatisch. »Alle möglichen feinen Leute sind von Port heraufgekommen, von dem großen Schiff aus Havnor City. Sie wollen den Obersten Magier holen, heißt es!«

»Er will sie nicht empfangen«, antwortete Tenar schwach. Sie hatte keine Ahnung, was sie tun sollte.

»Das kann ich mir denken«, meinte die Hexe. Und fügte nach einer erwartungsvollen Pause hinzu: »Wo steckt er denn?«

»Hier«, antwortete Sparrowhawk, trat zur Tür und öffnete sie weiter. Moss musterte ihn schweigend.

»Wissen sie, wo ich mich befinde?«

»Nicht von mir«, antwortete Moss.

»Wenn sie herkommen«, meinte Tenar, »mußt du sie nur fortschicken — schließlich bist du der Oberste Magier …«

Weder er noch Moss beachteten sie.

»Zu meinem Haus werden sie nicht kommen«, erklärte Moss. »Komm mit, wenn du magst.«

Er warf Tenar einen Blick zu und folgte Moss, sprach aber kein Wort.

»Was soll ich ihnen sagen?« fragte Tenar.

»Nichts, Schätzchen«, antwortete die Hexe.

Heather und Therru kamen mit sieben toten Fröschen in einer Netztasche aus dem Sumpf zurück, und Tenar machte sich daran, die Beine für das späte Abendessen der Jäger abzuschneiden und die Haut abzuziehen. Sie war gerade damit fertig, als sie draußen Stimmen vernahm; als sie zur offenen Tür blickte, sah sie Menschen — Männer mit Hüten, Gold funkelte, etwas glitzerte ... »Mistress Goha?« fragte eine höfliche Stimme.

»Kommt herein!« forderte sie sie auf.

Sie kamen herein: fünf Männer, die im niedrigen Raum doppelt so viele zu sein schienen, hochgewachsen und vornehm. Sie blickten sich um und sahen, was sie sahen.

Sie sahen eine Frau, die mit einem langen scharfen Messer in der Hand an einem Tisch stand. Auf dem Tisch lag ein Hackbrett; an einem Ende befand sich ein kleines Häufchen nackter grünlichweißer Beine; auf der anderen Seite ein Haufen fetter, blutiger, toter Frösche. Im Schatten hinter der Tür versteckte sich etwas — ein Kind, aber ein verunstaltetes, entstelltes Kind mit halbem Gesicht und einer Klauenhand. Auf dem Bett in einer Nische saß unterhalb des einzigen Fensters eine große, knochige junge Frau, die sie mit weit aufgerissenem Mund anstarrte. Ihre Hände waren blutig und schlammig, und ihr feuchter Kittel roch nach Brackwasser. Als sie merkte, daß die Männer sie betrachteten, versuchte sie, das Gesicht mit dem Rock zu verbergen, und entblößte dabei die Beine bis zum Schenkel.

Sie wandten den Blick von ihr und dem Kind ab, und die einzige, die sie ansehen konnten, war die Frau mit den toten Fröschen.

»Mistress Goha«, wiederholte einer von ihnen.

»So heiße ich«, antwortete sie.

»Wir kommen aus Havnor, vom König«, begann die höfliche Stimme. Sie konnte gegen das Licht sein Gesicht nicht deutlich erkennen. »Wir suchen den Obersten Magier, Sparrowhawk aus Gont. König Lebannen soll zu Beginn des Herbstes gekrönt werden, und er erbittet vom Obersten Magier, seinem Lord und Freund, bei ihm zu weilen, um ihn auf die Krönung vorzubereiten und ihn zu krönen, wenn er dazu willens ist.«

Der Mann sprach ruhig und förmlich, als wäre sie eine Lady in einem Palast. Er trug eine dunkle Reithose aus Leder und ein Leinenhemd, das vom Aufstieg nach Re Albi staubig war, aber der Stoff war fein, und das Hemd war am Hals goldbestickt.

»Er ist nicht hier«, antwortete Tenar.

Zwei kleine Jungen aus dem Dorf schauten zur Tür herein, zogen sich zurück, guckten wieder und flüchteten unter lautem Geschrei.

»Vielleicht könnt Ihr uns mitteilen, Mistress Goha, wo er sich befindet«, sagte der Mann.

»Das kann ich nicht.«

Sie sah einen nach dem anderen an. Die Angst, die sie zunächst vor ihnen empfunden hatte — vielleicht war Sparrowhawks Panik ansteckend gewesen, oder sie war unsinnigerweise beim Anblick der Fremden aus der Fassung geraten —, legte sich. Sie stand in Ogions Haus; und sie wußte genau, warum Ogion nie Angst vor hohen Herren gehabt hatte.

»Ihr müßt nach dem langen Weg müde sein«, stellte sie fest. »Wollt Ihr Platz nehmen? Ich habe Wein. Einen Augenblick, ich muß die Gläser spülen.«

Sie trug das Hackbrett zur Anrichte, brachte die Froschschenkel in die Speisekammer, kratzte den Rest in den Spülicht-Eimer, den Heather zu Fans Schweinen tragen würde, wusch Arme, Hände und das Messer an der Spüle, schüttete frisches Wasser hinein und spülte die beiden Gläser, aus denen sie und Sparrowhawk getrunken hatten. Im Schrank standen noch ein Glas und zwei Tontassen ohne Henkel. Sie stellte alles auf den Tisch und schenkte den Besuchern Wein ein; in der Flasche war gerade noch genug für alle. Sie hatten Blicke gewechselt und sich nicht gesetzt. Das war zu entschuldigen, denn es gab zu wenig Stühle. Doch die Gesetze der Gastfreundschaft verpflichteten sie anzunehmen, was sie ihnen anbot. Jeder Mann griff mit höflichem Gemurmel nach einem Glas oder einer Schale. Sie hoben die Gefäße und tranken ihr zu.

»Auf mein Wort!« sagte einer von ihnen.

»Andrades — die Spätlese«, meinte ein anderer mit großen Augen.

Ein dritter schüttelte den Kopf. »Andrades — das Drachenjahr«, stellte er feierlich fest.

Der vierte nickte und trank wieder sehr ehrfürchtig.

Der fünfte, der als erster gesprochen hatte, hob Tenar wieder seine Tontasse entgegen und sagte: »Ihr ehrt uns mit einem königlichen Wein, Mistress.«

»Er gehörte Ogion«, antwortete sie. »Dies war Ogions Haus. Es ist Aihals Haus. Ihr wußtet das, Mylords?«

»Ja, Mistress. Der König sandte uns zu diesem Haus, weil er annahm, daß der Oberste Magier herkommen werde; und als in Roke und Havnor der Tod seines Meisters bekannt wurde, war der König seiner Sache noch sicherer. Aber es war ein Drache, der den Obersten Magier von Roke forttrug. Seither sind kein Bote und keine Nachricht von ihm nach Roke oder zum König gelangt. Es liegt dem König sehr am Herzen und ist in unser aller Interesse zu erfahren, ob sich der Oberste Magier hier aufhält und bei guter Gesundheit ist. Kam er hierher, Mistress?«

»Das kann ich nicht sagen«, antwortete sie, aber es war eine billige Zweideutigkeit, die sie wiederholte, und die Männer waren ebenfalls dieser Ansicht. Sie stand hinter dem Tisch und richtete sich auf. »Ich meine damit, daß ich es nicht sagen will. Wenn der Oberste Magier zu kommen wünscht, so wird er kommen. Wenn er wünscht, nicht gefunden zu werden, so werdet Ihr ihn nicht finden. Ihr werdet ihn sicherlich nicht gegen seinen Willen ausfindig machen.«

Der älteste und größte der Männer erklärte: »Des Königs Wille ist der unsere.«

Der erste Sprecher meinte versöhnlicher: »Wir sind nur Boten. Was zwischen dem König und dem Obersten Magier vorgeht, betrifft nur sie beide. Wir sind nur bestrebt, die Botschaft und die Antwort zu überbringen.«

»Wenn es mir möglich ist, werde ich dafür sorgen, daß Eure Botschaft ihn erreicht.«

»Und die Antwort?« fragte der älteste Mann.

Sie schwieg, und der erste Sprecher sagte: »Wir werden einige Tage im Haus des Lords von Re Albi verbringen, der uns seine Gastfreundschaft anbot, als er vom Eintreffen unseres Schiffs erfuhr.«

Sie hatte das Gefühl, daß eine Falle aufgestellt oder eine Schlinge zugezogen wurde, obwohl sie nicht wußte, warum. Sparrowhawks Verletzlichkeit, sein Gefühl der Schwäche hatten sie angesteckt. Beunruhigt setzte sie ihr Aussehen zur Verteidigung ein, den Anschein, daß sie nur eine Haushälterin, eine Hausfrau mittleren Alters war — hatte es nur den Anschein? Es entsprach der Wahrheit, und solche Angelegenheiten waren noch heikler als die Verkleidungen und das Gestaltwechseln der Zauberer. Sie beugte den Kopf und erwiderte: »Das ist schicklicher und bequemer für Eure Lordschaften. Ihr seht, daß wir hier einfach leben, wie es der alte Magier tat.«

»Mit Andrades-Wein«, bemerkte derjenige, der den Jahrgang identifiziert hatte, ein gutaussehender Mann mit hellen Augen und einem gewinnenden Lächeln. Sie behielt ihre Rolle bei und hielt den Kopf gesenkt. Aber als sie sich verabschiedeten und nacheinander hinausgingen, wußte sie, daß unabhängig davon, wie sie sich gab und wie sie aussah, die fünf sehr bald erfahren würden, daß sie Tenar vom Ring war, oder es jetzt schon wußten. Damit würden sie auch wissen, daß sie den Obersten Magier kannte und daß für die Lords der

Weg zu ihm über sie führte, falls sie entschlossen waren, ihn aufzustöbern.

Als sie fort waren, seufzte sie tief auf. Genau wie Heather, die endlich den Mund schloß, der während des Besuchs der Fremden die ganze Zeit über offengestanden hatte. »Nein so was«, bemerkte sie voll tiefer vollkommener Befriedigung und ging hinaus, um nachzusehen, wohin die Ziegen gelaufen waren.

Therru kam aus dem dunklen Winkel hinter der Tür hervor, in dem sie sich mit Ogions Stab, Tenars Erlenstock und ihrem Haselnußstecken verbarrikadiert hatte. Sie bewegte sich in der verkrampften, verstohlenen Art, die sie beinahe abgelegt hatte, seit sie hier lebten, blickte nicht auf und neigte die zerstörte Hälfte des Gesichts zur Schulter.

Tenar trat zu ihr, kniete nieder und schloß sie in die Arme. »Sie werden dir nichts tun, Therru. Sie haben nichts Böses im Sinn.«

Das Kind sah sie nicht an. Sie war in Tenars Armen steif wie ein Holzklotz.

»Wenn du es willst, lasse ich sie nicht mehr ins Haus.«

Nach einer Weile bewegte sich das Kind ein wenig und fragte mit seiner undeutlichen heiseren Stimme: »Was werden sie Sparrowhawk antun?«

»Nichts. Nichts Böses! Sie sind gekommen — sie wollen ihn ehren.«

Aber sie erkannte allmählich, was ihr Versuch, ihn zu ehren, ihm antun würde — sie würden seinen Verlust nicht anerkennen, sie würden seine Trauer um den Verlust nicht anerkennen, würden ihn zwingen, etwas vorzutäuschen, das er nicht mehr war.

Als Tenar das Kind losließ, ging Therru zum Schrank und nahm Ogions Besen heraus. Sie fegte dort, wo die Männer aus Havnor gestanden hatten, mühsam den Boden, fegte ihre Fußabdrücke weg, fegte den Staub ihrer Füße zur Tür hinaus, von der Schwelle.

Tenar, die ihr zusah, faßte einen Entschluß.

Sie trat zu dem Regal, in dem Ogions drei große Bücher standen, und suchte dort. Sie fand mehrere Gänsekiele und eine halb ausgetrocknete Tintenflasche, aber kein Stückchen Papier oder Pergament. Sie biß die Zähne zusammen, weil sie es haßte, etwas so Heiligem wie einem Buch Schaden zuzufügen, falzte an der letzten leeren Seite des Buchs der Runen einen schmalen Streifen und riß ihn ab. Sie setzte sich an den Tisch, tauchte die Feder ein und schrieb. Weder die Tinte noch die Worte flossen leicht. Seit sie vor einem Vierteljahrhundert an diesem Tisch gesessen hatte, während Ogion ihr über die Schulter blickte und sie die Runen des Hardischen und die Großen Runen der Macht lehrte, hatte sie kaum etwas geschrieben. Jetzt schrieb sie:

gehe oak farm in midl valy zu clerbrook
sage goha schickte um garten & schafe zu hüten

Zum Lesen der Botschaft brauchte sie beinahe genausolange wie zum Schreiben. Therru war inzwischen mit dem Fegen fertig und beobachtete Tenar aufmerksam.

Sie fügte zwei Worte hinzu:

heute nacht

»Wo ist Heather?« fragte sie das Kind, während sie das Papier zusammenfaltete. »Sie soll das zu Aunty Moss' Haus bringen.«

Sie sehnte sich danach, selbst hinzugehen, um Sparrowhawk zu sehen, wagte es aber nicht, denn sie befürchtete, daß die Männer sie beobachteten, um sich von ihr zu ihm führen zu lassen.

»Ich gehe«, flüsterte Therru.

Tenar sah sie scharf an.

»Du mußt allein gehen, Therru. Durch das Dorf.«

Das Kind nickte.

»Gib es nur ihm.«

Sie nickte wieder.

Tenar steckte das Papier in Therrus Tasche, drückte sie an sich, küßte sie, ließ sie gehen. Therru ging; jetzt duckte und schlich sie nicht, sondern rannte, ohne zu zögern, flog, fand Tenar, während sie zusah, wie das Kind jenseits des Türrahmens im Abendlicht verschwand, flog wie ein Vogel, ein Drache, frei.

Falken

Therru kam bald mit Sparrowhawks Antwort zurück: »Er hat gesagt, daß er heute nacht aufbrechen wird.«

Tenar nahm es befriedigt zur Kenntnis, erleichtert, daß er ihren Plan angenommen hatte und so den Boten und den Botschaften, die er fürchtete, entkommen würde. Erst nachdem sie Heather und Therru das Froschschenkel-Festessen vorgesetzt, Therru zu Bett gebracht und sie in Schlaf gesungen hatte und ohne Lampe oder Feuerschein auf einem Stuhl saß, wurde ihr das Herz schwer. Er war fort. Er war nicht stark, sondern verwirrt und unsicher, er brauchte Freunde; sie hatte ihn von den Menschen fortgeschickt, die seine Freunde waren, und von jenen, die es sein wollten. Er war fort, und sie mußte bleiben, um die Hunde von seiner Fährte abzulenken, um wenigstens zu erfahren, ob sie in Gont blieben oder nach Havnor zurückkehrten.

Mit der Zeit hielt sie seine Panik und ihr Eingehen darauf für überaus unvernünftig, und sie hielt es für genauso unvernünftig wie unwahrscheinlich, daß er tatsächlich aufbrechen würde. Er würde seinem Verstand folgen und sich einfach in Moss' Haus verstecken, dem letzten Ort auf Erdsee, wo ein König einen Obersten Magier suchen würde. Es wäre viel besser, wenn er hierblieb, bis die Männer des Königs fort waren. Dann konnte er in Ogions Haus zurückkehren, in das er gehörte. Und es würde so weitergehen wie bisher, sie würde für ihn sorgen, bis er seine Kraft wiedererlangte, und er würde ihr seine ihr teure Gesellschaft schenken.

In der Tür hob sich ein Schatten von den Sternen ab. »Schschsch! Wach?« Aunty Moss kam herein. »Er ist fort«, berichtete sie verschwörerisch, frohlockend. »Ist über die alte Waldstraße gegangen. Sagt, daß er morgen die Abkürzung an Oak Springs vorbei zum Weg nach dem Middle Valley nehmen wird.«

»Gut«, meinte Tenar.

Moss war kühner als sonst und setzte sich unaufgefordert. »Ich habe ihm einen Laib Brot und etwas Käse auf den Weg mitgegeben.«

»Danke, Moss. Das war freundlich von dir.«

»Mistress Goha.« In der Dunkelheit verfiel Moss in den Singsang ihres Psalmodierens und ihrer Zaubersprüche. »Ich wollte dir etwas sagen, Schätzchen, ohne über das hinauszugehen, was ich wissen kann, denn ich weiß, daß du unter hochstehenden Persönlichkeiten gelebt hast und eine von ihnen warst, und wenn ich daran denke, versiegelt es mir den Mund. Und doch gibt es Dinge, die du nicht erfahren konntest, auch wenn du die Runen und die Alte Sprache gelernt hast und der Weise und die fremden Länder dich vieles gelehrt haben.«

»Das stimmt, Moss.«

»Also gut. Als wir darüber sprachen, daß eine Hexe die andere, und ein Mächtiger den anderen erkennt, sagte ich — über den, der jetzt fort ist —, daß er, wer immer er gewesen war, jetzt kein Magier ist, und du hast es trotzdem bestritten ... Aber ich hatte recht, nicht wahr?«

»Ja.«

»Ich wußte es.«

»Er hat es selbst gesagt.«

»Natürlich. Weder lügt er, noch behauptet er, daß dies das und das dies ist, bis einem der Kopf brummt, das muß ich ihm lassen. Er zäumt auch nicht das Pferd beim Schwanz auf. Aber ich sage frei heraus, ich bin froh, daß er fort ist, denn es war nicht möglich, es war nicht mehr möglich, wenn es jetzt anders um ihn bestellt ist und so weiter.«

Bis auf den Vergleich mit dem verkehrt aufgezäumten

Pferd hatte Tenar keine Ahnung, wovon Moss sprach. »Ich weiß nicht, warum er solche Angst hat«, bemerkte sie. »Na ja, ich weiß es zum Teil, doch ich begreife nicht, warum er sich sosehr schämt. Er meint, er hätte lieber sterben sollen. Ich weiß, daß man vom Leben nur so viel verstehen muß, daß man seine Arbeit zu tun hat und imstande ist, sie zu tun. Das ist die Freude, der Glanz und alles. Und wenn man die Arbeit nicht tun kann oder sie einem weggenommen wird, welchen Sinn hat dann das Ganze? Man muß etwas haben ...«

Moss lauschte und nickte, als vernehme sie Worte der Weisheit, sagte jedoch nach einer kurzen Pause: »Für einen alten Mann ist es sicherlich merkwürdig, ein fünfzehnjähriger Junge zu sein.«

Tenar hätte beinahe gefragt: ›Wovon sprichst du, Moss?‹ Aber etwas ließ sie schweigen. Sie merkte, daß sie gelauscht hatte, um zu hören, wie Ged von seinen Wanderungen am Berg zurückkam, daß sie dem Klang seiner Stimme lauschte, daß ihr Körper seine Abwesenheit nicht wahrhaben wollte. Sie sah plötzlich zu der Hexe hinüber, einem formlosen schwarzen Klumpen, der auf Ogions Stuhl neben dem leeren Herd saß.

»Ach!« seufzte sie, während ihr unzählige Gedanken gleichzeitig durch den Kopf schossen.

»Deshalb«, sagte sie. »Deshalb habe ich nie ...«

Nach längerem Schweigen fragte sie: »Tun sie — tun die Zauberer — ist es ein Zauber?«

»Natürlich, natürlich, Schätzchen«, antwortete Moss. »Sie verzaubern sich selbst. Manche behaupten, daß sie einen Handel abschließen, wie eine rückgängig gemachte Heirat mit Gelübden und allem, und dann ihre Macht erhalten. Aber für mich klingt das falsch, denn mit den Alten Mächten ein Geschäft abzuschließen ist mehr, als eine echte Hexe vermag. Und der alte Magier erzählte mir, daß sie so etwas nicht tun. Obwohl ich einige Hexen kenne, die es getan haben und dadurch keinen großen Schaden erlitten.«

»Diejenigen, die mich erzogen, taten es, indem sie Jungfräulichkeit versprachen.«

»Ach ja, keine Männer, hast du mir erzählt, und sie waren genauso. Schrecklich!«

»Aber warum, aber warum — warum habe ich nie nachgedacht ...«

Die Hexe lachte laut. »Weil das ihre Macht ist, Schätzchen. Du denkst nicht. Du kannst es nicht. Und sie tun es auch nicht, sobald sie den Zauber gewirkt haben. Wie könnten sie? Angesichts ihrer Macht? Es ist nicht möglich, nicht wahr, nicht möglich. Man bekommt nur, wenn man genausoviel hergibt. Das gilt für alle. Das wissen die Zauberer, die Mächtigen, besser als jeder andere. Aber es ist für einen Mann unangenehm, kein Mann zu sein, auch wenn er die Sonne vom Himmel holen kann. Deshalb verdrängen sie es mit dem Fesselungszauber aus ihrem Geist. Und sie halten sich daran. Nicht einmal in der schlechten Zeit, in der wir jetzt leben, da Zaubersprüche danebengehen und das alles, habe ich je von einem Zauberer gehört, der diesen Zauber gebrochen und seine Macht für die Lust seines Körpers genutzt hätte. Selbst der Schlechteste hätte Angst davor. Natürlich gibt es solche, die Illusionen beschwören, aber sie betrügen sich nur selbst. Es gibt unbedeutende Hexer von geringem Ansehen, Pfuscher und solche Burschen, die es bei Landfrauen mit Verführungszaubern versuchen, aber soweit ich es sehe, sind diese Zauber nicht sehr mächtig. Eine Macht ist so groß wie die andere, und jede geht ihren eigenen Weg. So sehe ich es.«

Tenar dachte lange nach. Schließlich sagte sie: »Sie sondern sich ab.«

»Ja. Das muß ein Zauberer tun.«

»Aber du tust es nicht.«

»Ich? Ich bin eine alte Hexe, Schätzchen.«

»Wie alt?«

Als Moss nach einer Minute wieder sprach, schwang

in der Dunkelheit etwas wie Lachen in ihrer Stimme mit: »Alt genug, um nicht in Schwierigkeiten zu geraten.«

»Aber du hast gesagt ... Du warst nicht keusch.«

»Was ist das, Schätzchen?«

»Wie die Zauberer.«

»O nein. Nein, nein! Ich war nie besonders hübsch, aber ich hatte eine Art, sie anzusehen ... Ich verhexte sie nicht, du weißt, Schätzchen, was ich meine ... Es gibt eine Art, wie man sie ansieht, und er kam wieder, so sicher wie eine Krähe krächzt, nach einem Tag oder nach zwei oder drei kam er wieder bei mir vorbei — ›Ich brauche eine Salbe für meinen räudigen Hund‹, ›Ich brauche einen Tee für meine kranke Großmutter‹ —, aber ich wußte, was sie brauchten, und wenn ich sie wirklich mochte, bekamen sie es vielleicht. Aus Liebe, aus Liebe — ich bin nicht eine von denen, du weißt schon, obwohl es manche Hexen vielleicht tun, aber sie sind eine Schande für die Zunft, finde ich. Ich übe meine Kunst gegen Bezahlung aus, aber mein Vergnügen nehme ich mir aus Liebe, das ist meine Meinung. Es war nicht immer nur ein Vergnügen. Ich war lange Zeit, jahrelang, nach einem Mann verrückt, er war ein gutaussehender Mann, aber er hatte ein hartes, kaltes Herz. Er ist längst tot. Vater des Townsend, der zurückgekommen ist, um hier zu leben, du kennst ihn. Ich hatte mein Herz an diesen Mann verloren, und ich benützte meine Kunst, ich habe eine Menge Zauber über ihn gewirkt, aber alles war vergebens. Alles umsonst. In einer Rübe fließt kein Blut ... Und ich bin vor allem deshalb nach Re Albi gekommen, als ich ein Mädchen war, weil ich durch einen Mann in Gont Port in Schwierigkeiten geraten war. Davon darf ich nicht sprechen, denn sie waren reiche, mächtige Leute. Sie hatten die Macht, nicht ich! Sie wollten nicht, daß sich ihr Sohn mit einem gewöhnlichen Mädchen wie mir einließ, nannten mich dreckige Schlampe, und sie hätten mich aus dem Weg geräumt, wie man eine Katze umbringt, wenn ich nicht hierher geflüchtet wäre. Aber ich mochte den Jungen mit den runden glatten Armen und Beinen und den großen dunklen Augen. Ich sehe ihn nach all den Jahren deutlich vor mir ...«

Sie saßen lange Zeit schweigend in der Dunkelheit.

»Mußtest du deine Macht aufgeben, wenn du einen Mann hattest, Moss?«

»Kein Stückchen davon«, erwiderte die Hexe selbstgefällig.

»Aber du hast behauptet, daß man nur bekommt, wenn man gibt. Ist es denn bei Männern und Frauen verschieden?«

»Was ist an ihnen nicht verschieden, Schätzchen?«

»Ich weiß nicht recht«, meinte Tenar. »Mir kommt es so vor, daß wir die meisten Unterschiede erfinden und uns dann darüber beklagen. Ich sehe nicht ein, warum die Kunst der Magie, warum Macht für einen Hexer etwas anderes sein sollte als für eine Hexe. Es sei denn, die Macht an sich ist anders. Oder die Kunst.«

»Der Mann gibt, die Frau empfängt, Schätzchen.«

Tenar schwieg, war jedoch nicht zufriedengestellt.

»Unsere Macht ist im Vergleich zu der ihren nur scheinbar klein«, meinte Moss. »Aber sie reicht tief. Sie besteht nur aus Wurzeln. Sie ist wie altes Brombeerdikkicht. Die Macht eines Zauberers ist vielleicht wie eine Fichte, groß, hoch und prächtig, aber ein Sturm wirft sie um. Nichts kann ein Brombeerdickicht töten.« Sie kicherte gackernd, weil ihr der Vergleich gefiel. »Also gut«, meinte sie dann fröhlich, »wie ich sagte, ist es wahrscheinlich gut, daß er aus dem Weg und auf dem Weg ist, damit die Leute im Ort nicht zu reden beginnen.«

»Zu reden?«

»Du bist eine ehrbare Frau, Schätzchen, und der Ruf einer Frau ist ihr Reichtum.«

»Ihr Reichtum«, wiederholte Tenar ausdrucklos und

sagte es noch einmal: »Ihr Reichtum. Ihr Schatz. Ihr Hort. Ihr Wert ...« Sie stand auf, weil sie nicht imstande war stillzusitzen, streckte Rücken und Arme. »Wie die Drachen, die Höhlen fanden, die Festungen für ihren Schatz, ihren Hort bauten, um sicher zu sein, um auf ihrem Schatz zu schlafen, um ihr Schatz zu sein. Nimm, nimm und gib nie!«

»Den Wert eines guten Rufes erkennt man, wenn man ihn verloren hat«, stellte Moss trocken fest. »Er ist nicht alles. Aber es ist schwer, ihn durch etwas anderes zu ersetzen.«

»Würdest du darauf verzichten, eine Hexe zu sein, um ehrbar zu werden, Moss?«

»Das weiß ich nicht«, antwortete Moss nach einer Weile nachdenklich. »Ich weiß nicht, ob ich weiß, wie man ehrbar ist. Ich habe vielleicht die eine Gabe, aber nicht die andere.«

Tenar trat zu ihr und ergriff ihre Hände. Moss, die diese Geste überraschte, stand auf und wich ein wenig zurück; aber Tenar zog sie an sich und küßte sie auf die Wange.

Die Ältere hob die Hand und berührte schüchtern Tenars Haare, eine Liebkosung, wie Ogion es getan hatte. Dann zog sie sich zurück, murmelte, daß sie nach Hause gehen müsse, trat zur Tür und fragte von dort aus: »Oder wäre es dir lieber, wenn ich bleibe, weil die Fremden in der Gegend sind?«

»Geh nur«, antwortete Tenar. »Ich bin an Fremde gewöhnt.«

Als sie in dieser Nacht am Einschlafen war, gelangte sie wieder in die großen Tiefen von Wind und Licht, aber das Licht war rauchig, rot, orangerot und bernsteinfarben, als wäre die Luft Feuer. Sie war und war nicht in diesem Element; sie flog mit dem Wind und war der Wind, das Wehen des Windes, die Kraft, die frei war; und keine Stimme rief sie.

Am Morgen saß sie auf der Türschwelle und bürstete sich die Haare. Sie war nicht blond wie viele kargische Menschen; ihre Haut war blaß, aber ihr Haar dunkel. Es war noch immer dunkel, kaum ein grauer Faden in ihm. Sie hatte es mit einem Teil des Wassers gewaschen, das sie erhitzte, um die Kleidung zu waschen, denn sie hatte beschlossen, an diesem Tag große Wäsche zu halten; Ged war fort und ihr Ruf in Sicherheit. Sie trocknete die Haare in der wärmenden Sonne und bürstete sie. An dem heißen windigen Morgen erzeugte die Bürste Funken, die an den wehenden Enden des Haars knisterten.

Therru stellte sich hinter sie und sah zu. Tenar drehte sich zu ihr um und merkte, daß sie vor Konzentration beinahe zitterte.

»Was ist, Vögelchen?«

»Das Feuer fliegt heraus«, antwortete das Kind ängstlich oder jubelnd. »Über den ganzen Himmel!«

»Es sind nur die Funken aus meinem Haar«, erklärte Tenar ein wenig verblüfft. Therru lächelte, und sie wußte nicht, ob sie das Kind jemals lächeln gesehen hatte. Therru streckte beide Hände aus, die unversehrte und die verbrannte Hand, aus, als wolle sie etwas, das um Tenars offene schwebende Haare flog, berühren und ihm folgen. »Die Feuer fliegen alle heraus«, wiederholte sie und lachte.

In diesem Augenblick fragte sich Tenar zum erstenmal, wie Therru sie — die Welt — sah, und wußte, daß sie es nicht wußte: daß sie nicht wissen konnte, was man mit einem Auge sieht, das verbrannt ist. Ogions Worte, *Sie werden sie fürchten,* fielen ihr ein; aber sie empfand keine Angst vor dem Kind. Statt dessen bürstete sie ihr Haar noch einmal kräftig, damit die Funken flogen, und vernahm wieder das leise, heisere, entzückte Lachen.

Sie wusch die Laken, die Tischtücher, ihre Hemden, ihr zweites Kleid und Therrus Kleider und legte alles (nachdem sie sich vergewissert hatte, daß sich die Ziegen auf der eingezäunten Weide befanden) in die Wiese, damit es auf dem Gras trocknete; sie beschwerte die Wäsche mit Steinen, denn der Wind war böig und spätsommerlich stürmisch.

Therru war gewachsen. Sie war für ihr Alter — sie mußte etwa acht Jahre alt sein — noch immer sehr klein und mager, aber in den letzten beiden Monaten, als ihre Verletzungen endlich geheilt waren und sie schmerzfrei wurde, hatte sie begonnen, mehr herumzulaufen und mehr zu essen. Sie wuchs rasch aus ihren Kleidern heraus, abgelegten Sachen von Larks Jüngster, einer Fünfjährigen.

Tenar überlegte, daß sie ins Dorf gehen, Weber Fan besuchen und ihn fragen sollte, ob er ihr im Austausch für das Spülicht, das sie ihm für seine Schweine geschickt hatte, ein oder zwei Stoffstücke geben würde. Sie hatte Lust, etwas für Therru zu nähen. Und sie wollte auch gern den alten Fan besuchen. Ogions Tod und Geds Krankheit hatten sie vom Dorf und den Leuten ferngehalten, die sie dort gekannt hatte. Die beiden Männer hatten sie wie immer weggezogen von dem, was sie konnte, was sie tun konnte, von der Welt, die sie für ihr Leben gewählt hatte — keiner Welt der Könige und Königinnen, der Großmächte und Herrschaftsbereiche, der hohen Künste, der Reisen und Abenteuer (das dachte sie, während sie sich vergewisserte, daß Therru bei Heather war, und in den Ort aufbrach), sondern einer Welt der einfachen Leute, die einfache Dinge taten, wie heiraten, Kinder aufziehen, den Boden bebauen, nähen und Wäsche waschen. Sie dachte fast rachsüchtig daran, so als schicke sie den Gedanken Ged hinterher, der jetzt zweifellos auf halbem Weg ins Middle Valley war. Sie stellte sich ihn auf der Straße in der Nähe des Tals vor, in dem sie und Therru geschlafen hatten. Sie stellte sich den schlanken Mann mit dem aschblonden Haar vor, wie er allein, schweigend wanderte, einen halben Laib Hexenbrot in der Tasche und eine Last Trübsal im Herzen.

»Es ist vielleicht Zeit, daß du es herausfindest«, sandte sie ihm zu. »Zeit zu lernen, daß du auf Roke nicht alles gelernt hast!« Während sie ihm so im Geist eine Strafpredigt hielt, sah sie ein anderes Bild vor sich: Sie sah Ged in der Nähe eines der Männer, die auf der Straße gestanden und auf sie und Therru gewartet hatten. Sie sagte unwillkürlich: »Sei vorsichtig, Ged!« Sie fürchtete um ihn, denn er trug nicht einmal einen Stock. Sie sah nicht den großen Kerl mit den haarigen Lippen, sondern einen anderen von ihnen, einen jüngeren Mann mit Ledermütze, den Mann, der Therru unverwandt angestarrt hatte.

Sie blickte auf und sah die kleine Hütte neben Fans Haus, in der sie gewohnt hatte, als sie hier lebte. Zwischen der Hütte und ihr ging ein Mann vorbei. Es war der Mann, an den sie sich erinnerte, den sie vor sich gesehen hatte, der Mann mit der Ledermütze. Er ging an der Hütte, an dem Haus des Webers, vorbei; er hatte sie nicht bemerkt. Sie sah zu, wie er, ohne anzuhalten, die Dorfstraße hinaufging. Er ging entweder zu der Abzweigung der Hügelstraße oder zum Herrenhaus.

Tenar folgte ihm in einiger Entfernung, ohne zu überlegen warum, bis sie sah, welche Straße er einschlug. Er ging den Hügel hinauf zur Domäne des Lords von Re Albi, nicht die Straße hinunter, die Ged eingeschlagen hatte.

Sie drehte sich um und besuchte den alten Fan, den Fächer.

Obwohl Fan, wie viele Weber, beinahe wie ein Einsiedler lebte, war er auf seine schüchterne Art freundlich zu dem kargischen Mädchen gewesen — und wachsam. Wie viele Menschen, dachte sie, hatten ihre Ehrbarkeit bewacht! Fan war jetzt beinahe blind und hatte ein Lehrmädchen, das den größten Teil des Webens besorgte. Er freute sich, Besuch zu bekommen. Er saß beinahe feierlich auf einem alten geschnitzten Stuhl unter dem Gegenstand, von dem sich sein Gebrauchsname ableitete, einem sehr großen bemalten Fächer, dem Familienschatz, dem Geschenk, so lautete die Geschichte, eines großzügigen Piraten an Fans Großvater, weil dieser in drängender Zeit sehr rasch Segel angefertigt hatte. Der Fächer war an der Wand aufgeklappt zur Schau gestellt. Als Tenar den Fächer ansah, erkannte sie die zart gemalten Männer und Frauen in ihren prachtvollen rosaroten, jadefarbenen und azurblauen Roben, die Türme, Brücken und Banner von Havnor Great Port wieder. Besucher von Re Albi wurden oft hierhergeführt, um ihn zu besichtigen. Alle waren sich darüber einig, daß er das Schönste im Dorf war.

Sie bewunderte ihn, weil dies dem alten Mann Freude bereitete und weil der Fächer wirklich sehr schön war, und er fragte: »Du hast auf allen deinen Reisen nicht viel gesehen, das ihm gleichkam, was?«

»Nein, nein. Es gibt im Middle Valley überhaupt nichts wie ihn.«

»Als du hier, in meiner Hütte lebtest, habe ich dir da je seine andere Seite gezeigt?«

»Die andere Seite? Nein.« Jetzt bestand er darauf, den Fächer herunterzuholen; doch sie mußte hinaufsteigen und es tun, indem sie vorsichtig die Nägel herauszog, denn Fan sah nicht gut genug und konnte nicht mehr auf einen Stuhl steigen. Er erteilte ihr besorgt Anweisungen. Sie legte ihm den Fächer in die Hände, und er beobachtete ihn mit trüben Augen, schloß ihn halb, um sich zu vergewissern, daß die Stäbe frei spielten, dann schloß er ihn ganz, drehte ihn um und reichte ihn ihr.

»Öffne ihn langsam!« befahl er.

Sie gehorchte. Als sich die Falten des Fächers bewegten, bewegten sich Drachen. Die schwach und fein auf die vergilbte Seide gemalten blaßroten, blauen, grünen Drachen bewegten und gruppierten sich, so wie die Gestalten auf der anderen Seite zwischen Wolken und Berggipfeln Gruppen bildeten.

»Halt ihn ans Licht!« forderte sie der alte Fan auf.

Sie tat es und sah beide Seiten, beide Bilder, die durch das durch die Seide fließende Licht zu einem Bild wurden, so daß die Wolken und Gipfel die Türme der Stadt, und die Männer und Frauen geflügelt waren und die Drachen mit menschlichen Augen blickten.

»Siehst du es?«

»Ich sehe es«, murmelte sie.

»Ich kann es nicht mehr sehen, aber ich sehe es im Geist. Ich zeige es nicht vielen.«

»Es ist ganz wunderbar.«

»Ich wollte es dem alten Magier zeigen«, meinte Fan, »aber wie es so geht, kam ich nie dazu.«

Tenar wendete den Fächer noch einmal vor dem Licht, dann befestigte sie ihn wieder wie vorher, die Drachen in der Dunkelheit versteckt, die Männer und Frauen im Tageslicht umhergehend.

Dann führte Fan sie hinaus, um ihr seine Schweine zu zeigen, ein schönes Paar, das für die Herbstwürste ordentlich Fett ansetzte. Sie sprachen über Heathers Unzulänglichkeiten als Spülichtträgerin. Tenar erzählte ihm, daß sie gern ein Stückchen Stoff für ein Kinderkleid hätte, und er war entzückt, zog für sie eine ganze Bahn feinen Bettleinens heraus, während die junge Frau, die sein Lehrmädchen war und anscheinend nicht nur sein Handwerk, sondern auch seine Ungeselligkeit übernommen hatte, gleichmäßig und mürrisch am breiten Webstuhl klapperte.

Auf dem Heimweg stellte sich Tenar vor, wie Therru an diesem Webstuhl saß. Es wäre ein anständiger Lebensunterhalt. Der größte Teil der Arbeit war langweilig, immer wieder das gleiche, aber Weben war ein ehrbares Handwerk und wurde in manchen Händen zu einer edlen Kunst. Die Leute erwarteten von den Webern, daß sie ein wenig scheu, oft unverheiratet waren, weil sie in ihrer Arbeit aufgingen; doch sie wurden geachtet. Und wenn Therru zu Hause an einem Webstuhl arbeitete, mußte sie nicht ihr Gesicht zeigen. Aber die Klauenhand? Konnte diese Hand das Schiffchen schießen, die Kette anscheren?

Und sollte sie sich ihr Leben lang verstecken?

Doch was sollte sie tun? »Obwohl du wußtest, welch für ein Leben sie erwartet ...«

Tenar zwang sich, an etwas anderes zu denken. An das Kleid, das sie nähen wollte. Die Kleider von Larks Töchtern waren rauh und selbstgesponnen, unansehnlich wie Schlamm. Sie konnte die Hälfte der Bahn färben, vielleicht gelb oder mit roter Färberwurzel aus dem Sumpf; und dann eine weiße weite Schürze oder ein weißes Überkleid mit einer Rüsche. Sollte sich das Kind an einem Webstuhl in der Finsternis verstecken und nie eine Rüsche am Rock tragen? Es würde noch genug Stoff für ein Hemd und eine zweite Schürze übrigbleiben, wenn sie geschickt zuschnitt.

»Therru!« rief sie, als sie sich dem Haus näherte. Als sie fortging, waren Heather und Therru auf der Besenginsterweide gewesen. Sie rief wieder, weil sie Therru den Stoff zeigen und ihr vom Kleid erzählen wollte. Heather, die Sippy an einem Strick hinter sich herzog, kam glotzend vom Quellhaus.

»Wo ist Therru?«

»Bei dir«, antwortete Heather so unbekümmert, daß Tenar sich nach dem Kind umsah, bevor sie begriff, daß Heather keine Ahnung hatte, wo Therru steckte, und einfach behauptet hatte, was sie gern wahrgehabt hätte.

»Wo hast du sie gelassen?«

Heather wußte es nicht. Sie hatte Tenar noch nie in Stich gelassen; sie hatte anscheinend verstanden, daß man Therru mehr oder weniger im Auge behalten mußte, wie eine Ziege. Aber vielleicht war es die ganze Zeit über Therru gewesen, die das begriffen hatte und in Sichtweite geblieben war? Das dachte Tenar, und weil sie von Heather keinen verständlichen Hinweis bekam, begann sie das Kind zu suchen und nach ihm zu rufen, und erhielt keine Antwort.

Sie blieb dem Rand des Felsens so lange fern, wie es ihr möglich war. An ihrem ersten Tag in Ogions Haus hatte sie Therru erklärt, daß sie nie allein über die steilen Wiesen unterhalb des Hauses oder am Steilabfall im Norden entlanggehen durfte, weil man mit einem Auge Entfernung oder Tiefe nicht genau abschätzen konnte. Das Kind hatte gehorcht. Sie gehorchte immer. Doch Kinder vergessen. Aber sie würde es nicht vergessen. Vielleicht war sie nahe an den Rand geraten, ohne es zu merken. Doch sie war sicherlich zu Moss' Haus gegangen. Das war es — weil sie gestern abend allein dorthingegangen war, ging sie wieder dorthin. Das war es, natürlich.

Sie war nicht dort. Moss hatte sie nicht gesehen.

»Ich werde sie finden, ich werde sie finden, Schätzchen«, versicherte sie Tenar; aber statt den Waldweg hinaufzugehen, um Therru zu suchen, knotete sich Moss als Vorbereitung zu einem Such-Zauber die Haare zusammen.

Tenar lief zu Ogions Haus zurück und rief unterwegs immer wieder Therrus Namen. Diesmal blickte sie auf die steilen Wiesen unterhalb des Hauses hinunter und hoffte, die kleine Gestalt zwischen den Felsen zu sehen, wo sie hockte und spielte. Doch sie erblickte nur das zerfurchte dunkle Meer am Ende der abfallenden Wiesen, und ihr wurde schwindlig und übel.

Sie ging zu Ogions Grab und ein kurzes Stück an ihm vorbei den Waldweg hinauf und rief. Als sie über die Wiese zurückkam, jagte das Turmfalkenweibchen an der gleichen Stelle, an der Ged es beobachtet hatte. Diesmal stürzte es hinunter, schlug zu und erhob sich mit einem kleinen Geschöpf in den Fängen. Es flog rasch zum Wald. Sie füttert ihre Jungen, dachte Tenar. Die unterschiedlichsten Gedanken schossen ihr sehr deutlich und genau durch den Kopf, als sie an der jetzt trockenen, auf dem Gras ausgebreiteten Wäsche vorbeikam, sie mußte sie vor dem Abend hereinholen. Sie mußte sorgfältiger in der Nähe des Hauses, des Quellhauses, des Melkschuppen suchen. Es war ihr Fehler. Sie war daran schuld, weil sie daran gedacht hatte, Therru zu einer Weberin zu machen, sie in die Dunkelheit wegzuschließen, damit sie dort arbeitete, damit sie ehrbar war. Obwohl Ogion gesagt hatte: »Lehre sie, lehre sie alles, Tenar!« Obwohl sie wußte, daß ein Unrecht nicht wiedergutgemacht werden konnte, sondern überwunden werden mußte. Obwohl sie wußte, daß das Kind ihr gegeben worden war und sie ihre Aufgabe nicht erfüllt hatte; sie hatte Therrus Vertrauen enttäuscht, hatte sie verloren, hatte ihr großes Geschenk verloren.

Nachdem sie jede Ecke der anderen Gebäude durchsucht hatte, ging sie ins Haus und schaute wieder in die Nische und hinter das zweite Bett. Sie schenkte sich Wasser ein, denn ihr Mund war trocken wie Sand.

Hinter der Tür bewegten sich die drei Stöcke, Ogions Stab und die Wanderstöcke, und einer von ihnen sagte: »Hier.«

Das Kind kauerte in der dunklen Ecke, hatte sich in seinen Körper zurückgezogen, so daß es nicht größer schien als ein kleiner Hund, hatte den Kopf auf die Schulter gebeugt, Arme und Beine dicht an sich gezogen, das eine Auge geschlossen.

»Kleiner Vogel, kleiner Spatz, kleine Flamme, was ist los? Was ist geschehen? Was hat man dir jetzt angetan?«

Tenar hielt den kleinen Körper, der unzugänglich und hart wie Stein war, wiegte ihn in den Armen. »Wie konntest du mich so erschrecken? Wie konntest du dich vor mir verstecken? Oh, ich war so zornig!«

Sie weinte, und die Tränen fielen auf das Gesicht des Kindes.

»O Therru, Therru, Therru, versteck dich nicht vor mir!«

Die verkrampften Glieder überlief ein Schauer, und sie lockerten sich langsam. Therru bewegte sich, hielt sich plötzlich an Tenar fest, drückte das Gesicht in die Grube zwischen Tenars Brust und Schulter, verstärkte den Griff und klammerte sich verzweifelt an. Sie weinte nicht. Sie weinte nie; vielleicht waren ihr die Tränen ausgebrannt worden; sie hatte keine Tränen. Aber sie stieß ein langes, stöhnendes, schluchzendes Geräusch aus.

Tenar hielt sie, wiegte sie, wiegte sie. Sehr, sehr langsam lockerte sich der verzweifelte Griff. Der Kopf ruhte an Tenars Brust.

»Erzähl es mir«, murmelte die Frau, und das Kind antwortete mit leisem heiseren Flüstern: »Er kam hierher.«

Tenars erster Gedanke war Ged, und ihr Geist, der noch immer mit der Raschheit der Angst reagierte, erfaßte, was sie dachte, sah, wer ›er‹ für sie war, und lächelte kurz und gequält, ging jedoch weiter, jagte. »Wer ist hierhergekommen?«

Keine Antwort, aber etwas wie ein inneres Erschauern.

»Ein Mann«, sagte Tenar ruhig, »ein Mann mit einer Ledermütze.«

Therru nickte einmal.

»Wir haben ihn auf der Straße gesehen, als wir hierherkamen.«

Keine Antwort.

»Die vier Männer — zu denen ich zornig war, erinnerst du dich? Er war einer von ihnen.«

Doch ihr fiel ein, wie Therru den Kopf gesenkt gehalten, die verbrannte Seite verborgen, nicht aufgeblickt hatte, wie sie es bei Fremden immer tat.

»Kennst du ihn, Therru?«

»Ja.«

»Von — von damals, als du in dem Lager am Fluß lebtest?«

Einmal Nicken.

Tenars Arme schlossen sich fester um sie.

»Er ist hierhergekommen?« fragte sie, und die ganze Angst, die sie empfunden hatte, verwandelte sich in Zorn, während sie sprach, in eine Wut, die im ganzen Körper wie ein Stab aus Feuer brannte. Sie stieß eine Art Lachen aus — »Ha!« — und erinnerte sich in diesem Augenblick an Kalessin, wie Kalessin gelacht hatte.

Doch für einen Menschen, eine Frau war das nicht so einfach. Das Feuer mußte im Zaum gehalten werden. Das Kind mußte getröstet werden.

»Hat er dich gesehen?«

»Ich habe mich versteckt.«

Tenar streichelte Therrus Haare. »Er wird dich nie anrühren, Therru. Versteh mich und glaub mir: Er wird dich nie wieder anrühren. Er wird dich nur wiedersehen, wenn ich bei dir bin, und dann muß er mit mir fertigwerden. Verstehst du, mein Schätzchen, mein Teures, mein Schönes? Du mußt ihn nicht fürchten. Du darfst ihn nicht fürchten. Er will, daß du ihn fürchtest. Er lebt von deiner Angst. Wir werden ihn aushungern, Therru. Wir werden ihn aushungern, bis er sich selbst ißt. Bis er erstickt, wenn er an den Knochen seiner eigenen Hände nagt ... Ah, ah, ah, hör jetzt nicht auf mich, ich bin nur zornig, nur zornig ... Bin ich rot? Bin ich jetzt rot wie eine Gontischfrau? Bin ich rot wie ein Drache?« Sie versuchte zu scherzen; Therru hob den Kopf, blickte aus ihrem verschrumpelten, zitternden, vom Feuer zerfressenen Gesicht zu Tenars Gesicht auf und bestätigte: »Ja. Du bist ein roter Drache.«

Die Vorstellung, daß der Mann in das Haus gekommen war, im Haus gewesen war, vorbeigekommen war, um das Werk seiner Hände zu betrachten, vielleicht mit dem Gedanken, es zu vollenden — wenn diese Vorstellung Tenar überkam, war sie weniger ein Gedanke als ein ekelerregender Anfall, das Bedürfnis zu erbrechen. Doch der Zorn brannte diese Übelkeit aus.

Sie standen auf und wuschen sich, und Tenar merkte, daß sie jetzt vor allem Hunger hatte. »Ich bin hungrig«, sagte sie zu Therru und stellte eine ausgiebige Mahlzeit aus Brot und Käse, kalten Bohnen in Öl und Kräutern, Zwiebelscheiben und trockener Wurst auf den Tisch. Therru aß reichlich, und Tenar aß reichlich.

Während sie abräumten, sagte Tenar: »Vorläufig, Therru, werde ich dich nicht verlassen, und du wirst mich nicht verlassen. In Ordnung? Wir sollten jetzt beide zu Aunty Moss' Haus gehen. Sie wirkt einen Zauber, um dich zu finden, und sie muß sich die Mühe nicht mehr machen, aber vielleicht weiß sie das nicht.«

Therru bewegte sich nicht mehr. Sie warf einen Blick zur offenen Tür und wich davor zurück.

»Wir müssen auch die Wäsche hereintragen. Auf dem Rückweg. Wenn wir zurückkommen, zeige ich dir den Stoff, den ich heute bekommen habe. Für ein Kleid. Für ein neues Kleid für dich. Ein rotes Kleid.«

Das Kind zog sich in sich zurück.

»Wenn wir uns verstecken, Therru, geben wir ihm Nahrung. Wir wollen essen. Wir wollen ihn aushungern. Komm mit.«

Die Schwierigkeit, das Hindernis dieser Tür zur Außenwelt, war für Therru fürchterlich. Sie wich davor zurück, sie versteckte das Gesicht, sie zitterte, taumelte, es war grausam, sie dazu zu zwingen, die Tür zu durchschreiten, grausam, sie aus ihrem Versteck zu treiben, aber Tenar kannte kein Erbarmen. »Komm!« sagte sie, und das Kind kam.

Sie gingen Hand in Hand über die Wiesen zu Moss' Haus, Therru schaffte es, ein oder zwei Mal aufzublikken.

Moss war nicht erstaunt, als sie eintrafen, aber sie hatte etwas Merkwürdiges, Argwöhnisches an sich. Sie sagte Therru, sie solle ins Haus laufen, sich die frisch geschlüpften Küken der Kragenhenne ansehen und zwei davon für sich aussuchen; und Therru verschwand sofort in diesem Zufluchtsort.

»Sie war die ganze Zeit über im Haus«, berichtete Tenar. »Versteckte sich.«

»Das war gut«, meinte Moss.

»Warum?« fragte Tenar scharf. Sie war nicht in Rätsellaune.

»Es sind — es sind Geschöpfe unterwegs«, antwortete die Hexe, nicht unheilvoll, sondern sehr beklommen.

»Es sind Schurken unterwegs!« stellte Tenar fest; Moss sah sie an und zog sich ein bißchen zurück.

»Aber, aber«, beschwichigte sie. »Aber, Schätzchen. Du hast Feuer um dich, einen Feuerschein um den Kopf. Ich habe einen Zauber gewirkt, um das Kind zu finden, aber er ging daneben. Er ist irgendwie seinen eigenen Weg gegangen, und ich weiß nicht, ob er schon vorbei ist. Ich bin verwirrt. Ich habe große Wesen gesehen. Ich suchte das kleine Mädchen, aber ich sah sie, sie flogen in den Bergen, sie flogen in den Wolken. Und jetzt hast du etwas an dir, als würde dein Haar brennen. Was stimmt nicht, was ist schiefgegangen?«

»Ein Mann mit einer Ledermütze. Ein jüngerer Mann. Sieht ganz gut aus. Die Schulternaht an seiner Weste ist aufgeplatzt. Hast du ihn gesehen?«

Moss nickte. »Sie nahmen ihn im Herrenhaus zum Heuen auf.«

»Ich habe dir erzählt, daß sie« — Tenar blickte zum Haus — »mit einer Frau und zwei Männern zusammen war. Er ist einer von ihnen.«

»Du meinst, einer von denen, die ...«

»Ja.«

Moss stand da wie die Holzstatue einer alten Frau, steif, ein Block. »Ich weiß nichts«, sagte sie schließlich. »Ich habe geglaubt, daß ich genug weiß. Aber das stimmt nicht. Was — was würde ... Kommt er, um — um sie zu sehen?«

»Wenn er der Vater ist, ist er vielleicht gekommen, um Anspruch auf sie zu erheben.«

»Anspruch erheben?«

»Sie ist sein Eigentum.«

Tenar sprach ausdruckslos. Während sie sprach, blickte sie zu den Höhen von Gont Mountain hinauf.

»Aber ich glaube nicht, daß er der Vater ist. Ich glaube, daß es der andere ist. Derjenige, der in das Dorf kam und meiner Freundin erzählte, daß das Kind ›sich verletzt‹ habe.«

Moss war noch immer verwirrt, noch immer durch die eigenen Beschwörungen und Visionen, durch Tenars Heftigkeit, durch die Anwesenheit des abscheulichen Bösen verängstigt. Sie schüttelte unglücklich den Kopf. »Ich weiß nichts«, wiederholte sie. »Ich habe geglaubt, daß ich genug weiß. Wie konnte er zurückkommen?«

»Um zu essen«, erwiderte Tenar. »Um zu essen. Ich werde sie nicht mehr alleinlassen. Aber morgen werde ich dich vielleicht bitten, sie früh am Tag etwa eine Stunde hierzubehalten. Tust du das, während ich zum Herrenhaus hinaufgehe?«

»Ja, Schätzchen. Natürlich. Ich könnte sie mit einem Versteck-Zauber beschützen, wenn du willst. Aber ... Aber die hohen Herren aus der Stadt des Königs sind dort oben ...«

»Dann können sie einmal sehen, wie das einfache Volk lebt«, antwortete Tenar, und Moss wich wieder zurück, als hätte der Wind den Funkenschauer eines Feuers in ihre Richtung getrieben.

Worte suchend

Sie hatten sich in den hellen Schatten des Morgens über den Hang verteilt und mähten die lange Wiese des Lords. Drei der Mäher waren Frauen, und Tenar erkannte im Näherkommen, daß von den beiden Männern der eine ein Junge und der andere gebeugt und grauhaarig war. Sie ging die gemähten Reihen entlang und fragte eine der Frauen nach dem Mann mit der Ledermütze.

»Der von dort unten, bei Valmouth«, antwortete die Mäherin. »Ich weiß nicht, wo er steckt.« Die anderen waren froh über die Unterbrechung und kamen zu den beiden. Keiner von ihnen wußte, wo sich der Mann aus dem Middle Valley befand oder warum er nicht mit ihnen mähte. »Diese Leute bleiben nicht«, erklärte der Grauhaarige. »Faul. Ihr kennt ihn, Missis?«

»Ohne daß ich es wollte«, erwiderte Tenar. »Er ist um mein Haus herumgeschlichen — hat das Kind erschreckt. Ich weiß nicht einmal, wie er heißt.«

»Er nennt sich Handy«, warf der Junge ein. Die anderen sahen sie an oder blickten weg und schwiegen. Sie reimten sich allmählich zusammen, wer sie sein mußte: die kargische Frau im Haus des alten Magiers. Sie waren Pächter des Lords von Re Albi, den Dorfbewohnern gegenüber mißtrauisch, und standen allem, was mit Ogion zusammenhing, argwöhnisch gegenüber. Sie wetzten die Sensen, wandten sich ab, verteilten sich wieder und machten sich an die Arbeit. Tenar ging an einer Reihe von Nußbäumen vorbei und von dem Feld auf dem Hügel zur Straße hinunter.

Auf der Straße stand ein Mann und wartete. Ihr Herz setzte kurz aus. Sie ging weiter, ihm entgegen.

Es war Aspen, der Zauberer vom Herrenhaus. Er stand im Schatten eines Baums am Straßenrand und stützte sich würdevoll auf seinen Stab. Als sie auf die Straße trat, fragte er: »Suchst du Arbeit?«

»Nein.«

»Mein Lord braucht Feldarbeiter. Das heiße Wetter wird umschlagen, das Heu muß eingebracht werden.«

Was er sagte, war für Goha, Flints Witwe, angemessen, und Goha antwortete ihm höflich: »Zweifellos kann Eure Kunst den Regen von den Feldern abhalten, bis das Heu eingebracht ist.« Aber er wußte, daß sie die Frau war, der der sterbende Ogion seinen wahren Namen genannt hatte, und angesichts dieses Wissens waren seine Worte, so beleidigend und bewußt falsch, daß sie eine deutliche Warnung darstellten. Sie war im Begriff gewesen, ihn zu fragen, wo sich der Mann Handy aufhielt. Statt dessen erklärte sie: »Ich bin gekommen, um dem Aufseher mitzuteilen, daß ein Mann, den er als Mäher eingestellt hat, mein Dorf als Dieb und Schlimmeres verließ und nicht zu den Menschen gehört, die der Aufseher in der Nähe des Herrenhauses haben möchte. Aber der Mann ist anscheinend weitergezogen.«

Sie blickte Aspen ruhig an, bis er sich zusammenriß und antwortete:

»Ich weiß nichts über diese Leute.«

An dem Morgen, da Ogion starb, hatte sie Aspen für einen jungen Mann gehalten, einen hochgewachsenen, gutaussehenden Jüngling mit einem grauen Mantel und einem silbernen Stab. Er sah nicht so jung aus, wie sie angenommen hatte, oder er war jung, aber irgendwie vertrocknet und verwelkt. Sein Blick und seine Stimme waren jetzt unverhüllt verächtlich, und sie antwortete ihm mit Gohas Stimme: »Selbstverständlich. Ich bitte um Entschuldigung.« Sie wollte keine Schwierigkeiten mit ihm haben. Sie wollte sich auf den Weg zurück ins Dorf begeben, aber Aspen sagte: »Warte.«

Sie wartete.

»›Ein Dieb und Schlimmeres‹, sagst du, aber üble Nachrede ist billig, und die Zunge einer Frau schlimmer als jeder Dieb. Du kommst hier herauf, um böses Blut unter den Feldarbeitern zu machen, verbreitest Verleumdungen und Lügen, die Drachensaat, die jede Hexe hinterläßt. Hast du angenommen, ich wüßte nicht, daß du eine Hexe bist? Glaubst du vielleicht, daß ich, als ich den widerlichen Balg sah, der an dir hängt, nicht wüßte, wie und zu welchem Zweck er gezeugt wurde? Der Mann, der dieses Geschöpf zu vernichten versuchte, hat gut daran getan, aber das Werk sollte vollendet werden. Du stelltest dich einmal gegen mich, über die Leiche des alten Zauberers hinweg, und ich unterließ es damals um seinetwillen und der Anwesenden wegen, dich zu bestrafen. Aber jetzt bist du zu weit gegangen, und ich warne dich, Weib! Ich will nicht, daß du jemals wieder deinen Fuß auf diese Domäne setzt. Wenn du meinem Willen zuwiderhandelst oder auch nur wagst, wieder zu mir zu sprechen, werde ich dich mit Hunden aus Re Albi und vom Overfell vertreiben. Hast du mich verstanden?«

»Nein«, erwiderte Tenar. »Männer wie dich habe ich nie verstanden.«

Sie drehte sich um und ging die Straße hinunter.

Etwas wie eine streichende Berührung glitt ihr das Rückgrat hinauf, und die Haare auf dem Kopf stellten sich ihr auf. Sie drehte sich jäh um und sah, wie der Zauberer seinen Stab, um den sich die dunklen Blitze sammelten, in ihre Richtung hob, wie seine Lippen sich öffneten, um zu sprechen. In diesem Augenblick dachte sie: *Weil Ged seine Zauberkraft verloren hat, habe ich geglaubt, daß es allen Männern so erging, aber ich habe mich geirrt!* Eine höfliche Stimme sagte: »Aber, aber. Was geht hier vor?«

Aus den Kirschgärten an der anderen Straßenseite waren zwei der Männer aus Havnor getreten. Sie blickten sanft und vornehm von Aspen zu Tenar, als bedauerten sie, daß es notwendig war, einen Zauberer daran zu hindern, eine Witwe in mittleren Jahren mit einem Fluch zu belegen, aber wirklich, das durfte nun doch nicht sein.

»Mistress Goha«, sagte der Mann mit dem goldgestickten Hemd und verbeugte sich vor ihr.

Auch der andere, der mit den hellen Augen, begrüßte sie lächelnd. »Mistress Goha«, sagte er, »ist jemand, der wie der König seinen wahren Namen offen und furchtlos trägt. Da sie in Gont lebt, zieht sie es vielleicht vor, daß wir ihren gontischen Namen gebrauchen. Aber da ich ihre Taten kenne, bitte ich um Erlaubnis, ihr meine Reverenz zu erweisen; denn sie trug den Ring, den keine Frau seit Elfarran getragen hat.« Als wäre es das Natürlichste auf der Welt, ließ er sich auf ein Knie nieder, ergriff sehr leicht und rasch Tenars rechte Hand und berührte ihr Handgelenk mit der Stirn. Er ließ sie los und erhob sich mit seinem freundlichen, verständnisinnigen Lächeln.

»Ah«, sagte Tenar verwirrt und bis ins Innerste erwärmt, »es gibt alle möglichen Mächte auf der Welt! Ich danke Euch.«

Der Zauberer rührte sich nicht und sah sie nur an. Er hatte den Mund geschlossen, ohne den Fluch auszusprechen, und hatte den Stab zurückgezogen, aber um den Stab und um seine Augen lag noch immer eine deutlich sichtbare Düsternis.

Sie wußte nicht, ob er gewußt oder gerade erst erfahren hatte, daß sie Tenar vom Ring war. Es spielte keine Rolle. Er konnte sie nicht noch mehr hassen. Ihre Schuld bestand darin, daß sie eine Frau war. Seiner Ansicht nach konnte nichts diese Tatsache verschlimmern oder mildern; keine Strafe war schwer genug. Er hatte gesehen, was man Therru angetan hatte, und hatte es gebilligt.

»Sir«, sagte sie jetzt zu dem Älteren, »wenn ich nicht

ehrlich und offen spreche, beleidige ich den König, in dessen Namen Ihr redet — und handelt, wie soeben. Ich möchte dem Wunsch des Königs und seiner Boten entsprechen. Aber meine Ehre heißt mich schweigen, bis mein Freund mich davon entbindet. Ich — ich bin sicher, Mylords, daß er Euch zu gegebener Zeit eine Nachricht zukommen läßt. Ich bitte Euch nur: Laßt ihm Zeit.«

»Selbstverständlich«, antwortete der eine, und der andere fügte hinzu: »So viel Zeit, wie er will. Vor allem aber ehrt uns Euer Vertrauen, Mylady.« Nun ging Tenar endlich die Straße nach Re Albi hinunter. Sie war erschüttert; schuld daran waren der Schreck, die plötzlich veränderte Lage, der vernichtende Haß des Zauberers, ihre zornige Verachtung, ihr Entsetzen bei der plötzlichen Erkenntnis, daß er ihr Schaden zufügen wollte und die Macht dazu besaß, das unvermittelte Ende dieses Entsetzens durch den Schutz, den ihr die Gesandten des Königs boten — die Männer, die mit dem Schiff mit den weißen Segeln vom sicheren Hafen, dem Turm des Schwerts und des Throns, dem Zentrum von Recht und Ordnung, gekommen waren. Ihr Herz wurde vor Dankbarkeit leicht. Auf dem Thron saß tatsächlich ein König, und der schönste Edelstein in seiner Krone würde die Rune des Friedens sein.

Sie mochte das kluge, freundliche Gesicht des jüngeren Mannes, die Art, wie er wie vor einer Königin vor ihr gekniet hatte, und sein Lächeln, in dem sich ein leises Zwinkern verbarg. Sie drehte sich um und blickte zurück. Die beiden Gesandten gingen mit dem Zauberer Aspen die Straße zum Herrenhaus hinauf. Sie schienen sich freundschaftlich mit ihm zu unterhalten, als wäre nichts geschehen.

Das dämpfte ihr hoffnungsvolles Vertrauen ein wenig. Natürlich, sie waren Höflinge. Es war nicht ihre Aufgabe, zu streiten oder zu urteilen und zu mißbilligen. Und er war ein Zauberer, der Zauberer ihres Gastgebers. Trotzdem, dachte sie, hätten sie nicht ganz so ungezwungen mit ihm gehen und sprechen müssen.

Die Männer aus Havnor blieben einige Tage beim Lord von Re Albi; vielleicht hofften sie, daß der Oberste Magier es sich anders überlegen und zu ihnen kommen werde, aber sie suchten ihn nicht und setzten Tenar auch nicht zu, um seinen Aufenthaltsort zu erfahren. Als sie endlich abreisten, fand Tenar, sie müsse eine Entscheidung treffen, wie es weitergehen solle. Sie hatte keinen wirklichen Grund zu bleiben und zwei gewichtige Gründe, das Haus zu verlassen: Aspen und Handy, denn bei keinem der beiden war sie sicher, daß er sie und Therru in Ruhe ließe.

Doch es fiel ihr schwer, sich zu entschließen, denn sie hatte Mühe damit, ans Fortgehen zu denken. Indem sie Re Albi verließ, verließ sie Ogion, den sie jetzt mehr liebte als zu der Zeit, da sie ihm den Haushalt geführt und die Zwiebelbeete von Unkraut freigehalten hatte. Ich werde dort unten nie vom Himmel träumen, dachte sie. Hier, wohin Kalessin gekommen war, war sie Tenar. Unten im Middle Valley wäre sie wieder nur Goha. Sie zögerte. Sie sagte sich: Soll ich mich vor diesen Schurken fürchten, vor ihnen davonlaufen? Das wollen sie erreichen. Soll ich mich von ihnen hin und her schicken lassen, wie es ihnen beliebt? Sie dachte: Ich will nur den Käse fertigmachen. Sie behielt Therru immer bei sich. Und die Tage vergingen.

Moss kam, um etwas zu erzählen. Tenar hatte sie nach dem Zauberer Aspen gefragt und ihr nicht die ganze Geschichte erzählt, sondern nur erwähnt, daß er sie bedroht hatte — was vielleicht tatsächlich alles war, was er vorgehabt hatte. Moss hielt sich für gewöhnlich von der Domäne des alten Lords fern, aber sie hätte gern gewußt, was dort vorging, und nützte bereitwillig jede Gelegenheit, um mit Bekannten aus dem Haus zu plaudern — einer Frau, von der sie Geburtshilfe gelernt hatte, und anderen, denen sie als Heilerin oder Finderin Dienste erwiesen hatte. Moss brachte sie dazu, über die Vorgänge im Herrenhaus zu reden. Alle haßten Aspen und waren deshalb ohne weiteres bereit, über ihn zu sprechen, aber die Hälfte ihrer Geschichten mußte man als Gehässigkeit und Angst abtun. Doch neben dem Erfundenen gab es auch Erlebtes. Moss selbst bezeugte, daß bis zu Aspens Eintreffen vor drei Jahren der junge Lord, der Enkel, frisch und gesund, wenn auch schüchtern und mißmutig gewesen war. »Irgendwie erschreckt«, sagte sie. Dann hatte der alte Lord ungefähr zu der Zeit, als die Mutter des jungen Lords starb, einen Zauberer aus Roke kommen lassen. »Wozu? Wenn Lord Ogion nicht einmal eine Meile entfernt lebte? Und alle im Herrenhaus sind Hexer.«

Aber Aspen war gekommen. Er hatte Ogion seine Aufwartung gemacht, nicht mehr, und hielt sich immer im Herrenhaus auf, behauptete Moss. Seither hatte man den Enkel immer seltener gesehen, und es hieß, daß er Tag und Nacht im Bett liege. »Wie ein krankes Kleinkind, ganz verkümmert«, sagte eine der Frauen, die anläßlich eines Botengangs das Haus betreten hatte. Aber der alte Lord — »hundert Jahre alt, oder beinahe, oder mehr«, beharrte Moss (sie hatte keine Angst vor Zahlen und keine Achtung vor ihnen) —, der alte Lord blühte und gedieh, war ›voll Saft‹, wie es hieß. Einer der Männer (denn sie hatten im Herrenhaus nur Männer als Bedienstete) hatte einer der Frauen erzählt, daß der alte Lord den Zauberer angestellt habe, damit er ihn ewig am Leben erhalte, und daß der Zauberer das tat, indem er ihn mit dem Leben des Enkels fütterte. Der Mann fand nichts dabei, denn er fragte: »Wer wollte denn nicht ewig leben?«

Tenar war verblüfft. »Das ist eine häßliche Geshichte. Wird im Dorf nicht darüber gesprochen?«

Moss hob die Schultern. Es war wieder einmal das ›Laß es bleiben‹. Die Handlungen der Mächtigen sollten nicht von den Machtlosen beurteilt werden. Außerdem gab es die dumpfe, blinde Ergebenheit, die heimatliche Verwurzelung: Der alte Mann war ihr Lord, Lord von Re Albi, es ging niemanden etwas an, was er tat ... Moss war offensichtlich der gleichen Meinung. »Ein solcher Kunstgriff ist gefährlich und muß mißlingen«, befand sie, aber sie fand nichts Verderbtes daran.

Oben im Herrenhaus hatte man keine Spur von dem Mann Handy gesehen. Tenar wollte sicher sein, daß er den Overfell verlassen hatte, und fragte ein oder zwei Bekannte im Dorf, ob sie einen solchen Mann gesehen hatten, aber sie bekam — nur widerwillig — ausweichende Antworten. Man wollte nichts mit ihren Angelegenheiten zu tun haben. »Laß es bleiben ...« Nur der alte Fan behandelte sie wie eine Freundin und Dorfbewohnerin. Vielleicht kam es daher, daß seine Augen schwach waren und er Therru nicht deutlich erkennen konnte.

Sie nahm jetzt das Kind mit, wenn sie ins Dorf ging oder sich vom Haus entfernte.

Therru empfand diesen Zwang nicht als langweilig. Sie blieb in Tenars Nähe, wie es ein viel jüngeres Kind getan hätte, arbeitete mit ihr oder spielte. Sie machte Fadenspiele, flocht Körbchen und spielte mit zwei Figuren aus Knochen, die Tenar in einem Säckchen aus Gras auf einem von Ogions Regalen gefunden hatte. Die eine stellte ein Tier dar, vielleicht einen Hund oder ein Schaf, und die andere eine Frau oder einen Mann. Bei Tenar lösten sie kein Gefühl der Macht oder der Gefahr aus, und auch Moss meinte: »Nur Spielzeug.« Für Therru bedeuteten sie große Magie. Sie schob sie stundenlang gemäß der Handlung einer stummen Geschichte herum; wenn sie spielte, sprach sie nicht. Manchmal baute sie für den Menschen und das Tier Häuser: Steinhügel, Hütten aus Schlamm und Stroh. Die Figuren befanden sich immer im Grassäckchen in Therrus Tasche. Sie lernte spinnen; sie hielt den Rocken in der verbrannten Hand und drehte die Handspindel mit der anderen. Seit sie hier waren, hatten sie die Ziegen regelmäßig gekämmt und besaßen jetzt einen Sack voll seidiger Ziegenhaare, die gesponnen werden sollten.

Aber ich sollte sie lehren, dachte Tenar verzweifelt. Lehre sie *alles,* hat Ogion gesagt, und was lehre ich sie? Kochen und Spinnen? Dann sagte ein anderer Teil ihres Verstands mit Gohas Stimme: Sind das denn keine echten, notwendigen, edlen Fertigkeiten? Besteht Weisheit nur aus Worten?

Dennoch machte sie sich Sorgen, und als Therru eines Nachmittags die Ziegenhaare zupfte, um sie zu reinigen und zu lockern, und Tenar sie krempelte, begann sie: »Vielleicht ist es Zeit, Therru, daß du den wahren Namen der Dinge lernst. Es gibt eine Sprache, in der alle Dinge ihren wahren Namen tragen und Tat und Wort eins sind. Während Segoy in dieser Sprache redete, hob er die Inseln aus der Tiefe. Es ist die Sprache der Drachen.«

Das Kind hörte ihr schweigend zu.

Tenar legte die Krempelkämme beiseite und hob einen kleinen Stein auf. »In dieser Sprache«, erklärte sie, »heißt dies *tolk.*«

Therru sah ihr zu und wiederholte das Wort tolk, aber stimmlos, bildete es nur mit den Lippen, die auf der rechten Seite durch die Narben ein wenig verzerrt waren.

Der Stein lag auf Tenars Handfläche, ein Stein.

Beide schwiegen.

»Noch nicht«, sagte Tenar. »Das muß ich dich nicht jetzt lehren.« Sie ließ den Stein zu Boden fallen und griff nach ihren Kämmen und einer Handvoll wolkiger grauer Wolle, die Therru zum Krempeln vorbereitet hatte. »Vielleicht ist die richtige Zeit dann, wenn du deinen wahren Namen hast. Nicht jetzt. Jetzt hör zu. Jetzt ist die Zeit für Geschichten, du mußt beginnen, die Geschichten zu lernen. Ich kann dir Geschichten vom Archipel und den Kargad-Ländern erzählen. Ich habe dir eine Geschichte erzählt, die ich von meinem Freund Aihal dem Schweigsamen erfuhr. Jetzt werde ich dir eine erzählen, die ich von meiner Freundin Lark hörte, als sie sie ihren und meinen Kindern erzählte. Es ist die Geschichte von Andaur und Avad. Vor so langer Zeit wie die Ewigkeit, so weit entfernt wie Selidor, lebte ein Mann namens Andaur, ein Holzfäller, der allein in die Hügel ging. Eines Tages fällte er tief im Wald eine große Eiche. Als sie stürzte, rief sie ihm mit menschlicher Stimme zu ...«

Es war für beide ein angenehmer Nachmittag.

Doch als Tenar in dieser Nacht bei dem schlafenden Kind lag, konnte sie nicht schlafen. Sie war ruhelos, sorgte sich um eine Kleinigkeit nach der anderen: Habe ich das Tor zur Weide verschlossen, schmerzt mir die Hand vom Krempeln, oder ist es beginnende Abnützung, und so weiter. Dann wurde sie sehr unruhig, weil sie glaubte, vor dem Haus Geräusche zu hören. Warum habe ich mir keinen Hund zugelegt? dachte sie. Dumm, keinen Hund zu haben. Heutzutage sollten eine Frau und ein Kind, die allein leben, einen Hund haben. Aber dies ist Ogions Haus! Niemand würde hierherkommen, um etwas Böses zu tun. Doch Ogion ist tot, tot, begraben zwischen den Wurzeln des Baums am Waldrand. Niemand wird kommen. Sparrowhawk ist fort, davongelaufen. Er ist nicht einmal mehr Sparrowhawk, ein Schattenmann, für niemanden zu etwas nütze, ein Toter, der gezwungen ist, am Leben zu bleiben. Und ich habe keine Kraft, das Gute lebt nicht in mir. Ich sage das Wort des Erschaffens, und es stirbt mir im Mund, ist bedeutungslos, ein Stein. Ich bin eine Frau, eine alte Frau, schwach, dumm. Alles, was ich tue, ist falsch. Alles, was ich berühre, verwandelt sich in Asche, Schatten, Stein. Ich bin das Geschöpf der Dunkelheit, angeschwollen vor Dunkelheit. Nur Feuer kann mich reinigen. Nur Feuer kann mich essen, kann mich aufessen wie ...

Sie setzte sich auf und rief laut in ihrer Sprache: »Der Fluch sei abgewendet, und wende dich ab!«, streckte den rechten Arm aus und hinunter und zeigte genau auf die geschlossene Tür. Dann sprang sie aus dem Bett, ging zur Tür, stieß sie auf und sagte in die bewölkte Nacht: »Du kommst zu spät, Aspen. Ich bin vor langer Zeit gegessen worden. Geh und säubere dein eigenes Haus!«

Es gab keine Antwort, kein Geräusch, nur einen schwachen, sauren, üblen Geruch nach Verbranntem — versengtem Stoff oder Haar.

Sie schloß die Tür, lehnte Ogions Stab dagegen und sah nach, ob Therru noch immer schlief. In dieser Nacht schlief Tenar nicht.

Am Morgen nahm sie Therru ins Dorf mit, um Fan zu fragen, ob er das Garn wollte, das sie gesponnen hatten. Es war ein Vorwand, um das Haus zu verlassen und sich eine Zeitlang unter Menschen aufzuhalten. Der alte Mann wollte das Garn gern verweben, und sie unterhielten sich einige Minuten lang unter dem großen bemalten Fächer, während das Lehrmädchen mürrisch schaute und grimmig am Webstuhl klapperte. Als Tenar und Therru Fans Haus verließen, verschwand jemand um die Ecke der kleinen Hütte, in der sie gelebt hatte. Etwas, Wespen oder Bienen, stachen Tenar in Nacken und Kopf, und ringsum prasselte Regen, ein Hagelschauer, aber am Himmel standen keine Wolken — Steine. Sie sah, wie die Steine auf die Erde fielen. Therru war erschrocken und verwirrt stehengeblieben und sah sich um. Zwei Jungen rannten hinter der Hütte davon, versteckten sich halb, zeigten sich halb, riefen einander etwas zu, lachten.

»Komm!« forderte Tenar sie ruhig auf, und sie kehrten zu Ogions Haus zurück.

Tenar zitterte, und das Zittern wurde schlimmer, während sie gingen. Sie versuchte es vor Therru zu verbergen, die verwirrt, aber nicht erschrocken aussah; sie hatte nicht begriffen, was geschehen war.

Sobald sie das Haus betraten, wußte Tenar, daß jemand hier gewesen war, während sie im Dorf waren. Es roch nach verbranntem Fleisch und Haaren. Die Tagesdecke ihres Bettes war verschoben worden.

Als sie überlegen wollte, was sie tun sollte, wußte sie, daß ein Zauber auf ihr lag. Er war gewirkt worden und hatte auf sie gewartet. Sie konnte nicht aufhören zu zittern, und ihr Geist war verwirrt, langsam, nicht imstande, einen Entschluß zu fassen. Sie konnte nicht denken. Sie hatte das Wort, den wahren Namen des Steins genannt, und er war nach ihr geschleudert worden, in ihr Gesicht — in das Gesicht des Bösen, das abscheuliche Gesicht. Sie hatte gewagt zu sprechen. Sie konnte nicht sprechen.

Sie dachte in ihrer Sprache: *Ich kann nicht auf Hardisch denken. Ich darf es nicht.*

Sie konnte auf Kargisch denken. Nicht schnell. Es war, als müsse sie das Mädchen Arha, das sie vor langer Zeit gewesen war, bitten, aus der Dunkelheit herauszutreten und an ihrer Stelle zu denken. Ihr zu helfen. So wie sie ihr vergangene Nacht geholfen hatte, indem sie den Fluch des Zauberers auf ihn zurückschleuderte. Arha hatte nicht viel von dem gewußt, was Tenar und Goha wußten, aber sie hatte gewußt, wie man verflucht, wie man in der Dunkelheit lebt und wie man schweigt.

Es war schwer, das zu tun, zu schweigen. Sie wollte aufschreien. Sie wollte sprechen — zu Moss gehen und ihr erzählen, was geschehen war, warum sie gehen mußte, zumindest um Lebewohl zu sagen. Sie versuchte, zu Heather zu sagen: »Die Ziegen gehören jetzt dir, Heather«, und es gelang ihr, es auf Hardisch zu sagen, so daß Heather sie hörte, aber Heather verstand sie nicht. Sie sah sie an und lachte. »Oh, es sind Lord Ogions Ziegen!«

»Dann — du ...«, versuchte Tenar herauszubringen.

»Hüt sie weiter für ihn«, aber tödliche Übelkeit überkam sie, und sie hörte ihre Stimme kreischen: »Idiot, Schwachsinnige, Dummkopf, Weib!« Heather starrte sie an und hörte auf zu lachen. Tenar hielt sich den Mund mit der Hand zu. Sie packte Heather, drehte sie um, damit sie die im Melkschuppen reifenden Käse ansah, und zeigte auf sie und auf Heather, hin und zurück, bis Heather unsicher nickte und wieder lachte, weil Tenar sich so komisch benahm.

Tenar nickte Therru zu — komm! — und betrat das Haus, wo der üble Geruch stärker war und Therru sich deshalb duckte.

Tenar holte ihre Ranzen und ihre Wanderschuhe hervor. In ihren Ranzen legte sie ihr zweites Kleid und die Hemden, die beiden alten Kleider von Therru, das halbfertige neue und den restlichen Stoff; die Spinnwirteln, die sie für sich und Therru geschnitzt hatte; ein wenig Essen und eine Tonflasche mit Wasser für unterwegs. In Therrus Ranzen kamen Therrus beste Körbchen, die Knochenperson und das Knochentier in ihrem Grassäckchen, ein paar Federn, eine kleine Labyrinthmatte, die Moss ihr geschenkt hatte, und ein Säckchen mit Nüssen und Rosinen.

Sie wollte sagen: ›Gieß den Pfirsichbaum‹, wagte es aber nicht. Sie führte das Kind hinaus und zeigte es ihr. Therru goß den winzigen Schößling sorgfältig.

Sie fegten das Haus und brachten es in Ordnung; sie arbeiteten schnell und schweigend.

Tenar stellte einen Krug auf ein Regal zurück und sah an dessen anderem Ende die drei großen Bücher, Ogions Bücher.

Arha sah sie, und sie bedeuteten ihr nichts, große Lederschachteln voll Papier.

Aber Tenar betrachtete sie und biß sich auf die Knöchel, runzelte die Stirn, während sie sich zu entscheiden bemühte, was sie tun und wie sie sie tragen sollte. Sie konnte sie nicht tragen. Aber sie mußte es tun. Sie konnten nicht in dem entweihten Haus bleiben, dem Haus, in das Haß gekommen war. Sie gehörten ihm. Ogion. Ged. Ihr. Das Wissen. Lehre sie alles! Sie nahm die Wolle und das Garn aus dem Sack, in dem sie sie hatte tragen wollen, legte die Bücher hinein, eines auf das andere, und band den Sack mit einem Lederriemen zu, in den sie eine Schlinge machte, an der sie ihn tragen konnte. Dann sagte sie: »Wir müssen jetzt gehen, Therru.« Sie sprach auf Kargisch, aber der Name des Kindes war der gleiche, es war ein kargisches Wort, Flamme, flammend, und Therru kam, stellte keine Fragen, trug ihren kleinen Hort in dem Ranzen auf dem Rücken.

Sie nahmen ihre Wanderstöcke, den Haselnußstecken und den Erlenast mit. Ogions Stab ließen sie in der dunklen Ecke neben der Tür stehen. Sie ließen die Haustür für den Wind vom Meer weit offen.

Ein tierischer Instinkt führte Tenar fort von den Feldern und der Hügelstraße, über die sie hergekommen war. Sie nahm Therru bei der Hand und nahm eine Abkürzung über die steil abfallenden Weiden zu der Fahrstraße, die im Zickzack nach Gont Port hinunterführte. Sie wußte, daß sie verloren war, wenn sie Aspen traf, und dachte, daß er sie vielleicht unterwegs erwartete. Aber vielleicht nicht auf diesem Weg.

Nach etwa einer Meile war sie allmählich imstande zu denken. Ihr erster Gedanke war, daß sie die richtige Straße eingeschlagen hatte. Denn die hardischen Worte kamen wieder, und nach einer Weile die wahren Worte, so daß sie sich bückte, einen Stein aufhob, ihn in der Hand hielt und im Geist *tolk* sagte; sie steckte diesen Stein in die Tasche. Sie blickte hinaus in die großen Räume der Luft und der Wolken und sagte im Geist einmal *Kalessin*. Und ihr Geist wurde so klar wie die Luft.

Sie gelangten in einen langen Einschnitt, der von hohen grasbewachsenen Böschungen und Felsbrocken beschattet wurde und in dem sie sich ein wenig unbehaglich fühlte. Als sie zur Kehre hinauskamen, erblickten sie die dunkelblaue Bucht unter sich; zwischen den Armed Cliffs fuhr ein schönes Schiff unter vollen Segeln in den Hafen ein. Tenar hatte sich vor dem Schiff, das vorher gekommen war, gefürchtet, aber nicht vor diesem. Sie wäre am liebsten die Straße hinuntergelaufen, ihm entgegen.

Doch das war nicht möglich. Sie paßte sich Therrus Schritten an. Sie gingen schneller als vor zwei Monaten, und es fiel ihnen auch leichter, weil sie bergab gingen. Das Schiff eilte ihnen entgegen. In seinen Segeln war der Zauberwind; es überquerte die Bucht wie ein fliegender Schwan. Es war im Hafen, bevor Tenar und Therru die nächste lange Straßenbiegung halb hinter sich hatten.

Städte jeder Größe waren für Tenar sehr seltsame Plätze. Sie hatte nie dort gelebt. Sie hatte die größte Stadt in Erdsee, Havnor, einmal eine Zeitlang gesehen; und sie war vor Jahren mit Ged in den Hafen von Gont gesegelt, aber sie waren die Straße zum Overfell hinaufgestiegen, ohne sich in den Gassen aufzuhalten. Die einzige Stadt, die sie noch kannte, war Valmouth, wo ihre Tochter lebte, eine verschlafene, sonnige, kleine Hafenstadt, wo ein Handelsschiff von den Andrades ein großes Ereignis war und wo sich die Gespräche der Bewohner hauptsächlich um Trockenfisch drehten.

Als sie und das Kind die Straßen von Gont Port erreichten, stand die Sonne noch hoch über dem Westlichen Meer. Therru war fünfzehn Meilen gegangen, ohne zu jammern und ohne erschöpft zu sein, obwohl sie sicherlich sehr müde war. Auch Tenar war müde, weil sie die vorhergehende Nacht nicht geschlafen hatte und sehr verzweifelt gewesen war; auch waren Ogions Bücher eine schwere Bürde gewesen. Auf halbem Weg hatte sie sie in den Ranzen gepackt und das Essen und die

Kleidung in den Wollsack gesteckt, wo es sich leichter tragen ließ, aber nicht sehr viel besser. Sie schleppten sich zwischen den außerhalb der Mauer liegenden Häusern zum Landtor der Stadt, wo die Landstraße zwischen zwei aus Stein gemeißelten Drachen zu einer Stadtstraße wurde. Dort faßte sie ein Mann, der Torwächter, scharf ins Auge. Therru neigte das verbrannte Gesicht zur Schulter und versteckte die verbrannte Hand unter dem Schürze des Kleids.

»Sucht ihr ein Haus in der Stadt auf, Mistress?« fragte der Wächter und sah das Kind an.

Tenar wußte nicht, was sie antworten sollte. Sie wußte nicht, daß an den Stadttoren Wächter standen. Sie hatte kein Geld, um Maut oder einen Wirt zu bezahlen. Sie kannte keine Menschenseele in Gont Port — außer, fiel ihr jetzt ein, den Zauberer, der hinaufgekommen war, um Ogion zu begraben, wie hieß er noch? Aber sie wußte nicht, wie er hieß. Sie stand mit offenem Mund da, wie Heather.

»Geht weiter, geht weiter!« sagte der Wächter gelangweilt und wandte sich ab.

Sie wollte ihn fragen, wo sie die nach Süden führende Straße über die Landzunge finden könne, die Küstenstraße nach Valmouth; aber sie wagte nicht, ihn wieder auf sich aufmerksam zu machen, damit er nicht zu der Überzeugung gelangte, sie sei doch eine Landstreicherin oder eine Hexe oder was immer er und die steinernen Drachen nicht nach Gont Port hineinlassen sollten. Sie gingen also zwischen den Drachen hindurch — Therru blickte kurz auf, um sie anzusehen — und wanderten auf dem Kopfsteinpflaster immer erstaunter, verwirrter und verlegener weiter. Tenar hatte nicht den Eindruck, daß irgendwer oder irgendwas auf dieser Welt nicht nach Gont Port hereingelassen worden war. Es gab alles. Hohe Häuser aus Stein, Wagen, Rollwagen, Karren, Rinder, Esel, Marktplätze, Läden, Menschenmengen, Menschen, Menschen — je weiter sie gingen, desto mehr Menschen gab es. Therru klammerte sich an Tenars Hand, schlich dahin, verbarg das Gesicht hinter dem Haar. Tenar klammerte sich an Therrus Hand.

Sie sah keine Möglichkeit, hierzubleiben, also blieb ihnen nur eines übrig: sich nach Süden zu wenden, bis zum Einbruch der Nacht — die nur zu bald kommen würde —, weiterzugehen und im Wald zu lagern. Tenar entschied sich für eine breite Frau mit breiter weißer Schürze, die die Rolläden eines Geschäfts hinunterließ, und überquerte die Gasse, um sie nach der Straße zu fragen, die nach Süden aus der Stadt hinausführte. Das ruhige rote Gesicht der Frau sah freundlich aus, aber als Tenar ihren Mut zusammennahm, um mit ihr zu sprechen, klammerte sich Therru krampfhaft an sie, als wolle sie sich bei ihr verstecken, und als Tenar aufblickte, sah sie den Mann mit der Ledermütze, der ihr entgegenkam. Er erblickte sie im gleichen Augenblick und blieb stehen.

Tenar packte Therrus Arm, zog sie halb und schwang sie halb herum. »Komm!« stieß sie hervor und ging an dem Mann vorbei. Sobald sie ihn hinter sich gelassen hatte, schritt sie schneller aus, ging bergab zum Leuchten und der Dunkelheit des Wassers im Sonnenuntergang, zu den Docks und Kais am Ende der steilen Straße. Therru lief neben ihr her und keuchte, wie sie gekeucht hatte, nachdem sie verbrannt worden war.

Hohe Masten schwankten vor dem roten und gelben Himmel. Das Schiff lag mit gerefften Segeln hinter einer Rudergaleere am steinernen Pier.

Tenar blickte zurück. Der Mann folgte ihnen auf den Fersen. Er beeilte sich nicht.

Sie lief auf den Pier hinaus, aber nach einiger Zeit stolperte Therru und konnte nicht weiter, weil sie keine Luft bekam. Tenar hob sie hoch, das Kind hielt sich an ihr fest und verbarg das Gesicht an Tenars Schulter. Doch Tenar konnte sich mit dieser Last kaum mehr bewegen. Die Beine zitterten ihr. Sie trat einen Schritt, noch einen, noch einen. Sie gelangte zu der kleinen hölzernen Brücke, die man vom Pier zum Deck des Schiffes gelegt hatte, und legte die Hand auf das Geländer.

Ein Matrose an Deck, ein drahtiger kahlköpfiger Kerl, musterte sie. »Was ist los, Mistress?« fragte er.

»Ist — ist das Schiff aus Havnor?«

»Aus der Königsstadt, klar.«

»Laßt mich an Bord!«

»Das kann ich nicht tun«, grinste der Mann, aber sein Blick wanderte weiter; er sah den Mann an, der sich neben Tenar gestellt hatte.

»Du mußt nicht davonlaufen«, sagte Handy zu ihr. »Ich will dir nichts Böses tun. Ich will dich nicht verletzen. Du verstehst es nicht. Ich war derjenige, der Hilfe für sie geholt hat, oder? Was geschehen war, tat mir wirklich leid. Ich möchte dir ihretwegen helfen.« Er streckte die Hand aus, als empfände er das unwiderstehliche Bedürfnis, Therru zu berühren. Tenar konnte sich nicht rühren. Sie hatte Therru versprochen, daß er sie nie wieder anfassen werde. Sie sah, wie die Hand den zurückzuckenden nackten Arm des Kindes berührte.

»Was willst du von ihr?« fragte eine neue Stimme. Ein anderer Matrose war an die Stelle des Kahlkopfs getreten: ein junger Mann. Tenar dachte, daß er ihr Sohn war.

Handy antwortete schnell. »Sie hat — sie hat mir mein Kind weggenommen. Meine Nichte. Sie gehört mir. Sie hat sie verhext, ist mit ihr davongelaufen, sieh doch ...«

Sie konnte überhaupt nicht sprechen. Die Worte hatten sie wieder verlassen, waren ihr genommen worden. Der junge Matrose war nicht ihr Sohn. Sein Gesicht war schmal und streng, seine Augen waren klar. Als sie ihn ansah, fand sie die Worte wieder: »Laß mich an Bord. Bitte!«

Der junge Mann hielt ihr die Hand hin. Sie ergriff sie, und er führte sie über die Gangway auf das Deck des Schiffs.

»Warte hier«, sagte er zu Handy, und zu ihr: »Komm mit!«

Aber die Beine trugen sie nicht mehr. Sie sank kraftlos auf das Deck des Schiffs aus Havnor, ließ den schweren Sack fallen, klammerte sich jedoch an das Kind. »Laß nicht zu, daß er sie nimmt, oh, laß nicht zu, daß sie sie bekommen, nicht wieder, nicht wieder, nicht wieder!«

Der Delphin

Sie wollte das Kind nicht loslassen, sie wollte ihnen das Kind nicht geben. An Bord des Schiffs befanden sich nur Männer. Erst nach langer Zeit war sie allmählich imstande zu erfassen, was sie sagten, was getan wurde, was geschah. Als sie begriff, wer der junge Mann war, den sie für ihren Sohn gehalten hatte, war ihr, als habe sie es die ganze Zeit über gewußt, sei aber nicht imstande gewesen, es zu denken. Sie war überhaupt nicht imstande gewesen zu denken.

Er war von den Docks auf das Schiff zurückgekommen und sprach jetzt in der Nähe der Gangway mit einem grauhaarigen Mann, der dem Aussehen nach der Kapitän des Schiffs war. Er blickte zu Tenar herüber, die sich mit Therru in eine Ecke des Decks zwischen der Reling und eine große Winde gekauert hatte. Die Erschöpfung des langen Tages war stärker gewesen als Therrus Angst: Sie schlief dicht neben Tenar tief und fest; ihr kleiner Ranzen diente ihr als Kopfkissen und ihr Mantel als Decke. Tenar stand langsam auf, und der junge Mann kam sofort zu ihr. Sie zog den Rock zurecht und versuchte das Haar glattzustreichen. »Ich bin Tenar von Atuan«, sagte sie. Er blieb stehen. »Ich nehme an, Ihr seid der König«, fügte sie hinzu.

Er war sehr jung, jünger als ihr Sohn Spark. Er war vielleicht nicht einmal zwanzig. Aber er hatte etwas an sich, das überhaupt nicht jung war, etwas in seinen Augen ließ sie denken: Er ist durch das Feuer gegangen.

»Mein Name ist Lebannen von Enlad, Mylady«, sagte er und war im Begriff, sich zu verbeugen oder gar vor ihr niederzuknien. Sie ergriff seine Hände, so daß sie einander von Angesicht zu Angesicht gegenüberstanden. »Weder Ihr vor mir«, wehrte sie ab, »noch ich vor Euch.«

Er lachte überrascht und hielt ihre Hände fest, während er sie offen betrachtete. »Woher wußtet Ihr, daß ich Euch suche? Wart Ihr zu mir unterwegs, als dieser Mann ...?«

»Nein, nein. Ich floh — vor ihm — vor — vor Rohlingen ... Ich versuchte, nach Hause zu gelangen, das ist alles.«

»Nach Atuan?«

»O nein. Auf meine Farm. Im Middle Valley. Auf Gont, hier.« Auch sie lachte, ein Lachen, in dem Tränen waren. Die Tränen konnten jetzt geweint werden und wurden geweint. Sie ließ die Hände des Königs los, um sich die Augen zu wischen.

»Wo liegt das Middle Valley?« fragte er.

»Südöstlich, hinter der Landzunge. Der Hafen heißt Valmouth.«

»Wir werden Euch hinbringen.« Er freute ihn, daß er in der Lage war, es ihr anzubieten, es zu tun.

Sie lächelte, trocknete sich die Augen und nickte.

»Ein Glas Wein. Etwas zu essen, Ruhe und ein Bett für Euer Kind«, sagte er. Der Kapitän, der unauffällig zuhörte, erteilte Befehle. Der kahle Matrose, den sie vor langer Zeit, wie ihr vorkam, gesehen hatte, trat vor. Er wollte Therru hochheben. Tenar stand zwischen ihm und dem Kind. Sie konnte nicht zulassen, daß er sie anrührte. »Ich werde sie tragen«, entschied sie, und ihre Stimme klang vor Anspannung hoch.

»Es geht eine Treppe hinunter, Mistress. Überlaßt es mir«, widersprach der Matrose. Sie wußte, daß er freundlich war, aber sie konnte nicht zulassen, daß er Therru berührte.

»Laßt mich«, sagte der junge Mann, der König, sah sie erlaubnisheischend an, kniete nieder, hob das schlafende Kind hoch, trug es zur Luke und die Treppenleiter hinunter. Tenar folgte ihm.

Er legte Therru vorsichtig, zärtlich in eine Koje der Kabine und hüllte sie in den Mantel. Tenar ließ es zu.

In einer größeren Kabine, die das Heck des Schiffes einnahm und ein großes Fenster besaß, durch das man die Bucht im Dämmerlicht sah, bot er Tenar am Eichentisch Platz an. Er übernahm von dem Schiffsjungen das Tablett, das dieser brachte, schenkte Rotwein in Kelchgläser aus schwerem Glas ein, bot ihr Früchte und Kuchen an.

Sie kostete den Wein.

»Er ist sehr gut, aber nicht das Drachenjahr«, sagte sie.

Er sah sie offen überrascht an, wie ein Junge.

»Von Enlad, nicht von den Andrades«, erklärte er bescheiden.

»Er ist sehr gut«, versicherte sie ihm und trank wieder. Sie nahm ein Stück Kuchen. Es war Mürbekuchen, sehr nahrhaft, nicht süß. Die grünen und bernsteinfarbenen Trauben darin schmeckten süß und herb. Der kräftige Geschmack des Essens und des Weins war wie die Taue, mit denen das Schiff vertäut war, sie stellten die Verbindung mit der Welt, mit ihrem Verstand wieder her.

»Ich fürchtete mich sehr«, sagte sie als Entschuldigung. »Ich werde bald wieder ich selbst sein. Gestern — nein, heute, heute morgen — wurde ein — ein Zauberbann …« Es war ihr beinahe unmöglich, das Wort auszusprechen, sie stammelte: »Ich wurde mit einem F-fluch belegt. Er nahm mir die Sprache und den Verstand, glaube ich. Wir liefen vor ihm davon, aber wir rannten geradewegs zu dem Mann, dem Mann, der …« Sie blickte verzweifelt zu dem jungen Mann auf, der ihr zuhörte. Seine ernsten Augen ließen sie aussprechen, was gesagt werden mußte. »Er war einer der Leute, die das Kind verkrüppelten. Er und ihre Eltern. Sie vergewaltigten es, schlugen es zusammen und verbrannten es; solche Dinge geschehen, Mylord. Solche Dinge stoßen Kindern zu. Er hört nicht auf, sie zu verfolgen, um an sie heranzukommen. Und ...«

Sie unterbrach sich, trank Wein und zwang sich, seinen Geschmack wahrzunehmen.

»So bin ich von ihm zu Euch gelaufen. Zum Hafen.« Sie betrachtete die niedrigen geschnitzten Deckenbalken der Kabine, den polierten Tisch, das Silbertablett, das schmale ruhige Gesicht des jungen Mannes. Sein Haare war dunkel und weich, die Haut ein reines Bronzerot; er war gut und einfach gekleidet, trug keine Kette, keinen Ring, kein äußeres Kennzeichen seines Rangs. Aber er sieht so aus, wie ein König aussehen sollte, dachte sie.

»Es tut mir leid, daß ich den Mann laufen ließ«, sagte er. »Aber man kann ihn wiederfinden. Wer belegte Euch mit dem Fluch?«

»Ein Zauberer.« Sie wollte den Namen nicht nennen. Sie wollte nicht daran denken. Sie wollte alles hinter sich lassen. Keine Vergeltung, keine Verfolgung. Überlaß sie ihrem Haß, laß sie hinter dir, vergiß.

Lebannen drängte sie nicht, sondern fragte: »Werdet Ihr auf Eurer Farm vor diesen Männern sicher sein?«

»Ich glaube schon. Wenn ich nicht so müde, so verwirrt durch den — durch den — geistig so verwirrt gewesen wäre, daß ich nicht mehr denken konnte, hätte ich keine Angst vor Handy gehabt. Was hätte er tun können? Wenn auf der Straße so viele Menschen unterwegs waren? Ich hätte nicht vor ihm davonlaufen sollen. Aber ich fühlte nur ihre Angst. Sie ist so klein, sie kann nichts anderes tun, als ihn fürchten. Sie wird lernen müssen, ihn nicht zu fürchten. Das muß ich sie lehren ...« Sie verlor den Faden. Ihr fielen im Geist Gedanken auf Kargisch ein. Hatte sie Kargisch gesprochen? Er mochte glauben, daß sie verrückt war, eine alte verrückte Frau, die daherplapperte. Sie blickte verstohlen zu ihm auf. Seine dunklen Augen waren nicht auf sie gerichtet; er betrachtete die Flamme der Glaslampe, die tief über dem Tisch hing, eine kleine, ruhige, klare Flamme. Sein Gesicht war für das Gesicht eines jungen Mannes zu traurig.

»Ihr seid gekommen, um ihn zu suchen«, stellte sie fest. »Den Obersten Magier. Sparrowhawk.«

»Ged.« Er sah sie mit einem schwachen Lächeln an. »Ihr, er und ich sind unter unseren wahren Namen bekannt.«

»Ihr und ich ja. Aber er nur Euch und mir.«

Er nickte.

»Er ist durch Neider, durch Männer bösen Willens in Gefahr, und er hat jetzt keine — keine Verteidigung. Wißt Ihr das?«

Sie konnte sich nicht dazu überwinden, deutlicher zu werden, aber Lebannen erwiderte: »Er erzählte mir, daß er seine Macht als Magier verloren habe. Er hatte sich mit der Tat verausgabt, die mich und uns alle rettete. Doch es fiel mir schwer, es zu glauben. Ich wollte ihm nicht glauben.«

»Genau wie ich. Aber es ist so. Und deshalb ...« Sie zögerte erneut. »Er will allein sein, bis seine Wunden geheilt sind«, sagte sie schließlich vorsichtig.

»Er und ich waren zusammen in dem dunklen Land, dem trockenen Land«, erzählte Lebannen. »Wir starben zusammen. Wir überquerten dort zusammen die Berge. Man kann über die Berge zurückkommen. Es gibt einen Weg. Er kannte ihn. Aber der Name der Berge ist Schmerz. Die Steine ... Die Steine schneiden, und die Schnitte brauchen lang, um zu heilen.«

Er blickte auf seine Hände hinunter. Sie dachte an Geds zerschnittene, aufgerissene Hände, die sich über den Wunden geballt hatten. Die die Schnitte zusammenhielten, geschlossen hielten.

Ihre Hand schloß sich um den kleinen Stein in der Tasche, das Wort, das ihr auf der steilen Straße eingefallen war.

»Warum verbirgt er sich vor mir?« rief der junge

Mann voll Kummer. Dann fuhr er leise fort: »Ich habe tatsächlich gehofft, ihn wiederzusehen. Aber wenn er es nicht wünscht, dann ist das natürlich abgetan.« Sie bemerkte die höfische Art, die Höflichkeit, die würdevolle Haltung der Boten aus Havnor wieder und schätzte sie; sie kannte ihren Wert. Aber sie liebte ihn seines Kummers wegen.

»Er wird sicherlich zu Euch kommen. Gebt ihm nur Zeit. Er wurde so schwer verletzt — alles wurde ihm genommen ... Doch wenn er von Euch sprach, wenn er Euren Namen nannte, dann sah ich ihn einen Augenblick lang, wie er war — wie er wieder sein wird — voll Stolz!«

»Stolz?« wiederholte Lebannen, als sei er erschrokken.

»Ja. Stolz. Wer sollte stolz sein, wenn nicht er?«

»Ich hielt ihn immer für ... Er war so geduldig«, meinte Lebannen und lachte über seine unzulängliche Beschreibung.

»Jetzt hat er keine Geduld«, stellte sie fest, »und ist über alle Maßen hart zu sich selbst. Ich glaube, daß wir nur eines für ihn tun können: ihn seinen eigenen Weg gehen lassen, bis er sich nicht mehr zu helfen weiß, wie man auf Gont sagt ...« Plötzlich wußte sie sich selbst nicht mehr zu helfen, war so müde, daß ihr übel wurde. »Ich glaube, ich muß mich jetzt ausruhen«, flüsterte sie.

Er erhob sich sofort. »Ihr habt gesagt, Lady Tenar, daß Ihr vor einem Feind geflohen seid und einen anderen gefunden habt; doch ich bin hierhergekommen, um einen Freund zu suchen, und habe einen anderen gefunden.« Sie lächelte über die geistreiche Formulierung und über seine Freundlichkeit. Welch ein netter Junge, dachte sie.

Als sie erwachte, war das ganze Schiff in Bewegung: Balken knarrten und stöhnten, über ihrem Kopf polterten laufende Füße, Segel rasselten, Matrosen riefen.

Therru war schwer aufzuwecken und erwachte matt, vielleicht etwas fiebrig, obwohl sie immer so glühte, daß es Tenar schwerfiel, ihre Temperatur zu schätzen. Sie machte sich Vorwürfe wegen der gestrigen Geschehnisse, auch deshalb, weil sie das zarte Kind über fünfzehn Meilen zu Fuß mit sich geschleppt hatte. Sie versuchte, Therru aufzuheitern, indem sie ihr erzählte, daß sie auf einem Schiff führen, daß sich auf dem Schiff ein wirklicher König befinde, daß der kleine Raum, in dem sie saßen, der Raum des Königs sei; daß das Schiff sie nach Hause bringe, zur Farm, daß Aunty Lark zu Hause auf sie warte, und daß vielleicht auch Sparrowhawk da sein werde. Nicht einmal das weckte Therrus Interesse. Sie war leer, unbeweglich, stumm.

Auf Therrus kleinem dünnen Arm entdeckte Tenar einen Fleck — vier Fingerabdrücke, rot, wie ein Brandmal, als habe ein Griff die Haut gequetscht. Aber Handy hatte sie nicht gepackt, nur berührt. Tenar hatte Therru erklärt, ihr versprochen, daß er sie nie wieder berühren werde. Das Versprechen war gebrochen worden. Ihr Wort bedeutete nichts. Welches Wort bedeutete etwas gegen rohe Gewalt?

Sie beugte sich hinunter und küßte den Fleck auf Therrus Arm.

»Es tut mir leid, daß ich noch nicht dazugekommen bin, dein rotes Kleid fertigzunähen«, sagte sie. »Der König sähe es wahrscheinlich gern. Aber andererseits nehme ich an, daß die Leute auf einem Schiff auch nicht ihre beste Kleidung tragen, nicht einmal ein König.«

Therru saß mit gesenktem Kopf auf der Koje und antwortete nicht. Tenar bürstete ihr das Haar. Es wuchs endlich dicht, ein seidiger schwarzer Vorhang vor den verbrannten Teilen der Kopfhaut. »Bist du hungrig, Vögelchen? Du hast gestern nicht zu abend gegessen. Vielleicht wird der König uns ein Frühstück schicken. Er reichte mir gestern abend Kuchen und Trauben.«

Keine Reaktion.

Als Tenar erklärte, es sei Zeit, den Raum zu verlassen, gehorchte Therru. Auf Deck legte sie den Kopf auf die Schulter. Sie blickte weder zu den vom Morgenwind geschwellten weißen Segeln hinauf noch auf das funkelnde Wasser, noch zurück zum Gont Mountain, der seine Masse und die erhabene Einheit von Wald, Felsen und Gipfel zum Himmel erhob. Sie blickte nicht auf, als Lebannen zu ihr sprach.

Tenar kniete neben ihr nieder. »Wenn ein König zu dir spricht, Therru, antwortest du.«

Therru schwieg.

Der Ausdruck auf Lebannens Gesicht, als er sie ansah, war unergründlich. Vielleicht eine Maske, eine höfliche Maske, um Abscheu, Entsetzen zu verbergen. Aber seine dunklen Augen blickten ruhig. Er berührte den Arm des Kindes sehr leicht und sagte: »Es muß für dich seltsam sein, mitten auf dem Meer aufzuwachen.«

Therru wollte nur ein wenig Obst essen. Als Tenar sie fragte, ob sie in die Kabine zurückkehren wolle, nickte sie. Tenar ließ sie nur ungern allein zurück — Therru hatte sich in der Koje zusammengerollt — und kehrte an Deck zurück.

Das Schiff fuhr zwischen den Armed Cliffs hindurch, hohen grimmigen Mauern, die sich über die Segel zu beugen schienen. Bogenschützen in kleinen Forts, die wie die Nester der Seeschwalben hoch auf den Klippen klebten, blickten auf die Männer an Deck herunter, und die Matrosen riefen fröhlich zu ihnen hinauf. »Weg frei für den König!« riefen sie, und die Antwort kam unten nicht lauter an als die Rufe der Schwalben auf den Höhen: »Der König!«

Lebannen stand mit dem Kapitän und einem älteren mageren Mann mit schmalen Augen, der den grauen Umhang der Magier von Roke Island trug, am Bug des Schiffs. Ged hatte einen solchen reinen schönen Umhang an jenem Tag getragen, da er und Tenar den Ring von Erreth-Akbe zum Turm des Schwertes gebracht hatten; ein alter, fleckiger, schmutziger, abgenützter Umhang war seine Decke auf dem kalten Stein der Gräber von Atuan und auf dem Staub der Wüstenberge gewesen, als sie gemeinsam diese Berge überquerten. Daran dachte sie, während der Schaum an den Schiffswänden vorbeiflog und die hohen Klippen hinter ihnen zurückblieben.

Als das Schiff die letzten Felsen hinter sich hatte und Kurs nach Osten nahm, kamen die drei Männer zu ihr.

»Mylady«, sagte Lebannen, »dies ist der Master Windkey von Roke Island.«

Der Magier verbeugte sich und betrachtete sie, in den scharfen Augen lagen Anerkennung und Neugierde. Ein Mann, der gern weiß, aus welcher Richtung der Wind weht, dachte sie.

»Jetzt müssen wir nicht hoffen, daß das gute Wetter anhält, sondern können damit rechnen«, sagte sie zu ihm.

»An solchen Tagen bin ich nur Frachtgut«, erklärte der Magier. »Außerdem — wer braucht einen Wettermacher, wenn ein Seemann wie Master Serrathen das Schiff befehligt?«

Wir sind so höflich, dachte sie, ganz Ladies und Lords und Masters, ganz Verbeugungen und Komplimente. Sie warf dem jungen König einen Blick zu. Er sah sie lächelnd, aber zurückhaltend an.

Sie fühlte sich wie damals als Mädchen in Havnor: eine Barbarin, die inmitten der Gewandtheit der anderen unbeholfen war. Aber weil sie kein Mädchen mehr war, ließ sie sich nicht beeindrucken, sondern wunderte sich nur darüber, wie die Männer ihre Welt zu diesem Tanz der Masken ordneten und wie leicht eine Frau ihn zu tanzen lernte.

Man erklärte ihr, daß man nur einen Tag brauchen werde, um Valmouth zu erreichen. Da sie diesen günstigen Wind in den Segeln hatten, würden sie am Nachmittag in den Hafen einlaufen.

Sie war infolge der langen Verzweiflung und den Anstrengungen des vergangenen Tags noch immer sehr müde, und es genügte ihr, auf dem Stuhl zu sitzen, den der kahle Matrose aus einer Strohmatratze und einem Stück Segeltuch für sie angefertigt hatte, den Wellen und Möwen zuzusehen und zu beobachten, wie sich der Umriß des im Mittagslicht blau und verträumt schimmernden Gont Mountain veränderte, als sie nur eine oder zwei Meilen vom Land entfernt an den steilen Ufern entlangfuhren. Sie holte Therru an Deck, damit sie in der Sonne säße, und das Kind lag schauend und dösend neben ihr.

Ein Matrose, ein sehr dunkler zahnloser Mann, kam auf nackten Füßen mit Sohlen wie Hufen und schrecklich knorrigen Zehen zu ihnen und legte in Therrus Nähe etwas auf das Leinen. »Für das kleine Mädchen«, sagte er heiser und ging sofort weiter, aber nicht weit weg. Er blickte von seiner Arbeit ab und zu hoffnungsvoll herüber, um zu sehen, ob ihr sein Geschenk gefiel, und tat dann, als hätte er nicht hergeschaut. Therru wollte das kleine, in Tuch gewickelte Päckchen nicht anrühren. Tenar mußte es öffnen. Es war ein kostbarer geschnitzter Delphin aus Knochen oder Elfenbein, so lang wie ihr Daumen.

»Er kann in deiner Grastasche leben«, schlug Tenar vor, »bei den anderen, den Knochenfiguren.«

Darauf erwachte Therru so weit zum Leben, daß sie die Grastasche herauszog und den Delphin hineinlegte. Tenar mußte zu dem bescheidenen Spender gehen und sich bedanken. Therru wollte ihn nicht ansehen oder mit ihm sprechen. Nach einer Weile bat sie darum, wieder in die Kabine zu gehen, und Tenar ließ sie mit dem Knochenmenschen, dem Knochentier und dem Delphin als Gesellschaft zurück.

Es ist so leicht, dachte sie zornig, es ist für Handy so leicht, ihr das Sonnenlicht wegzunehmen, ihr das Schiff, den König und ihre Kindheit zu nehmen, und es ist so schwer, ihr das alles zurückzugeben! Ich habe ein Jahr lang versucht, sie ihr zurückzugeben, und er nimmt ihr mit einer Berührung alles und wirft es weg. Was nützt es ihm — was ist sein Gewinn, seine Macht? Ist Macht das — eine Leere?

Sie trat an die Reling zu dem König und dem Magier. Die Sonne stand jetzt weit im Westen, und das Schiff glitt durch die Herrlichkeit des Lichts, die sie an den Traum erinnerte, in dem sie mit den Drachen flog.

»Lady Tenar«, wandte sich der König an sie, »ich gebe Euch keine Botschaft für unseren Freund mit. Denn damit würde ich Euch eine Bürde auferlegen und auch seine Freiheit einschränken, und ich will keines von beidem tun. Ich soll in einem Monat gekrönt werden. Wenn er es wäre, der die Krone hält, begänne meine Herrschaft so, wie mein Herz es sich wünscht. Aber ob er dabei ist oder nicht, er hat mich in mein Königreich gebracht. Er hat mich zum König gemacht. Ich werde es nicht vergessen.«

»Ich weiß, daß Ihr es nicht vergessen werdet«, erwiderte sie sanft. Er wirkte so angespannt, so ernst, durch die Förmlichkeit seines Rangs geschützt und doch so verletzlich in seiner Ehrlichkeit, der Reinheit seines Strebens. Ihr Herz fühlte mit ihm. Er glaubte, den Schmerz erfahren zu haben, aber er würde ihn immer wieder erfahren, sein Leben lang, und nichts davon vergessen.

Und deshalb würde er nie wie Handy das tun, was sich leicht tun ließ.

»Ich werde gern eine Botschaft überbringen«, antwortete sie. »Es ist keine Bürde. Ob er sie hören wird, ist seine Sache.«

Der Master Windkey grinste. »Das war es immer«, bemerkte er. »Was immer er tat, es war seine Sache.«

»Ihr kennt ihn seit langem?«

»Sogar länger als Ihr, Mylady. Ich lehrte ihn«, erwiderte der Magier. »Was ich konnte ... Er kam als Junge zur Schule auf Roke und brachte einen Brief von Ogion mit, in dem dieser schrieb, daß der Junge über große Macht verfüge. Als ich das erste Mal mit ihm in einem Boot hinausfuhr, damit er lernte, mit dem Wind zu sprechen, brachte er eine Wasserhose zustande. Entweder er ertrinkt, bevor er sechzehn ist, dachte ich, oder er ist Oberster Magier, bevor er vierzig ist ... Das heißt, ich stelle mir gern vor, daß ich es gedacht habe.«

»Ist er noch Oberster Magier?« fragte Tenar. Die Frage wirkte armselig ahnungslos, und als sie mit Schweigen aufgenommen wurde, befürchtete Tenar, daß sie mehr als ahnungslos gewesen war.

»Es gibt zur Zeit keinen Obersten Magier von Roke«, erklärte der Magier endlich. Sein Ton war äußerst vorsichtig und genau.

Sie wagte nicht zu fragen, was er meinte.

»Meiner Meinung nach«, sagte der König, »kann der Heiler der Rune des Friedens an jedem Rat dieses Reichs teilnehmen; findet Ihr nicht, Sir?«

Nach einer weiteren Pause und offensichtlich etwas widerstrebend erwiderte der Magier: »Gewiß.«

Der König wartete, aber der Magier sprach nicht weiter.

Lebannen blickte auf das glitzernde Wasser hinaus und sprach, als erzähle er eine Geschichte: »Als er und ich aus dem fernsten Westen nach Roke kamen, vom Drachen getragen ...« Er unterbrach sich, und der Name des Drachen sprach sich selbst in Tenars Geist, *Kalessin,* als hätte man einen Gong angeschlagen.

»Der Drache ließ mich hier und trug ihn fort. Der Türhüter des Hauses von Roke sagte darauf: ›Er ist mit seinem Werk fertig. Er kehrt nach Hause zurück.‹ Und zuvor — am Strand von Selidor — ersuchte er mich, seinen Stab dortzulassen, und erklärte, daß er kein Magier mehr sei. Daher beratschlagten die Masters von Roke, um einen neuen Obersten Magier zu wählen.

Sie nahmen mich in den Rat auf, damit ich erfuhr,

was ein König vom Rat der Weisen wissen sollte. Ich sollte auch einen aus ihrer Mitte ersetzen: Thorion den Summoner (Boten), dessen Kunst durch das große Böse, das Mylord Sparrowhawk fand und dem er ein Ende bereitete, gegen ihn gewendet worden war. Als wir uns in dem trockenen Land befanden, zwischen der Mauer und den Bergen, sah ich Thorion. Mylord sprach mit ihm, wies ihm den Weg über die Mauer zurück ins Leben. Aber er schlug ihn nicht ein. Er kehrte nicht zurück.«

Die starken schlanken Hände des jungen Mannes umklammerten die Reling. Während er sprach, blickte er unentwegt auf das Meer hinaus. Er schwieg für eine Minute, dann setzte er seine Geschichte fort.

»Ich machte also die Zahl der Männer, neun, voll, die zusammenkamen, um den neuen Obersten Magier zu wählen.

Es sind ... Es sind weise Männer«, sagte er und warf Tenar einen Blick zu. »Nicht nur in ihrer Kunst erfahrene, sondern kenntnisreiche Männer. Wie ich schon vorher gesehen hatte, benützen sie ihre Meinungsverschiedenheiten, um eine haltbare Entscheidung zu treffen. Aber dieses Mal ...«

»Tatsache ist«, griff der Master Windkey ein, als er merkte, daß Lebannen die Masters von Roke nur ungern kritisieren wollte, »daß wir nur Streit hatten und zu keinem Entschluß gelangten. Wir konnten uns nicht einigen. Weil der Oberste Magier nicht tot war — am Leben war, versteht ihr, und doch kein Magier — und dennoch anscheinend noch immer ein Drachenlord war ... Weil unser Changer (Gestaltwechsler) noch immer darüber erschüttert war, daß sich seine Kunst gegen ihn gewendet hatte; er nahm an, daß der Summoner vom Tod zurückkehren werde, und bat uns, auf ihn zu warten ... Und weil der Master Patterner (Gestalter) überhaupt nicht sprechen wollte. Er ist ein Karg, Mylady, so wie Ihr; wußtet Ihr das? Er kam aus Karego-At zu uns.« Seine scharfen Augen beobachteten sie: Woher weht der Wind? »Und so wußten wir nicht, was wir tun sollten. Als der Türhüter nach den Namen jener fragte, unter denen wir wählen wollten, wurde kein Name genannt. Einer sah den anderen an ...«

»Ich blickte zu Boden«, warf Lebannen ein.

»Deshalb blickten wir schließlich zu dem hinüber, der die Namen kennt: dem Master Namer (Namensgeber). Dieser beobachtete den Patterner, der kein Wort gesprochen hatte, sondern wie ein Stumpf zwischen seinen Bäumen saß. Wir kommen nämlich in dem Wäldchen zusammen, zwischen den Bäumen, deren Wurzeln tiefer reichen als die Inseln. Inzwischen war es spätabends geworden. Manchmal ist es zwischen den Bäumen hell, an diesem Abend war es jedoch nicht so. Es war dunkel, kein Sternenlicht, über den Blättern ein bewölkter Himmel. Der Patterner erhob sich und sprach — aber in seiner Sprache, weder in der Alten Sprache noch auf Hardic, sondern auf Kargisch. Wenige von uns kannten es oder wußten überhaupt, um welche Sprache es sich handelte, und wir wußten nicht, was wir denken sollten. Aber der Namer erklärte uns, was der Patterner gesagt hatte: *Eine Frau auf Gont.*«

Er verstummte. Er sah sie nicht mehr an. Nach einer Weile fragte sie:

»Sonst nichts?«

»Kein Wort. Als wir ihn bedrängten, starrte er uns an und konnte nicht antworten; denn er hatte eine Vision gehabt, versteht Ihr — er hatte die Gestalt der Dinge gesehen, das Gesamtbild; nur wenig davon kann in Worten und noch weniger in Begriffen ausgedrückt werden. Er wußte genausowenig wie der Rest von uns, was er von seinen Worten halten sollte. Aber mehr hatten wir nicht.«

Die Masters von Roke waren schließlich Lehrer, und der Windkey war ein sehr guter Lehrer; ob er wollte oder nicht — er machte deutlich, was er meinte. Vielleicht deutlicher, als er wollte. Er sah Tenar noch einmal an und blickte dann weg.

»Anscheinend sollten wir nach Gont reisen. Aber wozu? Um wen zu suchen? ›Eine Frau‹ — damit kann man nicht viel anfangen! Offensichtlich soll uns diese Frau führen, uns irgendwie den Weg zu unserem Obersten Magier weisen. Wie Ihr Euch denken könnt, Mylady, wurde sofort von Euch gesprochen — denn von welcher anderen Frau auf Gont hatten wir je vernommen? Es ist keine große Insel, aber Euer Ruf ist groß. Dann sagte einer von uns: ›Sie würde uns zu Ogion führen.‹ Aber wir wußten alle, daß sich Ogion vor langer Zeit geweigert hatte, Oberster Magier zu werden, und jetzt, da er alt und krank war, die Wahl nie annehmen würde. Ich glaube, als wir davon sprachen, lag Ogion bereits im Sterben. Dann sagte ein anderer: ›Aber sie würde uns auch zu Sparrowhawk führen!‹ Und jetzt tappten wir wirklich im dunkeln.«

»Wirklich«, griff Lebannen ein. »Denn zwischen den Bäumen begann es zu regnen.« Er lächelte. »Ich hatte geglaubt, daß ich nie wieder das Geräusch des Regens hören würde. Für mich war es eine große Freude.«

»Neun von uns waren naß und einer von uns glücklich«, stellte der Windkey fest.

Tenar lachte. Ob sie wollte oder nicht, sie mochte den Mann. Wenn er ihr gegenüber so vorsichtig war, schickte es sich für sie, ihm gegenüber vorsichtig zu sein; aber Lebannen gegenüber und in Lebannens Anwesenheit kam nur Offenheit in Frage.

»Eure ›Frau auf Gont‹ kann nicht ich sein, denn ich werde Euch nicht zu Sparrowhawk führen.«

»Ich war der Meinung«, erklärte der Magier anscheinend und vielleicht wirklich genauso offen wie sie, »daß Ihr es nicht sein könnt, Mylady. Sonst hätte er in der Vision sicherlich Euren Namen genannt. Es gibt wenige, die ihren wahren Namen offen führen! Aber der Rat von

Roke hat mich beauftragt, Euch zu fragen, ob Ihr von einer Frau auf dieser Insel wißt, die diejenige sein könnte, die wir suchen — Schwester oder Mutter eines Mächtigen oder auch seine Lehrerin; denn es gibt Hexen, die auf ihre Art sehr weise sind. Vielleicht kannte Ogion eine solche Frau? Es heißt, daß er jede Seele auf dieser Insel kannte, obwohl er allein lebte und in der Wildnis umherwanderte. Wenn er doch noch am Leben wäre, um uns jetzt zu helfen!«

Sie hatte bereits an die Fischersfrau aus Ogions Geschichte gedacht. Aber diese Frau war alt gewesen, als Ogion sie vor Jahren kannte, und war inzwischen bestimmt gestorben. Obwohl Drachen angeblich sehr lange leben, dachte sie.

Für eine Weile sprach sie nicht, und dann sagte sie nur: »Ich kenne keine derartige Frau.«

Sie spürte, daß der Magier seine Ungeduld ihr gegenüber beherrschte. Warum hält sie uns hin? Was will sie? dachte er zweifellos. Und sie fragte sich, warum sie es ihm nicht sagen konnte. Seine Taubheit ließ sie verstummen. Sie konnte ihm nicht einmal sagen, daß er taub war.

»Es gibt also keinen Obersten Magier von Erdsee«, stellte sie schließlich fest. »Aber es gibt einen König.«

»Und unsere Hoffnung und unser Vertrauen in ihn sind wohlbegründet«, fügte der Magier mit einer Herzlichkeit hinzu, die ihm gut stand. Lebannen, der beobachtete und zuhörte, lächelte.

»In den letzten Jahren«, begann Tenar zögernd, »hat es viele Schwierigkeiten, viel Elend gegeben. Mein ... Das kleine Mädchen ... Solche Dinge ereigneten sich nur allzuoft. Ich habe gehört, wie mächtige Männer und Frauen über das Schwinden oder von der Veränderung ihrer Macht sprachen.«

»Jener Cob, den der Oberste Magier und Mylord im Trockenen Land besiegten, verursachte unsäglichen Kummer und Schaden. Wir werden unsere Kunst wiederherstellen, unsere Zauberer und unsere Zauberei für lange Zeit heilen«, erklärte der Magier entschlossen.

»Ich frage mich, ob nicht mehr zu tun wäre als Wiederherstellen und Heilen«, meinte sie, »obwohl auch das natürlich ... Aber ich frage mich, könnte es sein, daß — daß jemand wie Cob über solche Macht verfügen konnte, weil sich alles bereits änderte ... Und weil eine Veränderung, eine große Veränderung geschah, geschehen ist? Und daß wir wegen dieser Veränderung wieder einen König in Erdsee haben — vielleicht eher einen König als einen Obersten Magier?«

Der Windkey sah sie an, als sehe er eine sehr ferne Sturmwolke am äußersten Horizont. Er hob sogar die rechte Hand, deutete die erste Geste eines den Wind fesselnden Zaubers an und ließ sie wieder sinken. Er lächelte. »Habt keine Angst, Mylady. Roke und die Kunst der Magie werden fortdauern. Unser Schatz ist gut bewacht!«

»Erzählt das Kalessin.« Sie war plötzlich nicht mehr imstande, seine vollkommen unbewußte Respektlosigkeit zu ertragen. Natürlich starrte er sie an. Er hörte den Namen des Drachen. Aber auch das führte nicht dazu, daß er sie hörte. Er hatte seit dem Tag, da ihm seine Mutter ihm zum letztenmal ein Wiegenlied sang, nie mehr auf eine Frau gehört — wie konnte er sie da hören?

»Das stimmt«, griff Lebannen ein. »Kalessin kam nach Roke, das angeblich vollkommen vor Drachen geschützt ist; und nicht infolge eines Zauberspruchs Mylords, denn er besaß damals keine Zauberkraft ... Aber ich glaube nicht, Master Windkey, daß Lady Tenar Angst um sich hatte.«

Der Magier bemühte sich ernsthaft, seine Unhöflichkeit wiedergutzumachen. »Verzeiht, Mylady. Ich habe gesprochen wie zu einer alltäglichen Frau.«

Sie hätte beinahe gelacht. Sie hätte ihn am liebsten geschüttelt. Doch sie sagte nur gleichmütig: »Meine

Ängste sind alltägliche Ängste.« Es hatte keinen Sinn; er konnte sie nicht hören.

Doch der junge König schwieg und lauschte.

Oben, in der schwindelnden, schwankenden Welt der Masten, Segel und der Takelage darüber, rief ein Schiffsjunge mit klarer, frischer Stimme: »Stadt gleich nach der Landspitze!« Eine Minute später erblickten die auf dem Deck Stehenden die kleine Ansammlung von Dächern, die blauen Rauchsäulen, einige Glasfenster, in denen sich die im Westen stehende Sonne spiegelte, und die Docks und Piers von Valmouth an der Bucht aus seidigblauem Wasser.

»Soll ich das Schiff hineinbringen, oder wollt Ihr es hineinsprechen, Mylord?« fragte der ruhige Kapitän, und der Windkey erwiderte: »Segelt Ihr hinein, Master. Ich will nicht mit dem ganzen Treibgut zu tun haben.« Er zeigte auf Dutzende in der Bucht verstreute Fischerboote. Das Schiff des Königs lavierte wie ein Schwan zwischen Entenküken langsam in die Bucht und wurde von jedem Boot, an dem es vorbeikam, freudig begrüßt.

Tenar überblickte die Docks, aber an ihnen lag kein weiteres seetüchtiges Schiff.

»Mein Sohn ist Seemann«, sagte sie zu Lebannen. »Ich hatte gehofft, daß sein Schiff im Hafen liegt.«

»Auf welchem Schiff hat er angeheuert?«

»Er war dritter Maat an Bord der *Gull of Eskel,* aber das ist über zwei Jahre her. Er hat vielleicht das Schiff gewechselt. Er ist ein ruheloser Mensch.« Sie lächelte. »Als ich Euch erblickte, dachte ich, Ihr wärt mein Sohn. Dabei ähnelt Ihr ihm wenig, Ihr seid nur beide hochgewachsen, schlank und jung. Und ich war verwirrt, fürchtete mich … Alltägliche Ängste.«

Der Magier war zum Platz des Kapitäns am Bug hinaufgegangen, und sie und Lebannen waren allein.

»Es gibt zu viele alltägliche Ängste«, stellte er fest.

Es war ihre einzige Gelegenheit, allein mit ihm zu sprechen, und ihre Worte kamen schnell und unsicher.

»Ich wollte sagen — aber es hatte keinen Sinn ... Aber wäre es nicht möglich, daß es auf Gont eine Frau gibt, ich weiß nicht wer, ich habe keine Ahnung, aber es ist möglich, daß es eine Frau gibt oder geben wird, oder vielleicht geben wird und daß sie — sie suchen ... Daß sie sie brauchen. Ist das unmöglich?«

Er hörte zu. Er war nicht taub. Aber er runzelte aufmerksam die Stirn, als versuche er, eine fremde Sprache zu verstehen, und antwortete leise nur: »Es ist möglich.«

Eine Fischersfrau in ihrem winzigen Dingi brüllte herauf: »Von wo?«, und der Junge in der Takelage rief zurück wie ein krähender Hahn: »Aus der Stadt des Königs!«

»Wie heißt dieses Schiff?« fragte Tenar. »Mein Sohn wird fragen, auf welchem Schiff ich gesegelt bin.«

»*Delphin*«, erwiderte Lebannen und lächelte sie an. Mein Sohn, mein König, mein lieber Junge, dachte sie. Wie gern möchte ich dich in meiner Nähe behalten!

»Ich muß meine Kleine holen«, sagte sie.

»Wie wollt Ihr nach Hause gelangen?«

»Zu Fuß. Es sind nur einige Meilen das Tal hinauf.« Sie zeigte an dem Ort vorbei ins Landesinnere, wo das Middle Valley breit und sonnenbeschienen wie in einem Schoß zwischen zwei Armen des Berges lag. »Das Dorf liegt am Fluß, und meine Farm liegt eine halbe Meile vom Dorf entfernt. Es ist ein hübscher Winkel Eures Königreichs.«

»Seid Ihr dort sicher?«

»O ja. Ich werde die Nacht bei meiner Tochter in Valmouth verbringen. Und im Dorf kann ich mich auf alle verlassen. Ich werde nicht allein sein.«

Ihre Blicke trafen sich für einen Augenblick, aber keiner sprach den Namen aus, den beide dachten.

»Werden sie wieder aus Roke kommen?« fragte sie. »Und die ›Frau auf Gont‹ oder ihn suchen?«

»Ihn nicht. Falls sie das wieder vorschlagen, werde

ich es untersagen«, erklärte Lebannen, ohne zu ahnen, wieviel er ihr mit diesen vier Worten verriet. »Aber ihre Suche nach einem neuen Obersten Magier oder nach der Frau aus der Vision des Patterners kann sie möglicherweise hierherbringen. Und vielleicht zu Euch.«

»Sie werden auf Oak Farm willkommen sein. Doch nicht so willkommen, wie Ihr es wärt.«

»Ich werde kommen, wenn ich kann«, versprach er ein wenig streng, ein wenig sehnsüchtig, »falls ich kann.«

Zu Hause

Als die Bewohner von Valmouth erfuhren, daß der König an Bord war, der neue König, der junge König, von dem die neuen Lieder berichteten, kamen die meisten von ihnen zu den Docks herunter. Sie kannten die neuen Lieder noch nicht, aber sie kannten die alten, und der alte Relli kam mit seiner Harfe und sang ein Stück aus *Morreds Heldentat,* denn ein König von Erdsee war gewiß Morreds Erbe. Dann kam der König selbst an Deck, so jung, hochgewachsen und schön, wie man es sich nur wünschen konnte, und mit ihm ein Magier aus Roke, eine Frau und ein kleines Mädchen in alten Kleidern, die nicht viel besser waren als die einer Bettlerin, aber der König behandelte sie, als wären sie eine Königin und eine Prinzessin, also waren sie es vielleicht. »Vielleicht ist sie seine Mutter«, meinte Shinny und versuchte über die Köpfe der vor ihr stehenden Männer hinweg etwas zu sehen, doch dann packte ihre Freundin Apple sie am Arm und sagte in einer Art geflüstertem Aufschrei: »Es ist — es ist Mutter!«

»Wessen Mutter?« fragte Shinny, und Apple antwortete: »Meine. Und das ist Therru.« Aber sie drängte sich in der Menge nicht vor, nicht einmal dann, als ein Offizier des Schiffs an Land kam und den alten Relli aufforderte, für den König zu spielen. Sie wartete mit den anderen. Sie sah, wie der König die Würdenträger von Valmouth empfing, und hörte, wie Relli für ihn sang. Sie sah zu, wie er sich von seinen Gästen verabschiedete, denn das Schiff sollte vor Einbruch der Nacht auslaufen, sagten die Leute, und heim nach Havnor segeln. Die letzten, die über die Gangway kamen, waren Therru und Tenar. Von jeder der beiden verabschiedete sich der König mit der formellen Umarmung, legte Wange an Wange und kniete nieder, um Therru zu umarmen. »Ah!« machte die Menge auf dem Dock. Als die beiden die mit einem Geländer versehene Gangway herunterkamen, ging die Sonne in goldenem Dunst unter und legte einen breiten goldenen Weg über die Bucht. Tenar schleppte einen schweren Ranzen und einen Sack; Therru hielt das Gesicht gesenkt und hinter den Haaren verborgen. Die Gangway wurde eingezogen, die Matrosen sprangen in die Takelage, die Offiziere riefen Befehle, und das Schiff *Delphin* war wieder unterwegs. Jetzt drängte sich Apple endlich durch die Menge.

»Hallo, Mutter«, sagte sie, und Tenar erwiderte: »Hallo, Tochter.« Sie küßten einander, Apple hob Therru hoch und rief: »Wie du gewachsen bist! Du bist doppelt so groß wie vorher. Kommt jetzt, kommt mit nach Hause.«

Doch an diesem Abend war Apple in dem hübschen Haus ihres jungen Ehemanns, des Kaufmanns, ihrer Mutter gegenüber ein wenig gehemmt. Sie betrachtete sie einige Male nachdenklich, beinahe prüfend. »Es hat mir nie etwas bedeutet, Mutter«, sagte sie an der Tür zu Tenars Schlafzimmer, »das alles — die Rune des Friedens — und daß du den Ring nach Havnor gebracht hast. Es war einfach wie in einem der Lieder. Vor tausend Jahren! Aber du warst es tatsächlich, nicht wahr?«

»Ich war ein Mädchen aus Atuan«, antwortete Tenar. »Vor tausend Jahren. Und jetzt könnte ich tausend Jahre lang schlafen.«

»Dann geh zu Bett.« Apple wandte sich ab und drehte sich dann mit der Lampe in der Hand um. »Königsküsserin.«

»Verschwinde!« sagte Tenar.

Apple und ihr Mann behielten Tenar zwei Tage bei sich, aber dann war diese entschlossen, zur Farm zurückzukehren. Apple begleitete sie und Therru am friedlichen silbernen Kaheda entlang. Der Sommer wurde zum Herbst. Die Sonne schien noch warm, aber der Wind wehte schon kühl. Das Laub der Blätter sah müde und staubig aus, und die Felder waren abgemäht oder wurden gerade abgeerntet.

Apple erwähnte, um wieviel kräftiger Therru war und wie entschlossen sie jetzt ausschritt.

»Du hättest sie in Re Albi sehen sollen«, meinte Tenar, »bevor ...« Sie unterbrach sich. Sie hatte beschlossen, ihrer Tochter wegen dieser Sache keine Sorgen zu machen.

»Was ist geschehen?« fragte Apple und war so sichtlich entschlossen, es herauszubekommen, daß Tenar nachgab und leise antwortete: »Einer von ihnen.«

Therru war aus dem Kleid herausgewachsen, und ihre Beine sahen dadurch länger aus; sie pflückte ein paar Meter vor ihnen im Gehen in den Hecken am Weg Brombeeren.

»Ihr Vater?« fragte Apple, der bei dem Gedanken übel wurde.

»Lark hat gesagt, daß derjenige, der offenbar der Vater ist, sich Hake nannte. Der andere ist jünger. Er — ist der Mann, der zu Lark kam, um es ihr zu erzählen. Er heißt Handy. Er ... trieb sich in Re Albi herum. Unglücklicherweise sind wir in Gont Port auf ihn gestoßen. Aber der König schickte ihn fort. Und jetzt bin ich hier, und er ist dort, und alles ist vorbei.«

»Aber Therru hatte Angst«, bemerkte Apple grimmig.

Tenar nickte.

»Warum bist du eigentlich nach Gont Port gegangen?«

»Ja, also, dieser Handy arbeitete für einen Mann — einen Zauberer im Haus des Lords von Re Albi, der mich nicht mochte ...« Sie versuchte sich an den Gebrauchsnamen des Zauberers zu erinnern, und es gelang ihr nicht; ihr fiel nur das kargische Wort *Tuaho* für eine Baumart ein, aber sie wußte nicht mehr, um welchen Baum es sich handelte.

»Und?«

»Na ja, und deshalb hielt ich es für besser, nach Hause zu kommen.«

»Warum mochte dich dieser Zauberer nicht?«

»Vor allem deshalb, weil ich eine Frau bin.«

»Bah. Ein alter Hut.«

»In diesem Fall ein junger Hut.«

»Noch schlimmer. Also, in dieser Gegend hat niemand, den ich kenne, die Eltern gesehen, wenn man dieses Wort auf sie anwenden kann. Aber falls sie sich noch immer hier herumtreiben, gefällt es mir nicht, daß du im Haus allein bist.«

Es war angenehm, von einer Tochter bemuttert zu werden und sich seiner Tochter gegenüber wie eine Tochter zu verhalten. »Es wird alles in bester Ordnung sein!« erklärte Tenar ungeduldig.

»Du könntest dir wenigstens einen Hund zulegen.«

»Daran habe ich auch gedacht. Vielleicht hat jemand im Dorf einen Welpen. Wir werden Lark fragen, wenn wir bei ihr hineinschauen.«

»Keinen Welpen, Mutter. Einen Hund.«

»Aber einen jungen — mit dem Therru spielen kann«, wandte sie ein.

»Einen lieben jungen Hund, der die Einbrecher küßt«, sagte die dralle grauäugige Apple und lachte ihre Mutter an.

Gegen Mittag erreichten sie das Dorf. Lark begrüßte Tenar und Therru mit einem Schwall von Umarmungen, Küssen, Fragen und Essen. Larks ruhiger Ehemann und andere Dorfbewohner kamen herein, um Tenar zu begrüßen. Sie empfand das Glück der Heimkehr.

Lark und die beiden jüngsten ihrer sieben Kinder, ein Junge und ein Mädchen, begleiteten sie zur Farm. Die Kinder kannten Therru natürlich, seit Lark sie nach

Hause gebracht hatte, und waren an sie gewöhnt, obwohl sie nach der zweimonatigen Trennung zuerst etwas schüchtern waren. Ihnen und sogar Lark gegenüber blieb Therru zurückhaltend, passiv, wie in den schlechten alten Tagen.

»Sie ist erschöpft, durch die lange Reise verwirrt. Sie wird darüber hinwegkommen. Sie hat wunderbare Fortschritte gemacht«, erklärte Tenar Lark, aber Apple ließ sich nicht so leicht abschütteln. »Einer von ihnen ist aufgetaucht und hat sie und Mutter erschreckt«, erzählte sie. Am Nachmittag lockten Tochter und Freundin nach und nach gemeinsam die Geschichte aus Tenar heraus, während sie das kalte, stickige, staubige Haus öffneten, es in Ordnung brachten, das Bettzeug lüfteten, die Köpfe über keimende Zwiebeln schüttelten, einige Lebensmittel in die Speisekammer legten und einen großen Kessel Suppe für das Abendessen auf den Herd stellten. Sie bekamen immer nur einzelne Worte zu hören. Tenar konnte ihnen anscheinend nicht erzählen, was der Zauberer getan hatte; ein Zauberspruch, meinte sie undeutlich, oder vielleicht hatte er Handy hinter ihr hergeschickt. Aber als sie auf den König zu sprechen kamen, sprudelten die Worte hervor.

»Und dann war er da — der König! —, wie eine Schwertklinge ... Handy wurde ganz klein und wich vor ihm zurück. Und ich glaubte, es sei Spark! Das glaubte ich tatsächlich einen Augenblick lang, ich war so — so außer mir ...«

»Das ist schon in Ordnung«, fand Apple, »weil Shinny dachte, du wärst seine Mutter. Als wir auf den Docks waren und zusahen, wie du in deiner Herrlichkeit in den Hafen gesegelt kamst. Sie hat ihn geküßt, Aunty Lark. Hat den König geküßt — einfach so. Ich habe geglaubt, daß sie als nächsten den Magier küssen werde. Aber das tat sie nicht.«

»Das kann ich mir denken, was stellst du dir denn vor? Welchen Magier?« fragte Lark, die den Kopf in einen Schrank steckte. »Wo ist deine Mehlbüchse, Goha?«

»Deine Hand liegt darauf. Ein Magier aus Roke, der einen neuen Obersten Magier sucht.«

»Hier?«

»Warum nicht?« widersprach Apple. »Der letzte war schließlich aus Gont. Aber sie haben nicht lange gesucht. Sobald sie Mutter loswaren, segelten sie stracks nach Havnor.«

»Wie du sprichst.«

»Er hat gesagt, daß er eine Frau sucht«, berichtete Tenar. »›Eine Frau auf Gont.‹ Aber er schien darüber nicht sehr glücklich zu sein.«

»Ein Zauberer, der eine Frau sucht? Das ist wirklich einmal eine Neuigkeit«, meinte Lark. »Ich hätte angenommen, daß die Getreidekäfer inzwischen hineingekommen sind, aber das Mehl ist vollkommen in Ordnung. Ich werde einen oder zwei Hafermehlkuchen bakken, ja? Wo ist das Öl?«

»Ich muß welches aus dem Behälter im Keller zapfen. Ach, Shandy! Da bist du ja! Wie geht es dir? Wie geht es Clearbrook? Wie ist es euch ergangen? Habt ihr die Widderlämmer verkauft?«

Beim Abendessen waren sie zu neunt. Im weichen gelben Licht des Abends, an dem langen Bauerntisch in der Küche mit dem Steinboden hob Therru den Kopf ein wenig, und sprach ein paarmal mit den anderen Kindern; aber sie duckte sich immer noch, und als es draußen dunkler wurde, saß sie so, daß ihr sehendes Auge das Fenster beobachten konnte.

Erst als Lark und ihre Kinder in der Dämmerung nach Hause gegangen waren, Apple Therru in Schlaf sang und sie gemeinsam mit Shandy das Geschirr spülte, fragte Tenar nach Ged. Sie hatte es nicht tun wollen, solange Lark und Apple zuhörten; sie hätte zuviel erklären müssen. Sie hatte vollkommen vergessen zu erwähnen, daß er in Re Albi gewesen war. Sie wollte nicht mehr über Re Albi sprechen. Wenn sie versuchte, daran zu denken, schien sich ihr Geist zu verdunkeln.

»Ist vergangenen Monat ein Mann gekommen, den ich geschickt habe, damit er bei der Arbeit hilft?«

»Das habe ich doch tatsächlich vergessen!« rief Shandy. »Du meinst Hawk — den mit den Narben im Gesicht?«

»Ja, Hawk.«

»Na ja, er ist oben auf dem Hot Springs Mountain, oberhalb von Lissu, mit den Schafen, mit Serrys Schafen, glaube ich. Er kommt her und sagt, daß du ihn geschickt hast, und wir hatten kein bißchen Arbeit für ihn, weißt du, weil Clearbrook und ich uns um die Schafe kümmerten und ich die Arbeit im Melkschuppen machte und der alte Tiff und Sis mir halfen, wenn es notwendig war, und ich zerbrach mir den Kopf, aber Clearbrook sagt: ›Frag doch Serrys Gehilfen, den Aufseher von Farmer Serry oben bei Kahedanan, ob sie Hirten auf den hohen Weiden brauchen.‹ Und dieser Hawk zog los, tat es, wurde aufgenommen und war am nächsten Tag fort. ›Frag Serrys Gehilfen‹, sagte Clearbrook zu ihm, und genau das tat er und wurde sofort eingestellt. Er wird sicherlich im Herbst mit den Herden zurückkommen. Oben auf den Long Fells oberhalb von Lissu, auf den hohen Weiden. Vielleicht brauchten sie ihn für die Ziegen. Ein netter Mensch. Ich weiß nicht mehr, ob Schafe oder Ziegen. Hoffentlich ist es dir recht, daß wir ihn nicht hierbehielten, Goha, aber es ist wahr, daß wir kein bißchen Arbeit für ihn hatten, weil ich und Clearbrook und der alte Tiff sie verrichteten, und Sis brachte den Flachs ein. Er sagte, daß er dort, woher er kam, Ziegenhirte war, irgendwo auf der anderen Seite des Berges, irgendwo oberhalb von Armouth, sagte er, obwohl er sagte, daß er nie Schafe gehütet habe. Vielleicht haben sie ihn mit den Ziegen hinaufgeschickt.«

»Vielleicht«, wiederholte Tenar. Sie war sehr erleichtert und sehr enttäuscht. Sie hatte wissen wollen, ob er sich in Sicherheit befand und ob es ihm gutging, aber sie hatte ihn auch hier antreffen wollen.

Aber es genügte, einfach zu Hause zu sein — und vielleicht war es besser, daß er nicht hier war, daß nichts von all dem hier war, daß aller Kummer, die Träume, das Zauberwerk und das Entsetzen von Re Albi für immer hinter ihr lagen. Sie war jetzt hier, und dies war ihr Zuhause, die Steinböden und Steinwände, die Fenster mit den kleinen Scheiben, vor denen die Eichen im Sternenlicht dunkel standen, die ruhigen, ordentlichen Räume. In dieser Nacht lag sie lange wach. Ihre Tochter schlief mit Therru im Zimmer nebenan, dem Kinderzimmer, und Tenar lag allein in ihrem Bett, dem Bett ihres Mannes.

Sie schlief. Als sie erwachte, erinnerte sie sich an keinen Traum.

Nach ein paar Tagen auf der Farm schenkte sie dem auf dem Overfell verbrachten Sommer kaum einen Gedanken. Es war lang her und weit weg. Obwohl Shandy darauf bestanden hatte, daß es auf der Farm nicht die geringste Arbeit gab, fand sie viel, was getan werden mußte: alles, was im Sommer nicht getan worden war, und alles, was in der Erntezeit auf den Feldern und in dem Melkschuppen getan werden mußte. Sie arbeitete von Tagesanbruch bis zur Dunkelheit, und wenn sie zufällig eine Stunde lang sitzen konnte, spann sie oder nähte für Therru. Das rote Kleid war endlich fertig; es war ein hübsches Kleid geworden, mit einer weißen Schürze für besondere Anlässe und einer bräunliche Schürze für alle Tage. »Jetzt siehst du schön aus!« erklärte Tenar mit dem Stolz der Näherin, als Therru es zum erstenmal anprobierte.

Therru wendete das Gesicht ab.

»Du bist schön«, wiederholte Tenar mit veränderter Stimme. »Hör mir zu, Therru. Komm hierher. Du hast Narben, häßliche Narben, weil dir etwas Häßliches, Böses angetan wurde. Die Menschen sehen die Narben. Aber sie sehen auch dich, und du bist nicht die Narben. Du bist nicht häßlich. Du bist nicht böse. Du bist Therru und schön. Du bist Therru, die arbeiten, gehen, laufen und tanzen kann — in einem roten Kleid schön tanzen kann.«

Das Kind hörte ihr zu; die weiche, unversehrte Seite des Gesichts war genauso ausdruckslos wie die starre, narbenbedeckte Seite.

Sie blickte auf Tenars Hände hinunter und berührte sie mit den kleinen Fingern. »Es ist ein schönes Kleid«, sagte sie mit ihrer leisen, heiseren Stimme.

Als Tenar allein war und die Reste des roten Stoffs zusammenfaltete, brannten ihre Augen vor Tränen. Sie fühlte sich zurechtgewiesen. Sie hatte richtig gehandelt, indem sie das Kleid nähte, und sie hatte dem Kind die Wahrheit gesagt. Das Richtige und die Wahrheit waren jedoch nicht genug. Es gab jenseits von Richtigem und Wahrem eine Spalte, eine Leere, einen Abgrund. Liebe, ihre Liebe zu Therru und Therrus Liebe zu ihr, schlug eine Brücke über diese Lücke, eine Brücke aus Spinnweben, aber die Liebe füllte oder schloß die Lücke nicht. Nichts war dazu imstande. Das Kind wußte es besser als sie.

Die Tag- und Nachtgleiche kam heran, die helle Herbstsonne brannte durch den Dunst. In den Eichenblättern lag das erste Bronze. Tenar hatte im Melkschuppen der süßen Luft Tür und Fenster weit geöffnet, und während sie Schlagsahnetöpfe schrubbte, dachte sie daran, daß ihr junger König an diesem Tag in Havnor gekrönt wurde. Die Lords und Ladies würden in blauen, grünen und leuchtend roten Kleidern erscheinen, aber er würde Weiß tragen. Er würde die Stufen zum Turm des Schwerts hinaufsteigen, die Stufen, die Ged und sie hinaufgegangen waren. Man würde ihm Morreds Krone aufs Haupt setzen. Wenn die Trompeten erschollen, würde er sich umdrehen und sich auf den

Thron setzen, der so viele Jahre lang leergestanden hatte, und sein Königreich mit den dunklen Augen betrachten, die wußten, was Schmerz, was Angst bedeuteten. Herrsche gut, herrsche lang, dachte sie, armer Junge! Sie dachte: Ged hätte ihm die Krone aufs Haupt setzen sollen. Er hätte hingehen sollen.

Aber Ged hütete die Schafe oder vielleicht Ziegen des reichen Mannes oben auf den hohen Weiden. Es war ein schöner, trockener, goldener Herbst und sie würden die Herden erst hinuntertreiben, wenn oben auf den Höhen Schnee fiel.

Wenn Tenar ins Dorf ging, machte sie es sich zur Gewohnheit, Ivy in ihrer Hütte am Ende des Dorfs aufzusuchen. Seit sie Moss in Re Albi kannte, hegte sie den Wunsch, Ivy besser kennenzulernen, falls sie jemals das Mißtrauen und den Neid der Hexe überwinden konnte. Obwohl sie Lark hatte, fehlte ihr Moss; sie hatte von ihr gelernt und liebte sie, und Moss hatte ihr und Therru etwas gegeben, das sie brauchten. Sie hoffte, daß sie hier einen Ersatz finden würde. Aber obwohl Ivy wesentlich reinlicher und verläßlicher war als Moss, hatte sie nicht die Absicht, ihre Abneigung gegen Tenar aufzugeben. Sie behandelte Tenars Freundschaftsangebote mit der Verachtung, die sie, wie Tenar zugab, vielleicht verdienten. ›Du geh deinen Weg, ich gehe meinen‹, erklärte ihr die Hexe auf jede mögliche Weise, nur nicht mit Worten. Tenar gehorchte, obwohl sie Ivy weiterhin betont achtungsvoll behandelte, wenn sie einander trafen. Sie hatte die Hexe zu oft und über zu lange Zeit beleidigt und schuldete ihr eine Wiedergutmachung. Ivy war offensichtlich ebenfalls dieser Meinung und nahm das ihr Zustehende mit steifem Zorn entgegen.

Um die Herbstmitte kam der Zauberer Beech in das Tal herauf, weil ihn ein reicher Bauer gerufen hatte, um seine Gicht heilen zu lassen. Beech blieb wie immer eine Zeitlang in den Dörfern des Middle Valley und verbrachte einen Nachmittag auf der Oak-Farm; er sah nach, wie es Therru ging, und sprach mit Tenar. Er wollte alles erfahren, was sie ihm freiwillig von Ogions letzten Tagen erzählen würde. Er war der Schüler eines Schülers von Ogion und ein ergebener Bewunderer des Magiers von Gont. Tenar stellte fest, daß es ihr leichter fiel, über Ogion als über andere Leute aus Re Albi zu sprechen, und erzählte ihm alles, was sie wußte. Als sie fertig war, fragte er ein bißchen vorsichtig: »Und der Oberste Magier — ist er gekommen?«

»Ja.«

Beech war ein sanft aussehender, etwa vierzigjähriger Mann mit glatter Haut, der ein wenig zur Fülle neigte und dunkle Schatten unter den Augen hatte, die die Sanftheit seines Gesichts Lügen straften; er sah sie an und stellte keine Frage.

»Er kam nach Ogions Tod. Und ging wieder«, sagte sie. »Er ist nicht mehr Oberster Magier. Habt Ihr das gewußt?«

Beech nickte.

»Habt Ihr vielleicht gehört, ob sie einen neuen Obersten Magier gewählt haben?«

Der Zauberer schüttelte den Kopf. »Vor nicht allzulanger Zeit kam ein Schiff von den Enlades, aber die Mannschaft sprach nur über die Krönung. Sie waren überwältigt! Es hörte sich an, als seien alle Vorzeichen und Umstände glückbringend gewesen. Wenn das Wohlwollen der Magier wertvoll ist, dann ist unser junger König ein reicher Mann ... Und anscheinend aktiv. Kurz bevor ich Valmouth verließ, kam auf dem Landweg von Gont Port der Befehl an die Edlen, Kaufleute, den Bürgermeister und seinen Rat, eine Zusammenkunft abzuhalten und dafür zu sorgen, daß die Gerichtsbeamten des Bezirks würdige und verantwortungsbewußte Männer sind, denn sie sind jetzt Beamte des Königs, sollen seine Befehle befolgen und seinen Gesetzen Geltung verschaffen. Ihr könnt Euch vorstellen, wie Lord Heno dies begrüßte!« Heno war ein angesehener Schirmherr der Piraten, der die meisten Gerichtsbeamten und Seesheriffs von Süd-Gont in die Tasche gesteckt hatte. »Aber es gab Männer, die bereit waren, sich Heno zu stellen, wenn der König hinter ihnen stand. Sie entließen die ganze Gesellschaft auf der Stelle und ernannten fünfzehn neue Gerichtsbeamte, anständige Männer, die aus der Kasse des Bürgermeisters bezahlt werden. Heno stürmte davon und schwor Vernichtung. Eine neue Zeit bricht an! Natürlich kommt nicht alles auf einmal, aber es kommt. Schade, daß Meister Ogion es nicht mehr erlebt hat.«

»Er hat es erlebt«, widersprach Tenar. »Als er starb, lächelte er und sagte: ›Alles hat sich verändert ...‹«

Beech nahm dies in seiner nüchternen Art zur Kenntnis und nickte bedächtig. »Alles hat sich verändert«, wiederholte er.

Nach einer Weile bemerkte er: »Die Kleine entwickelt sich sehr gut.«

»Recht gut ... Manchmal glaube ich, daß es nicht gut genug ist.«

»Mistress Goha«, widersprach der Zauberer, »wenn ich oder ein anderer Zauberer oder eine Hexe, oder gar ein Magier sie aufgenommen und in den vielen Monaten, seit sie verletzt wurde, die gesamte Heilkraft der magischen Kunst für sie eingesetzt hätte, ginge es ihr jetzt auch nicht besser. Vielleicht nicht einmal genausogut. Ihr habt alles getan, was getan werden kann, Mistress. Ihr habt ein Wunder bewirkt.«

Sein ernstes Lob rührte sie und stimmte sie dennoch traurig; sie erklärte ihm, warum. »Es ist nicht genug. Ich kann sie nicht heilen. Sie ist ... Was wird sie anfangen? Was wird aus ihr werden?« Sie ließ den Faden, den sie spann, auf das Storchbein ablaufen. »Ich habe Angst.«

»Um sie«, sagte Beech halb fragend.

»Angst, weil ihre Angst die Ursache dieser Angst anzieht. Angst, weil ...«

Aber sie konnte die Worte dafür nicht finden.

»Wenn sie in Angst lebt, wird sie Übles tun«, sagte sie endlich. »Davor fürchte ich mich.«

Der Zauberer überlegte. »Wenn sie die Gabe besitzt, wie ich annehme«, erklärte er schließlich auf seine bescheidene Art, »könnte sie vielleicht ein wenig in der Kunst ausgebildet werden. Als Hexe würde ihr — Aussehen keine solche Rolle spielen. Möglicherweise ...« Er räusperte sich. »Es gibt Hexen, die sehr anerkennenswerte Arbeit leisten.«

Tenar ließ ein Stückchen des Fadens, den sie gesponnen hatte, zwischen den Fingern durchlaufen und prüfte seine Gleichmäßigkeit und Stärke. »Ogion befahl mir, sie zu lehren. ‹Lehre sie alles‹, sagte er, und dann: ›Nicht Roke.‹ Ich weiß nicht, was er meinte.«

Das bereitete Beech keine Schwierigkeiten. »Er meinte, daß die Gelehrsamkeit von Roke — die Hohen Künste — sich nicht für ein Mädchen eignen«, erklärte er. »Ganz zu schweigen von einer so Behinderten. Aber wenn er wollte, daß man sie alles außer diesem Wissen lehrt, fand offenbar auch er, daß ihr Weg sehr wohl der einer Hexe sein kann.« Er überlegte wieder, diesmal fröhlicher, weil er das Gewicht von Ogions Meinung auf seiner Seite wußte. »In ein oder zwei Jahren, wenn sie kräftig genug und noch ein Stückchen gewachsen ist, könntet Ihr Ivy bitten, sie ein wenig zu unterweisen. Aber auch nicht zuviel, bevor sie ihren wahren Namen erhalten hat.«

Tenar widersetzte sich innerlich diesem Vorschlag sofort heftig. Sie schwieg, aber Breech war feinfühlig. »Ivy ist mürrisch. Aber was sie kann, macht sie ordentlich. Was man nicht von allen Hexen sagen kann. Ihr wißt ja: *Schwach wie die Magie der Frauen und böse wie die Magie der Frauen!* Aber ich habe Hexen mit echter Heilkraft gekannt. Heilen steht einer Frau an. Es fällt ihr von selbst zu. Und da das Kind selbst so verletzt wurde, könnte es sich dazu hingezogen fühlen.«

Tenar fand seine Güte naiv.

Sie bedankte sich bei ihm und versprach, daß sie über seine Worte eingehend nachdenken würde. Sie tat es auch.

Die Dörfler des Middle Valley kamen vor Ende des Monats am Round Barn von Sodeva zusammen, ernannten ihre Gerichtsbeamten und Friedensrichter und legten sich selbst eine Steuer auf, um die Gehälter der Gerichtsbeamten zu bezahlen. So lauteten die Befehle des Königs, die den Bürgermeistern und Dorfältesten überbracht wurden und denen sie bereitwillig gehorchten, denn es gab auf den Straßen genauso viele entschlossene Bettler und Diebe wie immer, und die Dorfbewohner und Bauern konnten es nicht erwarten, daß Ordnung und Sicherheit einkehrten. Häßliche Gerüchte gingen um, zum Beispiel, daß Lord Heno einen Rat der Schurken gebildet hatte und das gesamte Lumpenpack auf dem Land anwarb, damit sie in Banden umherstreiften und den Stadtverordneten des Königs die Köpfe einschlugen; aber die meisten drohten: »Sie sollen es nur versuchen!« Dann erzählten sie einander, daß jetzt ein anständiger Mensch nachts sicher in seinem Bett schlafen könne und daß der König in Ordnung brachte, was im argen lag, obwohl die Steuern unerhört waren und sie für alle Zeit arm bleiben würden, wenn sie sie bezahlen mußten.

Tenar war froh, daß sie dies alles von Lark erfuhr, schenkte ihm aber nicht viel Beachtung. Sie arbeitete schwer; seit sie zu Hause war, hatte sie beinahe unbewußt, beschlossen, ihr oder Therrus Leben nicht durch die Gedanken an Handy oder andere Rohlinge stören zu lassen. Sie konnte das Kind nicht ununterbrochen bei sich behalten, seine Angst wieder wecken, es ewig daran erinnern, woran es sich nicht erinnern durfte, wenn es leben wollte. Therru mußte frei sein und wissen, daß sie frei war, um in Würde heranzuwachsen.

Sie hatte allmählich ihre scheue, furchtsame Art abgelegt und ging jetzt allein auf dem Hof herum, über die Nebenstraßen und sogar ins Dorf. Tenar erwähnte nie, daß sie vorsichtig sein solle, obwohl sie sich dazu zwingen mußte. Therru war auf dem Hof in Sicherheit, im Dorf in Sicherheit, niemand würde ihr etwas tun: Das mußte uneingeschränkt gelten. Tenar stellte es tatsächlich nicht oft in Frage. Sie, Shandy und Clearbrook arbeiteten auf der Farm, Sis und Tiff waren im unteren Haus beschäftigt, und Larks Familie war über das ganze Dorf verstreut — was sollte dem Kind im milden Herbst des Middle Valley zustoßen?

Als Tenar von einem Hund hörte, der ihr zusagte, kaufte sie ihn: einer der großen grauen gontischen Schafwächter mit den klugen lockigen Köpfen.

Gelegentlich dachte sie, wie in Re Albi: Ich muß das Kind unterrichten! Ogion hat es gesagt. Aber irgendwie brachte sie ihr nur die Landarbeit bei, und als es früher dunkel wurde und sie abends vor dem Zubettgehen in der Küche saßen, erzählten sie Geschichten. Vielleicht hatte Beech recht, und man sollte Therru zu einer Hexe schicken, damit sie lernte, was die Hexen wußten. Es war besser, als sie zu einem Weber in die Lehre zu geben, wie Tenar vorgehabt hatte. Aber nicht viel besser. Sie war noch immer nicht sehr groß und für ihr Alter sehr unwissend, denn bevor sie nach Oak Farm kam, hatte sie nichts gelernt. Sie war wie ein kleines Tier gewesen, hatte die menschliche Sprache kaum und keine der menschlichen Fertigkeiten beherrscht. Sie lernte schnell und war doppelt so folgsam und fleißig wie Larks ausgelassene Töchter und die lachenden, faulen Söhne. Sie konnte putzen, Essen auftragen, spinnen, ein wenig kochen, ein wenig nähen, sich um das Geflügel kümmern, die Kühe holen und im Melkschuppen ausgezeichnete Arbeit leisten. Ein richtiges Bauernmädchen nannte sie der alte Tiff ein wenig schmeichlerisch. Tenar hatte gesehen, daß er unauffällig das Zeichen zur Abwehr des Bösen machte, wenn Therru an ihm vorbeiging. Wie die meisten Menschen glaubte Tiff, daß einem das zustieß, was man war. Die Reichen und Starken waren sicherlich tugendhaft; jemand, dem Böses widerfahren war, mußte schlecht sein und konnte zu Recht bestraft werden.

Wenn es sich so verhielt, würde es nicht viel nützen, wenn Therru das tüchtigste Bauernmädchen in Gont wurde. Nicht einmal Wohlstand würde das sichtbare Brandmal abschwächen, das ihr zugefügt worden war. Deshalb hatte Beech sie als Hexe gesehen, um damit das Brandmal hinzunehmen und es auszunützen. Hatte Ogion das damit gemeint, als er sagte: ›Nicht Roke‹. Als er sagte: ›Sie werden Angst vor ihr haben‹? War das alles?

Als eines Tages ein herbeigeführter Zufall Tenar und Ivy auf der Straße zusammenbrachte, sagte Tenar: »Ich würde Euch gern eine Frage stellen, Mistress Ivy. Im Zusammenhang mit Eurem Beruf.«

Die Hexe musterte sie mit einem vernichtenden Blick. »Ach, meinem Beruf?«

Tenar nickte ungerührt.

»Dann kommt mit.« Ivy hob die Schultern und ging durch die Mill Lane zu ihrem kleinen Haus voraus.

Es war keine verrufene, von Hühnern bewohnte Höhle wie Moss' Haus, aber es war ein Hexenhaus; an den Deckenbalken hingen dichtgedrängt getrocknete und trocknende Kräuter, das Feuer war mit grauer Asche zugedeckt, eine winzige Kohle blinzelte wie ein rotes Auge, eine geschmeidige, fette, schwarze Katze mit einer weißen Schnurrbarthälfte schlief auf einem Regal, überall lagen und standen kleine Schachteln, Töpfe, Wasserkrüge, Tabletts und zugekorkte Flaschen, und jeder Gegenstand besaß einen eigenen aromatischen, stechenden, süßen oder fremdartigen Geruch.

»Was kann ich für Euch tun, Mistress Goha?« fragte Ivy sehr trocken, sobald sie eingetreten waren.

»Sagt mir bitte, ob mein Mündel Therru Geschick für Eure Kunst, ob sie Macht besitzt.«

»Sie? Natürlich!« antwortete die Hexe.

Tenar verschlug die prompte, verächtliche Antwort ein wenig die Sprache. »Beech fand es auch«, meinte sie schließlich.

»Das könnte eine blinde Fledermaus in einer Höhle sehen«, stellte Ivy fest. »Ist das alles?«

»Nein. Ich brauche Euren Rat. Sobald ich meine Frage gestellt habe, könnt Ihr mir den Preis für Eure Antwort nennen. Angemessen?«

»Angemessen.«

»Soll ich Therru zur Hexe ausbilden lassen, sobald sie ein wenig älter ist?«

Ivy schwieg für einen Augenblick und dachte über ihr Honorar nach, so nahm Tenar an. Statt dessen beantwortete sie die Frage. »Ich würde sie nicht aufnehmen.«

»Warum?«

»Weil ich Angst hätte.« Sie starrte Tenar plötzlich grimmig an.

»Angst! Wovor?«

»Vor ihr! Was ist sie?«

»Ein Kind. Ein mißhandeltes Kind!«

»Das ist nicht alles, was sie ist.«

Tenar wurde von dunklem Zorn erfaßt. »Muß ein Lehrmädchen denn eine Jungfrau sein?«

Ivy starrte sie an und erwiderte nach einem Augenblick: »Das habe ich nicht gemeint.«

»Was habt Ihr gemeint?«

»Ich meine, daß ich nicht weiß, was sie ist. Ich meine, daß ich nicht weiß, was sie sieht, wenn sie mich mit dem einen sehenden und dem einen blinden Auge anblickt. Ich sehe, daß Ihr mit ihr herumgeht, als wäre sie ein beliebiges Kind, und ich denke: Was sind sie? Worin besteht die Stärke dieser Frau — denn sie ist kein Narr —, ein Feuer an der Hand zu halten, mit dem Wirbelwind einen Faden zu spinnen? Es heißt, Mistress, daß Ihr als Kind bei den Alten, den Dunklen, den Gewaltigen gelebt habt und daß Ihr Königin und Dienerin dieser

Mächte wart. Vielleicht habt Ihr deshalb keine Angst vor ihr. Ich weiß nicht, ich sage nicht, welche Macht sie besitzt. Aber ich weiß, daß sie über alles hinausgeht, was ich oder Beech, oder jede Hexe oder jeder Zauberer, den ich je kannte, sie lehren kann! Ich gebe Euch meinen Rat, Mistress, frei und kostenlos. Er lautet: Hütet Euch. Hütet sie an dem Tag, da sie ihre Kraft findet! Das ist alles.«

»Ich danke Euch, Mistress Ivy«, sagte Tenar mit der gesamten Förmlichkeit der Priesterin der Gräber von Atuan und trat aus dem warmen Raum in den scharfen, beißenden Wind des Spätherbstes hinaus.

Sie war noch immer zornig. Niemand wollte ihr helfen. Sie wußte, daß die Aufgabe ihre Fähigkeiten überstieg, das mußte ihr niemand erklären — aber keiner wollte ihr helfen. Ogion war gestorben, die alte Moss drosch Phrasen, Ivy warnte, Beech hielt sich heraus, und Ged — der einzige, der ihr wirklich hätte helfen können —, Ged rannte davon. Rannte davon wie ein geprügelter Hund, schickte ihr nie ein Zeichen oder eine Nachricht, dachte nie an sie oder Therru, sondern nur an seine kostbare Schande. Die war sein Kind, sein Schützling. Das war alles, was ihm am Herzen lag. Tenar hatte ihm nie am Herzen gelegen, er hatte nie an sie gedacht, nur an die Macht — ihre Macht, seine Macht, wie er sie benützen konnte, wie er sie vermehren konnte. Indem er den zerbrochenen Ring zusammenfügte, indem er die Rune heilte, indem er einen König auf den Thron setzte. Und als er seine Macht verloren hatte, konnte er noch immer an nichts anderes denken: daß sie dahin, verloren war, so daß ihm nur er selbst, seine Schande, seine Leere blieben.

Du bist nicht gerecht, sagte Goha zu Tenar.

Gerecht! höhnte Tenar. Hat er sich gerecht verhalten?

Ja, behauptete Goha. Er hat es getan. Oder wenigstens versucht.

Dann kann er mit den Ziegen, die er hütet, gerecht

umgehen; es ist mir gleichgültig, sagte Tenar, im Wind und dem ersten, dünnen, kalten Regen nach Hause stapfend.

»Heute wird es vielleicht schneien«, meinte ihr Pächter Tiff, als er sie auf der Straße neben den Wiesen des Kaheda traf.

»So früh schon Schnee? Hoffentlich nicht.«

»Frieren wird es jedenfalls bestimmt.«

Als die Sonne untergegangen war, fror es: Regenpfützen und die Tröge der Tränken bekamen eine Haut; dann wurden sie durch das Eis trüb; das Schilf am Kaheda wurde vom Eis festgehalten und rührte sich nicht; sogar der Wind legte sich, als wäre er gefroren und könne sich nicht bewegen.

Neben dem Feuer — einem süßeren Feuer als dem Ivys, denn das Holz stammte von einem alten Apfelbaum, den sie im vergangenen Frühjahr im Obstgarten gefällt hatten — saßen Tenar und Therru, nachdem der Tisch abgeräumt war, spannen und redeten. Als Therru das Rad anwarf, um einen Haufen dunkler seidiger Ziegenwolle zu Vliesgarn zu spinnen, bat sie mit ihrer heiseren Stimme: »Erzähl die Geschichte von den Katzengespenstern.«

»Das ist eine Sommergeschichte.«

Therru legte den Kopf schief.

»Im Winter sollten die Geschichten große Geschichten sein. Im Winter lernt man die *Erschaffung von Éa,* so daß man sie, wenn der Sommer kommt, bei dem Langen Tanz singen kann. Im Winter lernt man das Winterlied und die *Heldentat des Jungen Königs,* und beim Fest der Sonnenrückkehr, wenn die Sonne sich nach Norden wendet, um den Frühling zu holen, kann man sie singen.«

»Ich kann nicht singen«, flüsterte das Mädchen.

Tenar wand mit geschickten rhythmischen Handbewegungen gesponnenes Garn vom Rocken zu einem Knäuel.

»Nicht nur die Stimme singt«, erklärte sie. »Der Geist singt. Die hübscheste Stimme der Welt nützt nichts, wenn der Geist nicht die Gesänge kennt.« Sie band das letzte Garnende los, das als erstes gesponnen worden war. »Du besitzt Stärke, Therru, und geistig beschränkte Stärke ist gefährlich.«

»Wie die, die nicht lernen wollten«, sagte Therru. »Die Wilden.« Tenar wußte nicht, was sie meinte, und sah sie fragend an. »Diejenigen, die im Westen geblieben sind«, erklärte Therru.

»Ach — die Drachen im Gesang von der Frau von Kemay. Ja. Genau. Wir beginnen also mit — wie die Inseln aus dem Meer emporgehoben wurden oder wie König Morred die Schwarzen Schiffe zurückschlug?«

»Die Inseln«, flüsterte Therru. Tenar hatte gehofft, daß sie die *Heldentat des Jungen Königs* wählen würde, denn sie sah in Lebannens Gesicht Morred; aber das Kind hatte richtig gewählt. »Sehr gut«, sagte sie. Sie blickte zu Ogions großen Sagenbüchern auf dem Kaminsims hinauf und ermunterte sich damit, daß sie die Worte dort finden konnte, falls sie sie vergessen hatte; sie holte Luft und begann.

Als Schlafenszeit war, wußte Therru, wie Segoy die ersten Inseln aus den Tiefen der Zeit emporgehoben hatte. Statt ihr vorzusingen, sobald sie sie zugedeckt hatte, setzte sich Tenar auf das Bett, und sie sagten gemeinsam leise die erste Strophe des Gesangs von der Erschaffung auf.

Tenar trug die kleine Öllampe in die Küche zurück und lauschte der vollkommenen Stille. Der Frost hatte die Welt gefesselt, sie eingesperrt. Kein Stern war zu sehen. Gegen das einzige Fenster der Küche drückte sich Schwärze. Auf den Steinböden lag Kälte.

Sie kehrte zum Feuer zurück, denn sie war noch nicht schläfrig. Die großen Worte des Gesangs hatten ihren Geist aufgewühlt, und Zorn und Unruhe, die ihr Gespräch mit Ivy hinterlassen hatten, waren noch immer vorhanden. Sie ergriff den Schürhaken, um dem großen Scheit eine kleine Flamme zu entlocken. Als sie auf das Scheit schlug, ertönte hinter dem Haus ein Echo des Geräuschs.

Sie richtete sich auf und lauschte.

Wieder: ein leises dumpfes Pochen oder ein Schlag — außerhalb des Hauses — am Fenster des Melkschuppens?

Tenar ging mit dem Schürhaken in der Hand durch den dunklen Korridor zur Tür, die in den Kühlraum führte. Jenseits des Kühlraums lag der Melkschuppen. Das Haus war an einen niedrigen Hügel gebaut, und beide Räume reichten wie Keller in den Hügel hinein, lagen aber auf der gleichen Ebene mit dem Rest des Hauses. Der Kühlraum besaß nur Belüftungsrohre; der Melkschuppen hatte eine Tür und in einer der äußeren Wände ein niedriges breites Fenster wie das in der Küche. Als sie an der Tür zum Kühlraum stand, hörte sie, wie dieses Fenster gelockert oder aufgebrochen wurde, und vernahm flüsternde Männerstimmen.

Flint war ein methodischer Hausherr gewesen. Jede Tür seines Hauses besaß auf beiden Seiten einen Schubriegel, eine kräftige Stange aus Gußeisen, die in Gleitschienen lief. Alle waren sauber und wurden regelmäßig geölt; keiner wurde vorgeschoben.

Sie schob den Riegel vor die Tür des Kühlraums. Er glitt geräuschlos zu und paßte genau in den schweren Eisenschlitz im Türrahmen.

Sie hörte, wie die äußere Tür des Melkschuppens geöffnet wurde. Einer der Eindringlinge hatte endlich daran gedacht, es an der Tür zu versuchen, bevor sie das Fenster einschlugen, und festgestellt, daß sie nicht versperrt war.

Sie vernahm wieder Stimmengemurmel. Dann Stille, die so lang dauerte, daß der Herzschlag ihr laut in den Ohren dröhnte und sie befürchtete, keine anderen Geräusche mehr zu hören. Die Beine zitterten ihr unkontrolliert, und die Kälte des Bodens kroch ihr wie eine Hand unter den Rock.

»Sie ist offen«, flüsterte eine Männerstimme in ihrer Nähe, und ihr Herz setzte schmerzhaft aus. Sie legte die Hand auf den Riegel, weil sie glaubte, daß er offen war — daß sie ihn geöffnet, nicht zugeschoben hatte. Sie wollte ihn gerade zurückziehen, als die Tür zwischen Kühlraum und Melkschuppen knarrte. Sie kannte das Knarren der oberen Angel. Sie kannte auch die Stimme, die gesprochen hatte, doch es war eine andere Art des Erkennens. »Es ist ein Vorratsraum«, sagte Handy und dann, als die Tür, an der sie stand, gegen den Riegel klapperte: »Die da ist versperrt.« Sie klapperte wieder. Ein dünner Lichtstrahl drang wie eine Messerklinge zwischen Tür und Türrahmen hindurch. Er berührte ihre Brust, und sie wich zurück, als hätte er sie geschnitten.

Die Tür klapperte wieder, aber nicht sehr. Sie war stabil, die Angeln waren kräftig, und der Riegel saß fest.

Auf der anderen Seite der Tür flüsterten sie miteinander. Sie wußte, daß sie vorhatten, um das Haus herumzugehen und es an der Haustür zu versuchen. Sie stand an der Vordertür und verriegelte sie, ohne zu wissen, wie sie dorthin gekommen war. Vielleicht war es ein Alptraum. Sie träumte manchmal, daß sie versuchten, in das Haus zu gelangen, daß sie dünne Messer durch die Türspalten schoben. Die Türen — gab es noch eine Tür, zu der sie hereinkommen konnten? Die Fenster — die Läden der Schlafzimmerfenster ... Ihr fiel das Atmen so schwer, daß sie glaubte, sie werde nicht in Therrus Zimmer gelangen, aber sie war dort, sie zog die schweren Holzläden vor das Glas. Die Angeln waren steif, und die Läden knallten zusammen. Jetzt wußten sie es. Jetzt kamen sie. Sie würden zu dem Fenster des nächsten Raums kommen, zu ihrem Zimmer. Sie würden dort sein, bevor sie die Läden schließen konnte. Und sie waren dort.

Sie sah die Gesichter, verschwommene Flecke, die sich in der Dunkelheit draußen bewegten, als sie den linken Laden aus seinem Haken zu lösen versuchte. Er klemmte. Sie konnte ihn nicht bewegen. Eine Hand berührte das Glas und drückte sich weiß darauf.

»Da ist sie.«

»Laß uns hinein. Wir werden dir nichts tun.«

»Wir wollen nur mit dir sprechen.«

»Er will nur sein kleines Mädchen sehen.«

Sie bekam den Laden los und schob ihn über das Fenster. Aber wenn sie das Glas zerbrachen, konnten sie die Läden von außen aufstoßen. Die Befestigung bestand nur aus einem Haken, der nachgeben würde, wenn man Gewalt einsetzte.

»Laß uns ein, und wir werden dir nichts tun«, wiederholte eine der Stimmen.

Sie hörte ihre Füße auf dem gefrorenen Boden in den welken Blättern knistern. War Therru wach? Vielleicht hatte sie der Krach der zugeschlagenen Läden geweckt, aber sie hatte keinen Ton von sich gegeben. Tenar stand in der Tür zwischen ihrem und Therrus Zimmer. Es war stockfinster, still. Sie hatte Angst, das Kind zu berühren und zu wecken. Sie mußte bei Therru im Zimmer bleiben. Sie mußte um sie kämpfen. Sie hatte den Schürhaken in der Hand gehabt, wo hatte sie ihn hingelegt? Sie hatte ihn weggelegt, um die Läden zu schließen. Sie konnte ihn nicht finden. Sie tastete in der Schwärze des Raums, der keine Wände zu haben schien, nach ihm.

Die Vordertür, die in die Küche führte, klapperte im Rahmen.

Wenn sie den Schürhaken finden konnte, würde sie hier drinnen bleiben und gegen sie kämpfen.

»Hier!« rief einer von ihnen, und sie wußte, was er gefunden hatte. Er blickte zu dem breiten Küchenfenster hinauf, das keine Läden hatte und leicht zu erreichen war.

Sie tastete sich sehr langsam, wie ihr vorkam, zu der

Tür des Raums. Er diente jetzt Therru als Zimmer. Er war das Zimmer ihrer Kinder gewesen. Das Kinderzimmer. Deshalb befand sich kein Riegel an der Innenseite der Tür. Damit sich die Kinder nicht einsperren konnten und Angst bekamen, wenn der Riegel klemmte.

Um den Hügel herum, hinter dem Obstgarten, schliefen Clearbrook und Shandy in ihrer Hütte. Wenn sie schrie, würde Shandy es vielleicht hören. Wenn sie das Schlafzimmerfenster öffnete und rief ... Oder wenn sie Therru weckte, mit ihr aus dem Fenster kletterte und durch den Obstgarten lief ... Aber die Männer waren da, genau da, und warteten.

Es war mehr, als sie ertragen konnte. Die Starre des Entsetzens, die sie gelähmt hatte, verging, und sie lief wütend in die Küche, die für sie in rotes Licht getaucht war, nahm das lange scharfe Fleischmesser vom Block, schob den Türriegel zurück und stand im Türrahmen. »Dann kommt!« rief sie.

Während sie schrie, heulte jemand auf und sog keuchend die Luft ein, und ein Mann brüllte: »Gib acht!« Ein anderer rief: »Hier! Hier!«

Dann herrschte Stille.

Das Licht aus der offenen Tür schoß über das schwarze Eis der Pfützen, glitzerte auf den schwarzen Ästen der Eichen und auf den abgefallenen silbrigen Blättern, und als ihre Augen wieder deutlich sahen, erkannte sie, daß auf dem Weg etwas auf sie zukroch, eine dunkle Masse oder ein Haufen, der zu ihr kroch und hoch und schluchzend jammerte. Hinter dem Licht lief eine schwarze Gestalt, bewegte sich blitzschnell, und lange Klingen blitzten.

»Tenar!«

»Bleib stehen!« befahl sie und hob das Messer.

»Tenar! Ich bin es — Hawk, Sparrowhawk!«

»Bleib stehen!« wiederholte sie.

Die sich schnell bewegende dunkle Gestalt blieb neben der auf dem Weg liegenden schwarzen Masse stehen. Das Licht aus der Tür fiel schwach auf einen Körper, ein Gesicht, eine Mistgabel mit langen Zinken, die aufrecht gehalten wurde wie der Stab eines Zauberers. »Bist du es?« fragte sie.

Er kniete jetzt neben dem schwarzen Ding auf dem Weg.

»Ich glaube, ich habe ihn getötet«, sagte er. Er blickte zurück und stand auf. Von den anderen Männern war nichts zu sehen und zu hören.

»Wo sind sie?«

»Weggerannt. Hilf mir, Tenar!«

Sie hielt das Messer in einer Hand. Mit der anderen ergriff sie den Arm des Mannes, der auf dem Weg zusammengesunken war. Ged faßte ihn unter der Schulter, und sie zogen ihn die Stufe hinauf ins Haus. Er lag auf dem Steinboden der Küche, und das Blut lief ihm wie Wasser aus einem Krug aus der Brust und dem Bauch. Die Oberlippe war von den Zähnen zurückgezogen, und man sah nur das Weiße der Augen.

»Versperr die Tür!« befahl Ged, und sie versperrte sie.

»Im Schrank liegt Leinen«, bemerkte sie, und er holte ein Laken und zerriß es zu Verbänden, die sie immer wieder um Bauch und Brust des Mannes wickelte; drei der vier Zinken der Mistgabel waren mit voller Kraft in den Mann getrieben worden und hatten drei zackige Blutquellen geöffnet, die tropften und sprudelten, während Ged den Oberkörper des Mannes stützte, so daß sie die Verbände anlegen konnte.

»Was tust du hier? Bist du mit ihnen gekommen?«

»Ja. Aber sie haben es nicht gewußt. Mehr kannst du nicht tun, Tenar.« Er ließ den Körper des Mannes zu Boden gleiten, setzte sich schweratmend auf die Fersen und wischte sich das Gesicht mit dem Rücken der blutigen Hand ab. »Ich glaube, ich habe ihn getötet«, wiederholte er.

»Vielleicht.« Tenar sah zu, wie sich die hellroten Flekken langsam auf dem schweren Leinen ausbreiteten, das die magere behaarte Brust des Mannes und den Bauch umhüllte. Sie stand auf und schwankte; ihr schwindelte heftig. »Geh zum Feuer«, sagte sie. »Du mußt halbtot sein.«

Sie wußte nicht, wie sie ihn draußen in der Dunkelheit erkannt hatte. Vielleicht an der Stimme. Er trug den dicken Wintermantel der Hirten aus geschorenem Vlies mit der Lederseite nach außen und hatte die gestrickte Hirtenmütze über die Ohren gezogen; sein Gesicht war zerfurcht und wettergegerbt, die Haare lang und eisengrau. Er roch nach Holzrauch, Frost und Schafen. Er zitterte, der ganze Körper bebte. »Geh zum Feuer«, wiederholte sie. »Leg Holz nach.«

Er gehorchte. Tenar füllte den Kessel und schwang ihn an seinem Eisenhaken über die Flammen.

Auf ihrem Rock war Blut, und sie benützte ein in kaltes Wasser getauchtes Stück Leinen, um ihn zu reinigen. Sie gab Ged das Leinen, damit er sich die Hände vom Blut säuberte. »Was hast du damit gemeint, daß du mit ihnen gekommen bist, sie es aber nicht wußten?«

»Ich kam herunter. Vom Berg. Auf der Straße von den Quellen des Kaheda.« Er sprach tonlos, als bekäme er keine Luft, und zitterte so sehr, daß seine Worte undeutlich wurden. »Hörte Männer hinter mir und wich aus. In den Wald. Hatte keine Lust zu sprechen. Ich weiß nicht. Etwas an ihnen. Ich hatte Angst vor ihnen.«

Sie nickte ungeduldig, setzte sich ihm gegenüber an die andere Seite des Herdes und verkrampfte die Hände im Schoß. Der feuchte Rock an den Beinen fühlte sich kalt an.

»Als sie vorübergingen, sagte einer von ihnen: ›Oak Farm.‹ Danach folgte ich ihnen. Einer von ihnen sprach. Über das Kind.«

»Was sagte er?«

Er schwieg. Schließlich sprach er weiter. »Daß er sie zurückholen werde. Sie bestrafen werde, sagte er. Und es dir heimzahlen werde. Weil du sie gestohlen hast. Er sagte ...« Er unterbrach sich.

»Daß er auch mich bestrafen werde.«

»Sie sprachen alle. Darüber.«

»Der da ist nicht Handy.« Sie deutete mit dem Kopf auf den Mann auf dem Boden. »Ist er der ...«

»Er hat gesagt, daß sie ihm gehört.« Ged sah ebenfalls den Mann an und dann zum Feuer zurück. »Er liegt im Sterben. Wir sollten Hilfe holen.«

»Er wird nicht sterben«, widersprach Tenar. »Ich werde Ivy am Morgen holen lassen. Die anderen sind noch draußen — wie viele?«

»Zwei.«

»Wenn er stirbt, stirbt er, wenn er lebt, lebt er. Keiner von uns geht hinaus.« Sie sprang von Angst geschüttelt auf. »Hast du die Mistgabel mit hereingebracht, Ged?«

Er zeigte darauf; sie lehnte an der Wand neben der Tür, und die vier langen Zinken glänzten.

Sie setzte sich wieder ans Feuer, aber jetzt bebte sie, zitterte von Kopf bis Fuß, wie er es getan hatte. Er griff über den Herd hinweg und berührte sie am Arm. »Es ist alles in Ordnung.«

»Und wenn sie noch draußen sind?«

»Sie sind davongerannt.«

»Sie könnten zurückkommen.«

»Zwei gegen zwei? Wir haben die Mistgabel.«

Sie flüsterte nur noch, als sie voll Entsetzen sagte: »Die Heckensichel und die Sensen sind im Schuppen neben der Scheune.«

Er schüttelte den Kopf. »Sie sind davongerannt. Sie sahen — ihn — und dich in der Tür.«

»Was tatest du?«

»Er stürzte sich auf mich. Darauf stürzte ich mich auf ihn.«

»Ich meine vorher. Auf der Straße.«

»Ihnen wurde beim Gehen kalt. Es begann zu regnen, ihnen wurde kalt, und sie sprachen davon, daß sie hierher wollten. Zuerst redete nur der eine, der von dem Kind und dir sprach, davon, eine Lehre — eine Lehre zu erteilen ...« Seine Stimme vertrocknete. »Ich bin durstig.«

»Ich auch. Der Kessel kocht noch nicht. Sprich weiter.«

Er holte Luft und versuchte, die Geschichte zusammenhängend zu erzählen. »Die anderen beiden hörten ihm kaum zu. Wahrscheinlich kannten sie es schon. Sie hatten es eilig. Sie wollten nach Valmouth. Als liefen sie vor jemandem davon. Flohen. Aber es wurde kalt, und er sprach weiter von Oak Farm, und der mit der Mütze sagte: ›Gehen wir doch dorthin und verbringen wir die Nacht mit ...‹«

»Mit der Witwe, ja.«

Ged legte das Gesicht in die Hände. Sie wartete.

Er blickte ins Feuer und fuhr ruhig fort. »Dann verlor ich sie eine Zeitlang. Die Straße erreichte den Talboden, und ich konnte ihnen nicht so folgen wie bisher, im Wald, dicht hinter ihnen. Ich mußte zur Seite ausweichen, durch die Felder, außer Sichtweite bleiben. Ich kenne die Gegend nicht, nur die Straße. Ich hatte Angst, daß ich mich verirren würde, wenn ich durch die Felder ginge, das Haus verfehlen, daran vorbeigehen würde. Ich kehrte zur Straße zurück und lief beinahe in sie hinein — hier bei der Biegung. Sie hatten den alten Mann gesehen, der vorbeiging. Sie beschlossen zu warten, bis es dunkel wäre und sie sicher wären, daß niemand mehr kam. Sie warteten in der Scheune. Ich blieb draußen. Nur durch die Wand von ihnen getrennt.«

»Du mußt fast erfroren sein«, sagte Tenar müde.

»Es war kalt.« Er hielt die Hände ans Feuer, als sei ihm bei der Erinnerung wieder kalt geworden. »Ich fand die Mistgabel neben der Tür des Schuppens. Als sie die Scheune verließen, gingen sie zur Hinterseite des Hauses. Ich hätte zur Vordertür gehen und dich warnen können, das hätte ich tun sollen, aber ich konnte nur daran denken, daß ich sie überraschen mußte — es war mein einziger Vorteil, meine Chance … Ich nahm an, daß das Haus versperrt war und sie einbrechen mußten. Aber dann hörte ich, wie sie von hinten eindrangen. Ich folgte ihnen — in den Melkschuppen. Ich konnte gerade noch hinausschlüpfen, als sie zur versperrten Tür kamen.« Er stieß etwas wie ein Lachen aus. »Sie gingen in der Dunkelheit dicht an mir vorbei. Ich hätte ihnen ein Bein stellen können … Einer von ihnen hatte einen Feuerstein und Stahl und zündete ein bißchen Zunder an, wenn er ein Schloß sehen wollte. Sie kamen nach vorn. Ich hörte, wie du die Läden zuzogst; du hattest sie gehört. Sie sprachen davon, das Fenster einzuschlagen, an dem sie dich gesehen hatten. Dann sah der mit der Mütze das Fenster — dieses Fenster …« Er deutete mit dem Kopf auf das Küchenfenster mit dem tiefen breiten Fensterbrett. »Er sagte: ›Gebt mir einen Stein, ich schlage es ein.‹ Und sie kamen zu ihm und wollten ihn auf das Fensterbrett heben. Deshalb stieß ich einen Schrei aus, er ließ sich fallen, und einer von ihnen — dieser da — lief direkt auf mich zu.«

»Ah, ah«, keuchte der Mann auf dem Fußboden, als erzähle er Geds Geschichte weiter. Ged stand auf und beugte sich über ihn.

»Ich glaube, er stirbt.«

»Tut er nicht.« Tenar konnte nicht ganz aufhören zu zittern, aber jetzt war es nur ein innerer Schauder. Der Kessel sang. Sie kochte eine Kanne voll Tee und legte die Hände auf den dicken Ton der Kanne, während der Tee zog. Sie schenkte zwei Tassen ein, dann eine dritte, der sie ein wenig kaltes Wasser zusetzte. »Er ist zu heiß zum Trinken«, sagte sie zu Ged, »wart noch eine Minute. Ich will sehen, ob ich ihm Tee einflößen kann.« Sie setzte sich neben dem Kopf des Mannes auf den Boden, hob ihn mit einem Arm hoch, hielt ihm die Tasse mit dem gekühlten Tee an den Mund und schob den Rand zwischen die entblößten Zähne. Die warme Flüssigkeit rann ihm in den Mund; er schluckte. »Er wird nicht sterben«, erklärte sie. »Der Boden ist wie Eis. Hilf mir, ihn näher zum Feuer zu ziehen.«

Ged wollte einen Teppich von einer Bank nehmen, die zwischen dem Kamin und dem Korridor stand. »Nimm das nicht, es ist gutes Gewebe«, wandte Tenar ein, trat zum Schrank und holte einen abgetragenen Filzmantel heraus, den sie neben dem Mann ausbreitete. Sie zogen den regungslosen Körper darauf und schlugen den Mantel über ihm zusammen. Die roten Flecken auf den Verbänden waren nicht größer geworden.

Tenar erhob sich und erstarrte.

»Therru«, sagte sie.

Ged sah sich um, aber das Kind war nicht da. Tenar verließ rasch die Küche.

Das Kinderzimmer, das Zimmer des Kindes, war vollkommen dunkel und still. Sie tastete sich zum Bett und legte die Hand auf die warme Wölbung der Decke über Therrus Schulter.

»Therru?«

Das Kind atmete friedlich. Es war nicht aufgewacht. Tenar spürte die Hitze des Körpers in dem kalten Zimmer wie eine Strahlung.

Als Tenar hinausging, fuhr sie mit der Hand über die Kommode und berührte kaltes Metall: Der Schürhaken, den sie hingelegt hatte, als sie die Läden schloß. Sie trug ihn in die Küche zurück, stieg über den Körper des Mannes und hängte ihn an seinen Haken am Kamin. Dann blickte sie ins Feuer.

»Ich konnte überhaupt nichts tun. Was hätte ich tun sollen? Hinauslaufen — sofort — schreien und zu Clearbrook und Shandy laufen. Sie hätten keine Zeit gehabt, Therru etwas anzutun.«

»Sie wären mit ihr im Haus gewesen, und du hättest mit dem alten Mann und der Frau draußen gestanden. Oder sie hätten sie aus dem Bett geholt und wären mit ihr davongerannt. Du tatest dein Möglichstes. Was du tatest, war richtig. Alles war richtig abgestimmt. Das Licht aus dem Haus, du kamst mit dem Messer heraus, ich war da — sie konnten die Mistgabel sehen —, und er lag am Boden. Also rannten sie davon.«

»Die beiden, die noch rennen konnten«, ergänzte Tenar. Sie drehte sich um und bewegte das Bein des Mannes ein wenig mit der Schuhspitze, als wäre er ein Gegenstand, der sie teils neugierig machte, teils abstieß, wie eine tote Kreuzotter. »Du hast das Richtige getan«, sagte sie.

»Ich glaube, daß er die Gabel überhaupt nicht gesehen hat. Er lief direkt hinein. Es war wie ...« Er sagte nicht, wie es gewesen war, sondern meinte: »Trink deinen Tee«, und schenkte sich aus der Kanne ein, die auf den Herdsteinen warm blieb. »Er ist gut. Setz dich«, forderte er sie auf, und sie tat es.

»Als ich ein Junge war«, fuhr er nach einiger Zeit fort, »überfielen die Kargs mein Dorf. Sie kamen mit Lanzen — lang, an den Schaft waren Federn gebunden ...«

Sie nickte. »Die Krieger der Gottesbrüder.«

»Ich wirkte einen — einen Nebelzauber. Um sie zu verwirren. Doch einige von ihnen kamen durch. Ich sah, wie einer von ihnen direkt in eine Mistgabel lief — wie der da. Nur durchbohrte sie ihn gänzlich. Unterhalb der Taille.«

»Du hast eine Rippe getroffen«, erklärte Tenar.

Er nickte.

»Das war dein einziger Fehler«, stellte sie fest. Jetzt klapperten ihr die Zähne. Sie trank den Tee. »Was tun wir, wenn sie zurückkommen, Ged?«

»Das werden sie nicht tun.«

»Sie könnten das Haus in Brand stecken.«

»Dieses Haus?« Er betrachtete die Steinwände.

»Den Heuschuppen ...«

»Sie kommen nicht zurück«, wiederholte er eigensinnig.

»Nein.«

Sie hielten vorsichtig ihre Tassen und wärmten sich die Hände daran.

»Sie hat es verschlafen.«

»Das ist gut.«

»Aber sie wird ihn — morgen früh — hier sehen ...«

Sie starrten sich an.

»Hätte ich ihn doch getötet — wenn er doch im Sterben läge!« rief Ged wütend. »Ich könnte ihn hinausziehen und begraben ...«

»Tu es.«

Er schüttelte nur zornig den Kopf.

»Was macht es schon aus? Warum — warum können wir es nicht tun?« fragte Tenar.

»Ich weiß es nicht.«

»Sobald es hell wird ...«

»Schaffe ich ihn aus dem Haus. Schubkarren. Der alte Mann kann mir helfen.«

»Er kann nichts mehr heben. Ich werde dir helfen.«

»Ich werde ihn ins Dorf karren, wie immer ich es anstellen muß. Gibt es hier einen Heiler?«

»Eine Hexe, Ivy.«

Plötzlich war sie abgrundtief, unendlich müde. Sie konnte kaum die Tasse in der Hand halten.

»Es ist noch Tee da«, brachte sie mühsam heraus.

Er schenkte sich noch eine Tasse ein.

Das Feuer tanzte in ihren Augen. Die Flammen verschwammen, flackerten auf, sanken zusammen, hoben sich wieder hell ab von dem rußigen Stein, dem dunklen Himmel, dem blassen Himmel, den Abgründen des Abends, den Tiefen von Luft und dem Licht jenseits der Welt. Gelbe, orangefarbene, orangerote, rote Flammen, Flammenzungen, die Worte, die sie nicht aussprechen konnte.

»Tenar.«

»Wir nennen den Stern Tehanu«, sagte sie.

»Tenar, mein Liebling. Komm. Komm mit mir.«

Sie saßen nicht am Feuer. Sie waren in der Dunkelheit — im dunklen Korridor. Der dunkle Durchgang. Sie waren schon einmal hier gewesen, hatten einander geführt, waren einander in der Dunkelheit unter der Erde gefolgt.

»Das ist der Weg«, sagte sie.

Winter

Sie erwachte und wollte nicht aufwachen. Durch die Fensterläden schimmerte schwaches Grau. Warum waren die Fensterläden geschlossen? Sie stand eilig auf und lief durch den Korridor in die Küche. Niemand saß am Feuer, niemand lag auf dem Fußboden. Es gab keinen Hinweis auf irgendwen, auf irgend etwas. Außer der Teekanne und den drei Tassen auf der Anrichte.

Therru stand bei Sonnenaufgang auf, und sie frühstückten wie üblich; als sie abräumten, fragte das Mädchen: »Was ist geschehen?« Sie hob eine Ecke des nassen Lakens aus dem Einweichzuber in der Speisekammer. Das Wasser im Zuber war rötlichbraun und von Fäden und Klumpen durchzogen.

»Meine Periode ist zu früh gekommen«, antwortete Tenar und erschrak über die Lüge, während sie sie aussprach.

Therru blieb einen Augenblick lang regungslos stehen, die Nasenflügel bebten, und der Kopf bewegte sich nicht, wie bei einem Tier, das eine Fährte aufnimmt. Dann ließ sie das Laken in das Wasser fallen und ging hinaus, um die Hühner zu füttern.

Tenar fühlte sich elend; die Knochen schmerzten sie. Das Wetter war noch immer kalt, und sie blieb so häufig wie möglich im Haus. Sie versuchte, Therru bei sich zu behalten, aber als die Sonne herauskam und ein scharfer heller Wind einsetzte, wollte Therru ins Freie.

»Bleib bei Shandy im Obstgarten!« befahl Tenar.

Therru schlüpfte hinaus, ohne zu antworten.

Die verbrannte und entstellte Seite des Gesichts war infolge der zerstörten Muskeln und der dicken Narben steif, aber als die Narben älter wurden und Tenar durch lange Gewohnheit lernte, den Blick nicht von der Entstellung abzuwenden, sondern es als Gesicht zu sehen, hatte diese Seite ihre eigene Art, etwas auszudrücken. Wenn Therru Angst hatte, ›verschloß‹ sich die verbrannte dunklere Seite, wie Tenar es in Gedanken nannte. Wenn sie aufgeregt oder aufmerksam war, schien sogar die blinde Augenhöhle zu schauen, und die Narben wurden rot und fühlten sich heiß an. Als sie jetzt hinausging, sah sie merkwürdig aus, als wäre ihr Gesicht gar nicht menschlich, sondern ein Tier, ein fremdes, hornhäutiges, wildes, schweigend fliehendes Geschöpf mit einem hellen Auge.

Weil Tenar Therru zum erstenmal belogen hatte, wußte sie, daß Therru ihr zum erstenmal nicht gehorchen würde. Zum ersten, aber nicht zum letzten Mal.

Sie seufzte, setzte sich müde an den Herd und tat eine Zeitlang überhaupt nichts.

Jemand klopfte an die Tür: Clearbrook und Ged — nein, sie mußte ihn Hawk nennen —, Clearbrook und Hawk standen auf der Schwelle. Der alte Clearbrook war voller Neuigkeiten und von seiner Wichtigkeit erfüllt. Ged steckte dunkel, still und unförmig in seinem speckigen Schaffellmantel. »Kommt herein«, forderte sie sie auf. »Ich bringe euch Tee. Was gibt es Neues?«

»Sie versuchten, nach Valmouth zu entkommen, aber die Männer aus Kahedanan, die Gerichtsbeamten, kamen herunter und fanden sie in Cherrys Abort«, verkündete Clearbrook und schüttelte die Faust.

»Er ist entkommen?« Entsetzen erfaßte sie.

»Die anderen beiden«, erklärte Ged. »Er nicht.«

Clearbrook fuhr fort. »Sie haben oben in den alten Trümmern auf dem Round Hill die Leiche gefunden, beinahe in Stücke geschlagen, oben in den alten Trümmern bei Kahedanan, also haben sich zehn oder zwölf von ihnen an Ort und Stelle zu Gerichtsbeamten ernannt und sind ihnen gefolgt. Vergangene Nacht haben sie alle Dörfer durchsucht, und heute morgen, noch bevor es hell war, fanden sie sie in Cherrys Abort. Sie waren halb erfroren.«

»Er ist also tot?« fragte sie verwirrt.

Ged hatte den schweren Mantel abgeworfen und saß auf dem Rohrstuhl neben der Tür, um sich die Ledergamaschen auszuziehen. »Er lebt«, antwortete er ruhig. »Ivy hat ihn. Ich habe ihn heute morgen auf dem Mistkarren zu ihr gebracht. Auf der Straße waren schon vor Tagesanbruch Männer unterwegs, die die drei suchten. Sie haben oben in den Hügeln eine Frau getötet.«

»Welche Frau?« flüsterte Tenar.

Sie sah Ged an. Er nickte unmerklich.

Clearbrook wollte derjenige sein, der die Geschichte erzählte, und sprach laut weiter. »Ich habe mit einigen Leuten von dort oben gesprochen, die erwähnten, daß sich alle vier in der Nähe von Kahedanan herumtrieben, kampierten und die Gegend unsicher machten; die Frau kam braun und grün geschlagen und mit Brandwunden ins Dorf und bettelte. Die Männer hatten sie so, wie sie aussah, hingeschickt, damit sie bettelte, dann kehrte sie zu ihnen zurück. Sie erzählte den Leuten, daß die Männer sie noch mehr schlagen würden, wenn sie nichts heimbrachte, und die Leute fragten, warum sie denn zurückkehre. Wenn sie nicht zurückkäme, würden die Männer sie holen, erklärte sie, und sie war immer mit ihnen umhergezogen. Doch schließlich gingen die drei Kerle endgültig zu weit und erschlugen sie und schafften die Leiche zu dem alten Trümmerfeld, wo es noch immer stinkt, ließen sie dort liegen und glaubten vielleicht, daß sie damit verbergen könnten, was sie getan hatten. Dann gingen sie fort und kamen gestern nacht hierher. Warum hast du gestern nacht nicht geschrien und gerufen, Goha? Hawk sagt, daß sie hier waren und um das Haus herumschlichen, als er sie entdeckte. Ich oder zumindest Shandy hätte es bestimmt gehört, ihre

Ohren sind schärfer als die meinen. Hast du es ihr schon erzählt?«

Tenar schüttelte den Kopf.

»Ich gehe nur hinüber und erzähle es ihr«, meinte der alte Mann, der sich darüber freute, daß er als erster mit der Nachricht kam, und trampelte über den Hof davon. Auf halbem Weg drehte er sich um. »Ich wäre nie auf die Idee gekommen, daß du dich mit einer Mistgabel nützlich machen kannst!« rief er Ged zu, schlug sich lachend auf den Schenkel und ging weiter.

Ged streifte die schweren Gamaschen ab, zog die schlammigen Schuhe aus, stellte sie auf die Türstufe und kam in Socken zum Herd zurück. Hose, Weste und Hemd aus selbstgesponnener Wolle: ein gontischer Ziegenhirte mit einem schlauen Gesicht, Adlernase und klaren dunklen Augen.

»Die Leute werden bald kommen«, meinte er. »Um dir alles zu erzählen und um noch einmal zu hören, was hier geschehen ist. Sie haben die beiden, die davongerannt sind, jetzt in einem leeren Weinkeller eingesperrt, fünfzehn oder zwanzig Männer bewachen sie, und zwanzig oder dreißig Jungen versuchen, einen Blick auf sie zu werfen ...« Er gähnte, schüttelte Schultern und Arme, um sie zu lockern, sah Tenar an und bat um die Erlaubnis, sich ans Feuer zu setzen.

Sie zeigte auf den Kaminplatz. »Du mußt erschöpft sein«, flüsterte sie.

»Ich habe heute nacht hier ein bißchen geschlafen. Ich konnte nicht wach bleiben.« Er gähnte wieder, blickte zu ihr auf, schätzte ab, wie sie sich fühlte.

»Es war Therrus Mutter«, sagte sie. Ihre Stimme reichte nicht über ein Flüstern hinaus.

Er nickte. Er beugte sich im Sitzen ein wenig vor, stützte die Arme auf die Knie, wie Flint es getan hatte, und blickte in das Feuer. Sie waren einander sehr ähnlich und vollkommen unähnlich, so unähnlich wie ein begrabener Stein und ein auffliegender Vogel. Das Herz schmerzte sie, die Knochen schmerzten sie, und ihr Geist wurde von bösen Ahnungen, Kummer, Erinnerung an die Angst und eine seltsame Leichtigkeit verwirrt.

»Unseren Mann hat die Hexe«, berichtete er. »Gefesselt, falls er zu lebhaft wird. Die Löcher in ihm sind mit Spinnweben und blutstillenden Zaubersprüchen zugestopft. Sie sagt, daß er am Leben bleiben wird, damit man ihn hängt.«

»Damit man ihn hängt.«

»Seit die Gerichte des Königs wieder Recht sprechen, ist es ihre Sache. Hängen oder Sklavenarbeit.«

Sie schüttelte stirnrunzelnd den Kopf.

»Du ließest ihn doch nicht einfach laufen, Tenar?« fragte er sanft und beobachtete sie.

»Nein.«

»Sie müssen bestraft werden.« Er beobachtete sie noch immer.

»›Bestraft.‹ Das hat er gesagt. Das Kind bestrafen. Es ist böse. Es muß bestraft werden. Mich bestrafen, weil ich sie aufgenommen habe. Weil ich ...« Sie kämpfte um Worte. »Ich will keine Bestrafung! Es hätte nicht geschehen dürfen. Du hättest ihn töten sollen!«

»Ich habe mich redlich bemüht.«

Nach langer Pause lachte sie unsicher. »Das kann man wohl sagen.«

Er blickte wieder in die Kohlen. »Denk nur, wie leicht es gewesen wäre, als ich ein Zauberer war. Ich hätte bereits oben auf der Straße einen Fesselungszauber wirken können, bevor sie begriffen, was los war. Ich hätte sie wie eine Herde Schafe nach Valmouth treiben können. Oder denk an das Feuerwerk, das ich gestern nacht hier hätte auslösen können! Sie hätten nie erfahren, was sie getroffen hat.«

»Sie wissen es noch immer nicht«, warf sie ein.

Er sah sie an. In seinen Augen lag ein schwaches, nicht zu unterdrückendes, triumphierendes Leuchten.

»Nein, sie wissen es nicht«, bestätigte er.
»Mit einer Mistgabel umgehen«, murmelte sie.
Er gähnte ausgiebig.
»Geh doch zu Bett und schlaf ein wenig. Der zweite Raum im Korridor. Es sei denn, du willst dich unterhalten. Ich sehe Lark, Daisy und einige Kinder kommen.« Sie hatte Stimmen gehört, war aufgestanden und sah zum Fenster hinaus.
»Das will ich tun.« Damit zog er sich zurück.

Wie Ged prophezeit hatte, kamen im Lauf des Tages Lark und ihr Mann, die Frau des Schmieds, Daisy und andere Freunde aus dem Dorf vorbei, um zu erzählen und um alles zu erfahren. Ihre Gesellschaft belebte Tenar, lenkte sie nach und nach von dem ständig vorhandenen Entsetzen der vergangenen Nacht ab, bis sie es allmählich als etwas betrachten konnte, das geschehen war, nicht als etwas, das immer nur ihr zustieß.
Das ist es auch, was Therru lernen muß, dachte sie, aber nicht durch eine Nacht: durch ihr Leben. Als die anderen fort waren, sagte sie zu Lark: »Ich bin wütend auf mich, weil ich so dumm war.«
»Ich habe dir gesagt, daß du das Haus abschließen sollst.«
»Nein ... Vielleicht ... Genau das ist es.«
»Ich weiß«, sagte Lark.
»Aber ich meine, als sie hier waren ... Ich hätte hinauslaufen und Shandy und Clearbrook holen können ... Vielleicht hätte ich Therru mitnehmen können. Oder ich hätte in den Schuppen laufen und selbst die Mistgabel herausholen können. Oder das Baummesser. Es ist zwei Meter lang, und die Klinge ist rasiermesserscharf; ich halte es so instand, wie Flint es immer tat. Warum habe ich es nicht getan? Warum habe ich nicht irgend etwas getan? Warum habe ich mich einfach eingesperrt, als hätte es keinen Sinn gehabt, den Versuch zu wagen? Wenn er ... Wenn Hawk nicht hiergewesen wäre ... Al-

les, was ich tat, bestand darin, Therru und mich in eine Falle zu sperren. Ich ging schließlich mit dem Fleischmesser zur Tür und schrie sie an. Ich war halb von Sinnen. Doch das hätte sie nicht abgeschreckt.«

»Ich weiß nicht«, meinte Lark. »Es war verrückt, aber vielleicht ... Ich weiß es nicht. Was konntest du mehr tun, als die Türen zu versperren? Doch es ist, als würden wir unser ganzes Leben lang Türen versperren. Es ist das Haus, in dem wir leben.«

Sie betrachteten die Steinwände, die Steinböden, den Steinkamin, das sonnige Fenster der Küche von Oak Farm, Farmer Flints Haus.

»Das Mädchen, die Frau, die sie ermordet haben«, sagte Lark und sah Tenar pfiffig an, »es war dieselbe.«

Tenar nickte.

»Einer von ihnen erzählte mir, daß sie schwanger war. Im vierten oder fünften Monat.«

Beide schwiegen.

»Gefangen«, sagte Tenar.

Lark lehnte sich zurück, legte die Hände auf den Rock über den dicken Schenkeln, hielt sich gerade, ihr schönes Gesicht war entschlossen. »Angst. Wovor haben wir solche Angst? Warum lassen wir uns von ihnen einreden, daß wir Angst haben? Wovor haben sie Angst?« Sie griff nach dem Strumpf, den sie gestopft hatte, drehte ihn hin und her, schwieg eine Zeitlang; schließlich fragte sie: »Warum haben sie vor uns Angst?«

Tenar spann und antwortete nicht.

Therru kam hereingelaufen, und Lark begrüßte sie: »Da ist meine Süße! Komm, umarm mich, mein Liebling!«

Therru umarmte sie hastig. »Wer sind die Männer, die sie gefangen haben?« fragte sie mit ihrer heiseren, tonlosen Stimme und blickte von Lark zu Tenar.

Tenar hielt ihr Rad an. Sie sprach langsam.

»Einer war Handy. Einer war ein Mann namens Shag. Der Verletzte heißt Hake.« Sie ließ Therrus Gesicht nicht aus den Augen; sah das Feuer, die rot werdenden Narben. »Die Frau, die sie töteten, hieß Senny, glaube ich.«

»Sesini«, flüsterte das Kind.

Tenar nickte.

»Haben sie sie ganz getötet?«

Tenar nickte wieder.

»Tadpole sagt, daß sie hier waren.«

Tenar nickte wieder.

Das Kind sah sich im Raum um, wie es die Frauen getan hatten; aber ihr Blick nahm nichts auf, sah keine Wände.

»Werdet ihr sie töten?«

»Sie werden vielleicht gehängt werden.«

»Tot?«

»Ja.«

Therru nickte halb gleichgültig. Sie ging wieder hinaus, zu Larks Kindern beim Quellhaus.

Die beiden Frauen schwiegen. Sie spannen und flickten schweigend neben dem Feuer, in Flints Haus.

Nach langer Zeit fragte Lark: »Was ist aus dem Kerl geworden, dem Hirten, der ihnen hierher folgte? Du hast gesagt, daß er Hawk heißt.«

»Er schläft dort drin.« Tenar deutete mit dem Kopf auf den hinteren Teil des Hauses.

»Ach«, sagte Lark.

Das Rad schnurrte. »Ich kenne ihn von früher.«

»Ach so. Oben in Re Albi, nicht wahr?«

Tenar nickte. Das Rad schnurrte.

»Es hat Mut dazu gehört, den dreien zu folgen und sie in der Dunkelheit mit einer Mistgabel anzugreifen. Er ist kein junger Mann mehr, nicht wahr?«

»Nein.« Nach einer Weile fuhr Tenar fort: »Er war krank gewesen und brauchte Arbeit. Ich schickte ihn über den Berg hinüber, damit er Clearbrook ausrichtete, er solle ihn aufnehmen. Aber Clearbrook glaubt, daß er noch immer alles allein tun kann, und hat Hawk als

Sommerhirt hinaufgeschickt, oberhalb von Springs. Er kehrte gerade von dieser Arbeit zurück.«

»Du wirst ihn wahrscheinlich weiter behalten?«

»Wenn er möchte«, antwortete Tenar.

Aus dem Dorf kam eine weitere Gruppe nach Oak Farm, wollte Gohas Geschichte hören, erzählen, wie sie zu der erfolgreichen Gefangennahme der Mörder beigetragen hatten, die Mistgabel betrachten, ihre vier langen Zinken mit den drei blutigen Flecken auf den Verbänden des Mannes namens Hake vergleichen und über das Ganze noch einmal reden. Tenar war froh, als es Abend wurde, rief Therru herein und schloß die Tür.

Sie hob die Hand, um sie zu verriegeln. Dann ließ sie die Hand sinken und zwang sich, sich abzuwenden, ohne sie zu versperren.

»Sparrowhawk ist in deinem Zimmer«, teilte ihr Therru mit, die mit Eiern aus dem Kühlraum in die Küche zurückkam.

»Ich wollte dir erzählen, daß er hier ist — entschuldige.«

»Ich kenne ihn«, sagte Therru, die sich in der Vorratskammer Gesicht und Hände wusch. Als Ged mit schläfrigen Augen und ungekämmt hereinkam, ging sie direkt zu ihm und streckte die Arme aus.

»Therru«, sagte er, hob sie hoch und hielt sie fest. Sie umarmte ihn kurz, dann löste sie sich von ihm.

»Ich kenne den Anfang von der *Erschaffung*«, erzählte sie ihm.

»Singst du es mir vor?« Er warf Tenar wieder einen erlaubnisheischenden Blick zu und setzte sich an seinen Platz am Herd.

»Ich kann es nur aufsagen.«

Er nickte und wartete mit eher strengem Gesicht. Das Kind sagte:

Das Erschaffen des Vernichtens,
Das Ende des Anfangs,

Wer kann es sicher wissen?
Was wir kennen, ist der Weg zwischen ihnen,
den wir betreten, wenn wir fortgehen.
Unter allen je wiederkehrenden Wesen,
der älteste, der Türhüter, Segoy ...

Die Stimme des Kindes klang wie eine Drahtbürste, die über Metall gezogen wird, wie trockene Blätter, wie das Zischen des brennenden Feuers. Sie sprach bis zum Ende der ersten Strophe:

Dann brach aus dem hellen Schaum Éa.

Ged nickte kurz und anerkennend. »Gut.«

»Gestern abend«, sagte Tenar. «Sie hat es gestern abend gelernt. Es scheint ein Jahr zurückzuliegen.«

»Ich kann mehr lernen«, bemerkte Therru.

»Das wirst du tun«, versprach ihr Ged.

»Jetzt wasch bitte den Kürbis fertig«, erinnerte sie Tenar, und das Kind gehorchte.

»Was soll ich tun?« fragte Ged. Tenar hielt inne und sah ihn an.

»Der Kessel müßte gefüllt und erhitzt werden.«

Er nickte und ging mit dem Kessel zur Pumpe.

Sie kochten ihr Abendessen, verzehrten es und räumten ab.

»Sag das *Erschaffen* noch einmal so weit auf, wie du es kannst«, forderte Ged, als er am Herd saß, Therru auf, »und wir werden dort weitermachen.«

Sie sprach die zweite Strophe einmal mit ihm, einmal mit Tenar, einmal allein.

»Bett«, sagte Tenar.

»Du hast Sparrowhawk nicht vom König erzählt.«

»Erzähl du es ihm«, meinte Tenar amüsiert, weil es für Therru nur ein Vorwand war, um länger aufzubleiben.

Therru wandte sich Ged zu. Ihr Gesicht, narbenbedeckt und ganz, sehend und blind, war gespannt, glühte. »Der König kam mit einem Schiff. Er trug ein Schwert. Er schenkte mir den knöchernen Delphin. Sein

Schiff flog, aber ich war krank, weil Handy mich berührte. Aber der König berührte mich hier, und das Zeichen verschwand.« Sie zeigte den runden dünnen Arm her. Tenar starrte ihn an. Sie hatte das Zeichen vergessen.

»Einmal will ich dorthin fliegen, wo er lebt«, erklärte Therru. Ged nickte. »Das werde ich tun«, fuhr sie fort. »Kennst du ihn?«

»Ja. Ich kenne ihn. Ich habe mit ihm eine lange Reise unternommen.«

»Wohin?«

»Dorthin, wo die Sonne nicht aufgeht und die Sterne nicht untergehen. Und von diesem Ort zurück.«

»Seid ihr geflogen?«

Er schüttelte den Kopf. »Ich kann nur laufen.«

Das Kind überlegte, sagte dann, als sei es befriedigt, gute Nacht und ging in sein Zimmer. Tenar folgte ihm, aber Therru wollte nicht in Schlaf gesungen werden. »Ich kann die *Erschaffung* in der Dunkelheit aufsagen. *Beide* Strophen.«

Tenar kehrte in die Küche zurück und setzte sich wieder zu Ged an den Herd.

»Wie sie sich verändert«, sagte sie. »Ich kann nicht mit ihr Schritt halten. Ich bin zu alt, um ein Kind aufzuziehen. Und sie … Sie gehorcht mir, aber nur deshalb, weil sie es will.«

»Das ist die einzige Rechtfertigung für Gehorsam«, bemerkte Ged.

»Aber was kann ich tun, wenn sie es sich in den Kopf setzt, mir nicht mehr zu gehorchen? In ihr steckt eine Wildheit. Manchmal ist sie meine Therru, manchmal ist sie etwas anderes, Unerreichbares. Ich habe Ivy gefragt, ob sie sie ausbilden würde. Beech hatte es vorgeschlagen. Ivy sagte nein. ›Warum nicht?‹ wollte ich wissen. ›Ich habe Angst vor ihr!‹ … Aber du hast keine Angst vor ihr. Und sie nicht vor dir. Du und Lebannen, ihr seid die einzigen Männer, von denen sie sich berühren ließ.

Ich ließ diesen — diesen Handy... Ich kann nicht darüber sprechen. Bin ich müde! Ich verstehe überhaupt nichts...«

Ged legte einen Astknorren auf das Feuer, damit es klein und langsam brannte, und sie sahen beide dem Springen und Flackern der Flammen zu.

»Ich möchte, daß du hierbleibst, Ged«, sagte sie. »Wenn du möchtest.«

Er antwortete nicht sofort. »Vielleicht gehst du nach Havnor weiter...«, sagte sie.

»Nein, nein. Es gibt nichts, wo ich hingehen könnte. Ich suche Arbeit.«

»Hier ist eine Menge zu tun. Clearbrook gibt es nicht zu, aber seine Arthritis hat ihm alles bis auf die Gartenarbeit genommen. Seit ich zurückgekommen bin, brauche ich Hilfe. Ich hätte dem alten Dickschädel erzählen können, was ich davon halte, daß er dich auf den Berg hinaufschickte, aber es hat keinen Sinn. Er würde nicht zuhören.«

»Für mich war es gut«, bemerkte Ged. »Es verschaffte mir die Zeit, die ich brauchte.«

»Du hast Schafe gehütet?«

»Ziegen. Ganz oben, auf den höchsten Weiden. Ein Junge, den sie hatten, wurde krank, und Serry stellte mich ein und schickte mich am ersten Tag hinauf. Sie lassen sie bis spät im Herbst oben, damit die Unterwolle dicht wird. Den letzten Monat hatte ich den Berg beinahe für mich allein. Serry schickte mir den Mantel und Vorräte hinauf und verlangte, ich solle die Herde so hoch wie möglich und so lange wie möglich dort oben halten. Das tat ich. Dort oben war es schön.«

»Einsam.«

Er nickte halb lächelnd.

»Du bist immer allein gewesen.«

»Ja.«

Sie schwieg. Er sah sie an.

»Ich möchte hier arbeiten.«

»Das ist also erledigt.« Nach einer Weile fügte sie hinzu: »Jedenfalls für den Winter.«

In dieser Nacht wurde die Kälte schlimmer. Ihre Welt war bis auf das Flüstern des Feuers vollkommen still. Die Stille stand wie eine Anwesenheit zwischen ihnen. Sie hob den Kopf und sah ihn an.

»In welchem Bett soll ich schlafen, Ged? In dem des Kindes oder in deinem?«

Er holte Luft und sprach leise. »In meinem, wenn du willst.«

»Ich will.«

Die Stille schloß ihn ein. Sie sah, welche Mühe es ihn kostete, sich davon zu befreien. »Wenn du mit mir Geduld haben willst.«

»Ich habe seit fünfundzwanzig Jahren Geduld mit dir«, antwortete sie, sah ihn an und lachte auf. »Komm — komm schon, mein Liebster ... Besser spät als nie! Ich bin nur eine alte Frau ... Nichts ist vergeudet, nichts ist jemals vergeudet. Das hast du mich gelehrt.« Sie stand auf, und er stand auf; sie streckte die Hände aus, und er ergriff sie. Sie umarmten sich, und ihre Umarmung wurde innig. Sie hielten einander so leidenschaftlich, so zärtlich fest, daß sie aufhörten, etwas anderes als einander zu kennen. Es spielte keine Rolle, in welchem Bett sie schlafen wollten. In dieser Nacht lagen sie auf den Herdsteinen, und dort lehrte Tenar Ged das Mysterium, das ihn der Weiseste nicht hätte lehren können.

Er legte noch einmal im Herd nach und nahm das gute Tuch von der Bank. Diesmal wendete Tenar nichts dagegen ein. Ihr Mantel und sein Schaffellmantel bildeten ihre Decken.

Sie erwachten im Morgengrauen. Auf den halb entlaubten dunklen Ästen der Eichen vor dem Fenster lag schwaches silbriges Licht. Tenar streckte sich zu ihrer vollen Länge, um seine Wärme am Körper zu spüren. Nach einer Weile murmelte sie: »Er hat hier gelegen. Hake. Genau unter uns.«

Ged gab ein schwach protestierendes Geräusch von sich.

»Jetzt bist du wirklich ein Mann«, stellte sie fest. »Hast zuerst Löcher in einen anderen Mann gebohrt und hast dann mit einer Frau geschlafen. Ich glaube, das ist die richtige Reihenfolge.«

»Still«, murmelte er, drehte sich zu ihr um, legte ihr den Kopf auf die Schulter. »Nicht.«

»Ich will es, Ged. Der arme Mann! Ich habe kein Erbarmen in mir, nur Gerechtigkeit. Ich wurde nicht zu Mitleid erzogen. Liebe ist die einzige Gnade, die ich besitze. O Ged, fürchte mich nicht! Als ich dich kennenlernte, warst du ein Mann! Weder eine Waffe noch eine Frau können jemanden zum Mann machen, auch kein Zauber und keine andere Macht, nur er selbst.«

Sie ruhten in Wärme und süßem Schweigen.

»Erzähl mir etwas.«

Er murmelte schläfrig, aber zustimmend.

»Wieso hast du gehört, was sie sagten? Hake, Handy und der dritte. Wieso warst du gerade zu dieser Zeit genau an diesem Ort?«

Er stützte sich auf den Ellbogen, damit er ihr Gesicht sehen konnte. Sein Gesicht war in seinem Seelenfrieden, seiner Erfüllung und seiner Zärtlichkeit so offen und verletzlich, daß sie hinaufgreifen und seinen Mund an der Stelle berühren mußte, wo sie ihn vor Monaten zum erstenmal geküßt hatte, was dazu führte, daß er sie wieder in die Arme schloß und das Gespräch nicht mit Worten fortgesetzt wurde.

Man mußte die Vorschriften einhalten. Am wichtigsten war, daß Tenar Clearbrook und den anderen Pächtern von Oak Farm mitteilte, sie habe anstelle des ›alten Masters‹ einen Landarbeiter eingestellt. Sie tat das sofort und ohne Umschweife. Sie konnten nichts dagegen unternehmen, und er stellte auch keine Bedrohung für die anderen dar. Der Besitzanspruch einer Witwe hing davon ab, daß es keinen männlichen Erben oder Anspruchsberechtigten gab. Flints Sohn, der Seemann, war der Erbe, und Flints Witwe führte die Farm stellvertretend für ihn weiter. Wenn sie stürbe, würde Clearbrook diese Funktion übernehmen; wenn Spark die Farm nie für sich beanspruchte, würde sie einem entfernten Vetter von Flint in Kahedanan zufallen. Die beiden Paare, denen das Land nicht gehörte, die aber, wie es auf Gont üblich war, den lebenslänglichen Nießbrauch an der Arbeit und den Einnahmen besaßen, konnten durch keinen Mann, den die Witwe einstellte, vertrieben werden, selbst wenn sie ihn heiratete. Tenar befürchtete jedoch, man würde ihr übelnehmen, daß sie Flint nicht die Treue hielt; schließlich hatte sie ihn nicht so lange gekannt, wie es bei den Pächtern der Fall war. Zu ihrer Erleichterung erhoben sie überhaupt keine Einwände. ›Hawk‹ hatte durch den Stich mit der Mistgabel ihre Hochachtung gewonnen. Außerdem war es für eine Frau nur vernünftig, einen Mann im Haus zu haben, der sie beschützte. Wenn sie ihn ins Bett nahm — die Begierde der Witwen war sprichwörtlich. Und sie war schließlich eine Fremde.

Die Dorfbewohner waren größtenteils der gleichen Ansicht. Eine Zeitlang wurde geflüstert und gekichert, aber das war alles. Anscheinend war es leichter, ehrbar zu sein; als Moss annahm; oder vielleicht kam es daher, daß gebrauchte Ware keinen großen Wert mehr besaß.

Sie fühlte sich durch diese Zustimmung genauso beschmutzt und entwürdigt, wie es bei einer Mißbilligung der Fall gewesen wäre. Nur Lark ersparte ihr die Scham, indem sie sich überhaupt kein Urteil anmaßte und keine Worte — Mann, Frau, Witwe, Fremde — für das verwendete, was sie beobachtete, sondern einfach schaute und Tenar und Hawk interessiert, neugierig, neidisch und großmütig beobachtete.

Weil Lark Hawk nicht durch die Worte Hirt, Lohnarbeiter, Mann der Witwe sah, sondern ihn selbst betrachtete, bemerkte sie vieles, das sie wunderte. Seine Würde und Einfachheit waren nicht größer als die anderer Männer, die sie kannte, aber die Qualität war ein wenig anders; er besitzt Größe, dachte sie, gewiß nicht im Hinblick auf die Körpermaße, sondern in bezug auf Seele und Geist. »Der Mann hat nicht sein Leben lang unter Ziegen gelebt«, sagte sie zu Ivy. »Er weiß mehr über die Welt als über eine Farm.«

»Ich würde sagen, daß er ein Zauberer ist, der verflucht wurde oder seine Macht auf andere Art verloren hat«, erklärte die Hexe. »So etwas kommt vor.«

»Aha«, meinte Lark.

Aber die Worte ›Oberster Magier‹ waren zu groß und zu großartig, um von weit entfernten Palästen und königlicher Pracht herbeigeholt und auf den dunkeläugigen grauhaarigen Mann auf Oak Farm angewendet zu werden, und sie tat es nie. Wenn sie es getan hätte, so hätte sie sich ihm gegenüber nie so zwanglos geben können, wie sie es tat. Schon die Vorstellung, daß er ein Zauberer gewesen war, war ihr unangenehm, weil das Wort sich vor den Menschen stellte, bis sie ihn wieder sah. Er saß in einem der alten Apfelbäume im Obstgarten und schnitt abgestorbene Äste zurück, und als sie den Besitz betrat, begrüßte er sie. Sein Name paßt zu ihm, dachte sie, als sie ihn dort oben sitzen sah; sie winkte ihm zu und ging lächelnd weiter.

Tenar hatte die Frage, die sie ihm auf den Herdsteinen unter dem Schaffellmantel gestellt hatte, nicht vergessen. Einige Tage oder Monate später — in dem Steinhaus auf der im Winterschlaf liegenden Farm verging ihnen die Zeit sehr süß und sanft — stellte sie sie wieder. »Du hast mir nie erzählt, wieso du hörtest, was die Männer auf der Straße sprachen.«

»Ich glaube, ich habe es dir erzählt. Ich verließ die Straße und versteckte mich, als ich Männerstimmen hinter mir hörte.«

»Warum?«

»Ich war allein und wußte, daß sich in der Gegend Banden herumtreiben.«

»Ja, natürlich ... Aber Hake sprach in genau dem Augenblick von Therru, da sie an dir vorbeikamen?«

»Ich glaube, er sagte ›Oak Farm‹.«

»Das alles ist durchaus möglich. Es klingt nur so einfach.«

Weil er wußte, daß sie nicht an seiner Darstellung zweifelte, legte er sich zurück und wartete.

»So etwas stößt einem Zauberer zu«, meinte sie.

»Und anderen.«

»Vielleicht.«

»Du versuchst doch nicht, meine Liebe, mich — wieder einzusetzen?«

»Nein. Nein, keineswegs. Wäre das denn vernünftig? Wärst du hier, wenn du ein Zauberer wärst?«

Sie lagen in dem großen Eichenbett unter Schaffellen und Federdecken, denn im Zimmer gab es keinen Kamin, und es war eine der bitterkalten Nächte, die auf Schneefälle folgen.

»Ich möchte etwas anderes wissen. Gibt es etwas außer dem, was du als Macht bezeichnest — vielleicht etwas, das vor ihr kommt? Oder etwas, das man unter anderem als Macht verwenden kann? Zum Beispiel. Ogion sagte einmal über dich, daß du ein Magier warst, bevor du zum Zauberer ausgebildet oder erzogen wurdest. Der geborene Magier, meinte er. Ich stellte mir daraufhin vor, daß man, um Macht zu besitzen, zuerst Platz für die Macht haben muß. Eine Leere, die man füllt. Je größer die Leere, desto mehr Macht kann hineingefüllt werden. Doch wenn man die Macht nie erhalten hat oder wenn sie einem genommen wurde, oder wenn man sie hergegeben hat — wäre sie immer noch vorhanden.«

»Die Leere«, sagte er.

»›Leere‹ ist ein Wort. Vielleicht nicht das richtige.«

»Wirkungsvermögen?« fragte er kopfschüttelnd. »Was fähig ist zu sein — zu werden.«

»Ich glaube, daß du deswegen gerade auf der Straße gingst — weil es das ist, was dir widerfährt. Du ließest es nicht geschehen. Du hast es nicht verursacht. Es geschah nicht aufgrund deiner ›Macht‹. Es geschah dir. Wegen deiner — Leere.«

Nach einer Weile bemerkte er: »Das hat damit zu tun, was man mich als Junge auf Roke lehrte: daß wahre Zauberkunst darin liegt, nur das zu tun, was man tun muß. Aber diese Sache führte weiter. Nicht tun, sondern dazu gebracht werden ...«

»Ich glaube nicht, daß es sich ganz so verhält. Es ist eher das, woraus sich echtes Tun entwickelt. Du bist gekommen und hast mir das Leben gerettet — du hast Hake mit einer Mistgabel durchbohrt. Das war richtiges ›Tun‹, du tatest, was du tun mußtest ...«

Er überlegte wieder, dann fragte er: »Ist dies eine Weisheit, die man dich lehrte, als du Priesterin der Gräber warst?«

»Nein.« Sie streckte sich ein bißchen und blickte in die Dunkelheit. »Man lehrte Arha, daß sie Opfer bringen müsse, um mächtig zu sein. Sich selbst und andere opfern. Ein Handel: Gib und bekomm dadurch. Ich kann nicht behaupten, daß das nicht stimmt. Aber meine Seele kann nicht an einem so engen Ort leben — dies für das, Zahn für Zahn, Tod für Leben ... Es gibt eine Freiheit, die darüber hinausgeht. Über Bezahlung, Vergeltung, Erlösung hinaus — jenseits aller Geschäfte und allen Abwägens gibt es Freiheit.«

»Die Tür zwischen ihnen«, flüsterte er.

In dieser Nacht träumte Tenar. Sie träumte, daß sie die Tür aus der *Erschaffung Éas* sah. Es war ein kleines Fenster aus knorrigem, trübem, schwerem Glas im unteren Teil der westlichen Wand eines alten Hauses oberhalb des Meers. Das Fenster war versperrt. Es war verriegelt worden. Sie wollte es öffnen, aber es gab ein

Wort oder einen Schlüssel, etwas, das sie vergessen hatte, ein Wort, einen Schlüssel, einen Namen, etwas, ohne das sie es nicht öffnen konnte. Sie suchte es in Räumen aus Stein, die immer kleiner und dunkler wurden, bis sie merkte, daß Ged sie in den Armen hielt, sie zu wekken und zu trösten versuchte, und sagte: »Es ist schon gut, mein Geliebtes, es ist alles gut.«

»Ich kann mich nicht befreien!« Sie klammerte sich an ihn.

Er beruhigte sie, strich ihr über das Haar; sie legten sich zusammen wieder hin, und er flüsterte: »Schau.«

Der alte Mond war aufgegangen. Der frische Schnee warf sein weißes Strahlen in den Raum, denn obwohl es kalt war, wollte Tenar die Fensterläden nicht schließen. Die Luft über ihnen leuchtete. Sie lagen im Schatten, aber die Decke schien nur ein Schleier zwischen ihnen und endlosen, silbernen, ruhigen Tiefen aus Licht zu sein.

Es war ein Winter auf Gont mit schweren Schneefällen, ein langer Winter. Die Ernte war gut gewesen. Es gab Nahrung für Tiere und Menschen und nicht viel zu tun, außer zu essen und sich warmzuhalten.

Therru hatte die gesamte *Erschaffung Éas* auswendig gelernt. Sie sprach am Tag der Sonnenrückkehr das Winterlied und die *Heldentaten des Jungen Königs*. Sie wußte, wie man die Kruste auf einer Pastete erzielte, wie man mit dem Rad spann und wie man Seife kochte. Sie kannte den Namen und die Verwendung jeder Pflanze, die sich aus dem Schnee erhob, und besaß ein umfangreiches mündliches Wissen über Kräuter, das sich Ged während seiner kurzen Lehrzeit bei Ogion und seiner langen Jahre an der Schule von Roke angeeignet hatte. Aber er hatte weder die Runen noch die Gedichtbände vom Kaminsims heruntergeholt und das Kind auch kein einziges Wort der Sprache der Erschaffung gelehrt.

Er sprach mit Tenar darüber. Sie erzählte ihm, wie sie Therru das eine Wort *tolk* gelehrt und dann damit aufgehört hatte, weil es ihr nicht richtig vorgekommen war, obwohl sie nicht wußte, warum.

»Ich nahm an, es käme vielleicht daher, daß ich die Sprache nie wirklich gesprochen, sie nie in der Zauberkunst verwendet hatte. Ich dachte, daß sie es vielleicht von jemandem lernen soll, der es wirklich spricht.«

»Den Mann gibt es nicht.«

»Die Frau noch weniger.«

»Ich meinte damit, daß nur die Drachen es als ihre Muttersprache sprechen.«

»Lernen sie es?«

Die Frage kam überraschend, und es dauerte eine Zeitlang, bis er antwortete; offensichtlich rief er sich alles ins Gedächtnis, was man ihm über die Drachen erzählt hatte und was er über sie wußte. »Das weiß ich nicht«, sagte er schließlich. »Was wissen wir über sie? Lehren sie so, wie wir es tun: die Mutter das Kind, der Ältere den Jüngeren? Oder sind sie wie die Tiere, die einiges lehren, aber mit dem größten Teil ihres Wissens geboren werden? Nicht einmal das wissen wir. Doch ich nehme an, daß der Drache und die Sprache des Drachen eins sind. Ein Wesen.«

»Und sie sprechen keine andere Sprache.«

Er nickte. »Sie lernen nicht. Sie sind.«

Therru kam durch die Küche. Es gehörte zu ihren Aufgaben, dafür zu sorgen, daß die Kiste mit dem Anzündholz immer voll war, was sie eifrig tat; sie war in eine gekürzte Schaffelljacke und eine Mütze eingepackt und trabte zwischen Holzhütte und Küche hin und her. Sie ließ ihre Ladung in die Kiste neben der Kaminecke fallen und machte sich wieder auf den Weg.

»Was singt sie immer?« fragte Ged.

»Therru?«

»Wenn sie allein ist.«

»Sie singt nie. Sie kann es nicht.«

»Wie sie auf ihre Art singt. ›Weiter westlich als im Westen ...‹«

»Ach, diese Geschichte! Hat Ogion dir nie von der Frau aus Kemay erzählt?«

»Nein. Erzähl es mir.«

Sie erzählte ihm die Geschichte, während sie spann, und das Surren und Sausen des Spinnrads begleiteten die Worte der Geschichte. Als sie fertig war, sagte sie: »Als mir der Master Windkey erzählte, daß er ›eine Frau auf Gont‹ gesucht habe, dachte ich an sie. Aber sie ist inzwischen zweifellos gestorben. Wie könnte eine Fischersfrau, die ein Drache war, überhaupt Oberster Magier werden?«

»Der Patterner hat nicht gesagt, daß eine Frau auf Gont Oberster Magier werden soll«, wandte Ged ein. Er flickte eine sehr zerrissene Kniehose und saß am Fensterbrett, um das wenige Licht auszunützen, das es an diesem dunklen Tag gab. Es war einen halben Monat nach Sonnenrückkehr und bis jetzt die kälteste Zeit.

»Was hat er denn gesagt?«

»›Eine Frau auf Gont‹. So hast du es mir erzählt.«

»Aber sie fragten, wer der nächste Oberste Magier wird.«

»Und erhielten auf diese Frage keine Antwort.«

»Unzählig sind die Argumente der Magier«, bemerkte Tenar trocken.

Ged biß den Faden ab und wickelte den Rest um zwei Finger.

»Ich habe auf Roke gelernt, ein bißchen Haarspalterei zu betreiben«, gab er zu. »Aber ich glaube nicht, daß dies Haarspalterei ist. ›Eine Frau auf Gont‹ kann nicht Oberster Magier werden. Keine Frau kann Oberster Magier werden. Indem sie es wird, höbe sie auf, was sie geworden war, indem sie es wurde. Die Magier von Roke sind Männer — ihre Macht ist die Macht von Männern, ihr Wissen ist das Wissen von Männern. Sowohl Mannstum als auch Zauberkunst sind auf einen Felsen erbaut: Die Macht gehört den Männern. Wenn die Frauen Macht besäßen, was wären dann die Männer als Frauen, die keine Kinder gebären können? Und was wären dann die Frauen als Männer, die es können?«

Tenar machte »Ha!« und meinte dann listig: »Es hat doch Königinnen gegeben. Waren das nicht mächtige Frauen?«

»Eine Königin ist nur ein weiblicher König«, stellte Ged fest.

Tenar schnaubte.

»Ich meine, daß die Männer ihr die Macht geben. Sie lassen zu, daß sie die Macht der Männer benutzt. Aber es ist nicht ihre Macht. Sie ist nicht deshalb mächtig, weil sie eine Frau ist, sondern trotzdem.«

Sie nickte, streckte sich und lehnte sich zurück. »Was ist dann die Macht einer Frau?«

»Ich glaube nicht, daß wir es wissen.«

»Wann besitzt eine Frau Macht, weil sie eine Frau ist? Vermutlich ihren Kindern gegenüber. Eine Zeitlang ...«

»Vielleicht in ihrem Haus.«

Sie sah sich in der Küche um. »Aber die Türen sind geschlossen, die Türen sind versperrt.«

»Weil du wertvoll bist.«

»O ja. Wir sind kostbar. Solange wir machtlos sind ... Ich erinnere mich, wann ich das erkannte! Kossil drohte mir — mir, der Einzigen Priesterin der Gräber. Und mir wurde klar, daß ich hilflos war. Ich hatte die Ehre; aber sie hatte die Macht, vom Gott-König, dem Mann. Wie zornig ich darüber wurde! Und es erschreckte mich ... Lark und ich haben einmal darüber gesprochen. Sie fragte: ›Warum haben die Männer *Angst* vor den Frauen?‹«

»Wenn deine Stärke nur die Schwäche des anderen ist, lebst du in Angst«, erklärte Ged.

»Ja, aber die Frauen scheinen ihre eigene Stärke zu fürchten, vor sich selbst Angst zu haben.«

»Hat man sie je gelehrt, sich selbst zu vertrauen?«

wollte Ged wissen, und während er sprach, kam Therru wieder mit ihrer Arbeit herein. Er und Tenar sahen sich an.

»Nein«, gab sie zu, »Vertrauen lehrt man uns nicht.« Sie sah zu, wie das Kind das Holz in der Kiste aufstapelte. »Wenn Macht Selbstvertrauen wäre«, fuhr sie fort. »Mir gefällt das Wort. Wenn es nicht alle diese Rangordnungen gäbe — einer über dem anderen — Könige, Master, Magier, Hausherren ... Das alles kommt mir so unnötig vor. Wirkliche Macht, wirkliche Freiheit würden auf Vertrauen, nicht auf Stärke beruhen.«

»So wie Kinder ihren Eltern vertrauen.«

Sie schwiegen beide.

»Wie die Dinge jetzt stehen, ist sogar Selbstvertrauen schädlich«, bemerkte er. »Die Männer auf Roke vertrauen sich und den anderen. Ihre Macht ist rein, nichts befleckt ihre Reinheit, und deshalb halten sie diese Reinheit für Weisheit. Sie können sich nicht vorstellen, daß sie etwas Unrechtes tun.«

Sie blickte zu ihm auf. Er hatte noch nie zuvor so von Roke gesprochen, so volkommen als Außenstehender, befreit.

»Vielleicht brauchen sie dort ein paar Frauen, die sie auf diese Möglichkeit aufmerksam machen«, sagte sie, und er lachte.

Sie setzte das Spinnrad wieder in Bewegung. »Ich verstehe noch immer nicht, warum es keine weiblichen Obersten Magier geben kann, wenn es weibliche Könige gibt.«

Therru hörte zu.

»Heißer Schnee, trockenes Wasser«, zitierte Ged ein gontisches Sprichwort. »Die Könige erhalten ihre Macht von anderen Männern. Die Macht eines Magiers gehört ihm — ist er selbst.«

»Und es ist eine männliche Macht. Weil wir nicht einmal wissen, worin die Macht einer Frau besteht. In Ordnung. Ich verstehe. Aber trotzdem, warum kann man keinen Obersten Magier finden — keinen männlichen Obersten Magier?«

Ged betrachtete den zerrissenen inneren Saum der Hose. »Wenn der Patterner ihre Frage nicht beantwortete, dann beantwortete er eine Frage, die sie nicht gestellt hatten. Vielleicht müßten sie sie stellen.«

»Ist es ein Rätsel?« fragte Therru.

»Ja«, erwiderte Tenar. »Aber wir kennen das Rätsel nicht. Wir kennen nur die Lösung. Die Lösung lautet: eine Frau auf Gont.«

»Von denen gibt es eine Menge«, stellte Therru fest, nachdem sie eine Weile überlegt hatte. Sie war offensichtlich damit zufriedengestellt, denn sie ging hinaus, um die nächste Ladung Anzündholz zu holen.

Ged sah ihr nach. »›Alles hat sich verändert.‹ Alles ... Manchmal denke ich, Tenar — ich frage mich, ob Lebannens Herrschaft vielleicht nur ein Anfang ist. Eine Tür ... Und er ist der Hüter dieser Tür. Der nicht hindurchgehen soll.«

»Er wirkt so jung«, sagte Tenar zärtlich.

»Genauso jung, wie Morred war, als er den Schwarzen Schiffen entgegentrat. Genauso jung, wie ich war, als ich ...« Er stockte und blickte durch das Fenster auf die gefrorenen grauen Felder hinter den blattlosen Bäumen. »Oder wie du, Tenar, an dem dunklen Ort ... Was sind Jugend oder Alter? Manchmal weiß ich es nicht. Manchmal habe ich das Gefühl, daß ich tausend Jahre gelebt habe; manchmal habe ich das Gefühl, daß mein Leben wie eine fliegende Schwalbe war, die man durch eine Mauerritze sieht. Ich bin mehr als einmal gestorben und wurde wiedergeboren, sowohl im trockenen Land und hier unter der Sonne. Die *Erschaffung* erklärt uns, daß wir alle zur Quelle zurückgekehrt sind und ewig zu ihr zurückkehren und daß die Quelle fortwährend ist. *Nur im Sterben, Leben* ... Daran habe ich gedacht, als ich mit den Ziegen auf dem Berg war und ein Tag ewig dauerte und dennoch keine Zeit verging, bis der Abend kam und dann wieder der Morgen ... Ich lernte die Weisheit der Ziegen. Deshalb dachte ich: Welchen Sinn hat mein Kummer? Um welchen Menschen trauere ich? Um Ged, den Obersten Magier? Warum ist Hawk der Ziegenhirt seinetwegen krank vor Kummer und Scham? Was habe ich getan, dessen ich mich schämen müßte?«

»Nichts. Nie«, antwortete Tenar.

»O doch«, widersprach Ged. »Alle Größe der Menschen beruht auf Scham, entspringt aus ihr. Hawk, der Ziegenhirt, weinte um Ged, den Obersten Magier. Und hütete auch die Ziegen, so gut man es von einem Jungen seines Alters erwarten konnte ...«

Nach einer Weile lächelte Tenar und bemerkte ein wenig schüchtern: »Moss hat gesagt, daß du etwa fünfzehn warst.«

»Das könnte ungefähr stimmen. Ogion gab mir im Herbst meinen Namen, und im nächsten Sommer kam ich nach Roke ... Wer war dieser Junge? Eine Leere ... Eine Freiheit.«

»Wer ist Therru, Ged?«

Er antwortete erst, als sie schon glaubte, er werde nicht mehr antworten, und sagte: »So zugerichtet — welche Freiheit gibt es da für sie?«

»Dann sind wir also unsere Freiheit?«

»So glaube ich.«

»In deiner Macht schienst du so frei zu sein, wie es ein Mensch nur sein kann. Aber um welchen Preis? Was machte dich frei? Und ich ... Ich wurde geschaffen, geformt wie Ton, durch den Willen der Frauen, die den Alten Mächten dienten oder den Männern dienten, die alle Dienste, Wege und Orte schufen, ich weiß nicht mehr, welche. Dann wurde ich bei dir und bei Ogion einen Augenblick lang frei. Aber es war nicht meine Freiheit. Sie ermöglichte mir nur die Wahl; und ich wählte. Ich wählte, mich wie Ton für den Bedarf einer Farm, eines Farmers und unserer Kinder zu formen. Ich machte mich zu einem Gefäß. Ich kenne seine Form. Aber nicht den Ton. Das Leben ließ mich tanzen. Ich kenne die Tänze. Aber ich weiß nicht, wer der Tänzer ist.«

»Und sie«, sagte Ged nach langem Schweigen, »wenn sie je tanzen könnte ...«

»Sie werden sie fürchten«, flüsterte Tenar. Dann kam das Kind wieder herein, und das Gespräch wandte sich dem Brotteig zu, der in der Schüssel neben dem Backrohr ruhte. Sie unterhielten sich ruhig und lange, kamen von einem Thema zum nächsten, bewegten sich im Kreis und zurück, den halben kurzen Tag lang, oft, spannen und nähten ihr Leben mit Worten zusammen, die Jahre, die Taten und die Gedanken, die sie nicht geteilt hatten. Dann schwiegen sie wieder, arbeiteten, dachten und träumten, und das schweigende Kind war bei ihnen.

So verging der Winter, bis die Lammzeit kam und die Arbeit eine Zeitlang schwer wurde, während die Tage länger und heller wurden. Dann kamen die Schwalben von den Inseln unter der Sonne, vom South Reach, wo der Stern Gobardon im Sternbild des Endes leuchtet; doch alle Gespräche der Schwalben untereinander drehten sich um den Anfang.

Der Hausherr

Mit der Rückkehr des Frühlings flogen die Schiffe wie die Schwalben zwischen den Inseln hin und her. In den Dörfern erfuhr man aus Valmouth, daß die Schiffe des Königs die Plünderer plünderten, alteingesessene Seeräuber in den Ruin trieben und ihre Schiffe und Vermögen beschlagnahmten. Lord Heno schickte persönlich seine drei besten, schnellsten Schiffe unter dem Zauberer-Piraten Tally aus, den jedes Handelsschiff zwischen Soléa und den Andrades fürchtete; seine Flotte sollte vor Oranéa den Schiffen des Königs einen Hinterhalt legen und sie vernichten. Doch es war eines der Schiffe des Königs, das mit dem in Ketten gelegten Tally an Bord in die Valmouth Bay einlief und den Befehl hatte, Lord Heno nach Gont Port zu bringen und ihm dort wegen Piraterei und Mordes den Prozeß zu machen. Heno verbarrikadierte sich in seinem aus Steinen erbauten Herrenhaus in den Hügeln hinter Valmouth, weil warmes Frühlingswetter herrschte, dachte er jedoch nicht daran, Feuer zu machen; darauf fielen fünf oder sechs der jungen Soldaten des Königs durch den Kamin in sein Haus ein, und man führte ihn in Ketten durch die Straßen von Valmouth und stellte ihn vor Gericht.

Als Ged davon erfuhr, stellte er voll Liebe und Stolz fest: »Er wird alles richtig machen, wie es ein König tun muß.«

Handy und Shag waren sofort über die Nordstraße nach Gont Port gebracht worden; als Hakes Wunden halbwegs verheilt waren, wurde er zu Schiff hinterhergeschickt, und alle drei wurden wegen Mordes vor das Gericht des Königs gestellt. Die Nachricht, daß sie zum

Galeerendienst verurteilt worden waren, löste im Middle Valley große Befriedigung und gegenseitige Gratulationen aus, die Tenar und neben ihr Therru schweigend zur Kenntnis nahmen.

Dann trafen andere Schiffe mit anderen vom König ausgesandten Männern ein, die nicht alle bei den Stadt- und Dorfbewohnern des rauhen Gont beliebt waren: königliche Sheriffs, die über das System der Gerichtsbeamten und Friedensrichter berichten und die Beschwerden und Klagen des einfachen Volks anhören sollten; Steuerprüfer und Steuereinheber; vornehme Besucher der kleinen Lords von Gont, die sich höflich nach ihrer Loyalität der Krone in Havnor gegenüber erkundigten; und Männer, die wie Zauberer aussahen, hierher und dorthin reisten, anscheinend wenig taten und noch weniger sprachen.

»Sie suchen also doch einen neuen Obersten Magier, wie mir scheint«, bemerkte Tenar.

»Oder wollen den Mißbrauch dieser Kunst unterbinden«, sagte Ged. »Zaubermacht auf Abwegen.«

Tenar wollte schon ›Dann sollten sie im Herrenhaus von Re Albi nachsehen‹ sagen, aber ihre Zunge stolperte über die Worte. Was wollte ich noch sagen? dachte sie. Habe ich Ged je von … Ich werde vergeßlich. Was wollte ich Ged doch erzählen? Ach ja, daß wir das untere Weidetor instandsetzen müssen, bevor die Kühe ausbrechen.

Im Vordergrund ihrer Gedanken stand immer ein Dutzend Angelegenheiten, die mit der Farm zu tun hatten. »Für dich gibt es niemals nur eine Aufgabe«, hatte Ogion gesagt. Obwohl ihr jetzt Ged half, widmete sie alle Gedanken und Tage den Erfordernissen der Farm. Er teilte sich mit ihr in die Hausarbeit, was Flint nie getan hatte; aber Flint war Farmer gewesen und Ged war keiner. Er lernte schnell, denn es gab viel zu lernen. Sie arbeiteten. Sie hatten wenig Zeit zum Sprechen. Am Ende des Tages aßen sie zusammen das Abendessen, gingen zusammen zu Bett, schliefen, wachten im Morgengrauen auf und gingen wieder an die Arbeit, in einem ewigen Kreislauf, wie das Rad einer Wassermühle, das voll hochsteigt und sich entleert; die Tage waren wie das helle fallende Wasser.

»Hallo Mutter!« rief der magere Kerl am Hoftor. Sie glaubte, es sei Larks Ältester, und fragte: »Was führt dich her, Junge?« Dann sah sie ihn über die gluckenden Hühner und die vorbeimarschierenden Gänse hinweg wieder an.

»Spark!« rief sie und lief auf ihn zu, so daß das Geflügel auseinanderstob.

»Na, na«, meinte er, »mach kein solches Theater!«

Er ließ zu, daß sie ihn umarmte und sein Gesicht streichelte, ging mit ihr hinein und setzte sich in der Küche an den Tisch.

»Hast du gegessen? Hast du Apple gesprochen?«

»Ich könnte etwas essen.«

Sie stöberte in dem gut gefüllten Vorratsschrank herum. »Auf welchem Schiff bist du? Noch immer auf der *Gull?*«

»Nein.« Eine Pause. »Mein Schiff hat sich aufgelöst.«

Sie drehte sich entsetzt um. »Gestrandet?«

»Nein.« Sein Lächeln war nicht fröhlich. »Die Mannschaft hat sich aufgelöst. Die Männer des Königs übernahmen das Schiff.«

»Aber — es war doch nicht etwa ein Piratenschiff ...«

»Nein.«

»Warum dann ...?«

»Sie sagten, der Kapitän führe Waren mit, die sie suchten«, antwortete er unwillig. Er war genauso mager wie früher, sah aber älter aus, war braungebrannt, hatte glattes Haar und ein langes schmales Gesicht wie Flint, aber noch schmaler und härter.

»Wo ist Vater?« fragte er.

Tenar blieb stehen.

»Du hast nicht bei deiner Schwester hineingeschaut?«

»Nein«, meinte er gleichgültig.

»Flint starb vor drei Jahren. An einem Schlaganfall. Auf den Feldern — unterwegs von den Pferchen hierher, wo die Mutterschafe lammten. Clearbrook hat ihn gefunden. Das war vor drei Jahren.«

Stille trat ein. Er wußte nicht, was er sagen sollte, oder hatte nichts zu sagen.

Sie stellte Essen vor ihn hin. Er aß so gierig, daß sie sofort mehr auftischte.

»Wann hast du zum letztenmal gegessen?«

Er hob die Schultern und aß.

Sie setzte sich ihm gegenüber an den Tisch. Der Sonnenschein des Spätfrühlings fiel zu dem niedrigen Fenster auf der anderen Seite herein, und der Kaminvorsetzer aus Messing glänzte.

Endlich schob er den Teller weg.

»Wer hat inzwischen die Farm geleitet?« fragte er.

»Warum willst du das wissen, Sohn?« fragte sie ihn sanft, aber trocken.

»Sie gehört mir«, antwortete er in einem sehr ähnlichen Tonfall.

Tenar stand nach einer Minute auf und räumte das Geschirr weg. »Das stimmt.«

»Du kannst natürlich bleiben«, meinte er sehr verlegen, vielleicht wollte er einen Scherz machen; aber er war kein scherzhafter Mensch. »Ist der alte Clearbrook noch in der Gegend?«

»Alle sind noch da. Dazu ein Mann namens Hawk und ein Kind, das ich aufziehe. Hier. Im Haus. Du mußt auf dem Dachboden schlafen. Ich stelle die Leiter auf.« Sie sah ihn an. »Bist du gekommen, um zu bleiben?«

»Es könnte sein.«

So hatte Flint zwanzig Jahre lang ihre Fragen beantwortet, ihr das Recht abgesprochen, Fragen zu stellen indem er nie mit ja oder nein antwortete, sich eine Freiheit bewahrte, die auf ihrer Unwissenheit beruhte; eine armselige, enge Freiheit, dachte sie.

»Armer Junge«, stellte sie fest, »deine Mannschaft hat sich aufgelöst, dein Vater ist tot, in deinem Haus leben Fremde, und das alles in einem Tag. Du wirst Zeit brauchen, um dich daran zu gewöhnen. Es tut mir leid, mein Sohn. Aber ich freue mich, daß du hier bist. Ich habe oft an dich gedacht — du auf dem Meer, im Sturm, im Winter.«

Er schwieg. Er hatte nichts anzubieten und war nicht fähig, etwas anzunehmen. Er schob den Stuhl zurück und wollte aufstehen, als Therru hereinkam. Er hatte sich halb erhoben und starrte sie an. »Was ist ihr zugestoßen?« fragte er.

»Sie wurde verbrannt. Das ist mein Sohn, von dem ich dir erzählt habe, Therru, der Seemann Spark. Therru ist deine Schwester, Spark.«

»Schwester!«

»Durch Adoption.«

»Schwester!« wiederholte er, sah sich in der Küche um, als suche er einen Zeugen, und starrte seine Mutter an.

Sie starrte zurück.

Er ging hinaus und machte dabei einen großen Bogen um Therru, die sich nicht rührte. Er schlug die Tür hinter sich zu.

Tenar wollte mit Therru sprechen und konnte es nicht.

»Wein nicht«, sagte das Kind, das nicht weinte, kam zu ihr, berührte sie am Arm. »Hat er dich verletzt?«

»Ach, Therru! Laß dich in die Arme nehmen!« Sie setzte sich an den Tisch und zog Therru auf den Schoß und in die Arme, obwohl das Mädchen dafür allmählich zu groß wurde und nie gelernt hatte, wie man es leichthin tut. Aber Tenar drückte sie an sich und weinte, und Therru neigte das narbenbedeckte Gesicht Tenars Gesicht entgegen, bis auch das ihre naß vor Tränen war.

Ged und Spark kamen in der Dämmerung von den entgegengesetzten Enden der Farm nach Hause. Spark hatte offensichtlich mit Clearbrook gesprochen und über die Situation nachgedacht, und Ged versuchte offensichtlich, ihn einzuschätzen. Beim Abendessen wurde sehr wenig gesprochen, und das vorsichtig. Spark beschwerte sich nicht darüber, daß er nicht sein Zimmer wiederbekam, sondern kletterte die Leiter zum Speicher hinauf wie ein Matrose, der er war, und war offenbar mit dem Bett zufrieden, das ihm seine Mutter dort bereitet hatte, denn er kam erst spät am Morgen hinunter.

Er wollte sein Frühstück und erwartete, daß man es ihm vorsetzte. Sein Vater war immer von Mutter, Frau, Tochter bedient worden. War er ein geringerer Mann als sein Vater? Wollte sie es ihm beweisen? Sie setzte ihm seine Mahlzeit vor, räumte nach ihm ab und ging in der Obstgarten zurück, wo sie, Therru und Shandy die Baumweißlingraupen verbrannten, die die frisch gepflanzten Obstbäume befallen hatten.

Spark verließ das Haus und suchte Clearbrook und Tiff auf. Er hielt sich in den nächsten Tagen hauptsächlich bei ihnen auf. Die schwere Arbeit, die Muskeln erforderte, und die Arbeit mit den Kulturen und den Schafen, die Erfahrung erforderte, wurde von Ged, Shandy und Tenar getan, während die beiden alten Männer, die ihr Lebenlang hier gewesen waren, die Männer seines Vaters, ihn herumführten, ihm erzählten, wie sie alles schafften, wirklich glaubten, daß sie alles schafften, und diesen Glauben auf ihn übertrugen.

Tenar fühlte sich elend im Haus. Nur im Freien, bei der Arbeit, vergaß sie den Zorn und die Scham, die Sparks Anwesenheit ihr verursachten.

»Jetzt bin ich an der Reihe«, sagte sie in der sternenhellen Dunkelheit ihres Zimmers bitter zu Ged. »Ich bin an der Reihe, das zu verlieren, worauf ich am stolzesten war.«

»Was hast du verloren?«

»Meinen Sohn. Den Sohn, den ich nicht dazu erzog, ein Mann zu sein. Ich habe versagt. Ich habe ihn im

Stich gelassen.« Sie biß sich auf die Lippen und blickte mit trockenen Augen in die Dunkelheit.

Ged versuchte nicht, mit ihr zu diskutieren oder sie in ihrem Kummer zu trösten. »Glaubst du, daß er bleiben wird?« fragte er.

»Ja. Er hat Angst, noch einmal zur See zu fahren. Er hat mir nicht die Wahrheit — oder nicht die ganze Wahrheit — über sein Schiff erzählt.Er war zweiter Maat. Wahrscheinlich war er am Transport von Diebesgut beteiligt. Seeräuberei aus zweiter Hand. Das stört mich nicht. Gontische Seeleute sind immer halbe Piraten. Aber er lügt, was das betrifft. Er lügt. Er ist auf dich eifersüchtig. Ein unehrlicher, eifersüchtiger Mann.«

»Ich nehme an, daß er Angst hat. Er ist nicht schlecht. Und es ist seine Farm.«

»Dann kann er sie haben! Möge sie zu ihm genauso großzügig sein wie ...«

»Nein, Liebes.« Geds Stimme und Hände hinderten sie daran, weiterzureden. »Sprich nicht! Sag das böse Wort nicht!« Er sprach so drängend, so leidenschaftlich ernst, daß ihr Zorn sich sofort in die Liebe verwandelte, die sein Ursprung war, und sie rief: »Ich würde ihn oder die Farm nie verfluchen! Ich habe es nicht ernst gemeint! Es tut mir nur so leid, ich schäme mich so! Es tut mir leid, Ged!«

»Nein, nein, nein! Mir ist es gleichgültig, was der Junge von mir hält, mein Liebes. Aber er ist dir gegenüber sehr hart.«

»Und Therru gegenüber. Er behandelt sie wie ... Er hat zu mir gesagt: ›Was hat sie getan, daß sie so aussieht?‹ Was hat sie getan!«

Ged strich ihr, wie er es oft tat, mit einer leichten, langsamen, unermüdlichen Liebkosung, die beide vor liebevollem Genuß schläfrig machte, über die Haare.

»Ich könnte wieder Ziegen hüten«, meinte er schließlich. »Das würde es dir hier erleichtern. Bis auf die Arbeit ...«

»Ich möchte lieber mit dir gehen.«

Er strich ihr weiterhin über das Haar und überlegte. »Das könnten wir tun. Oberhalb von Lissu hüteten zwei Familien die Schafe. Aber dann kommt der Winter ...«

»Vielleicht würde uns ein Farmer einstellen. Ich kenne die Arbeit — und Schafe. Und du kennst die Ziegen — und lernst alles schnell ...«

»Ich kann mich mit einer Mistgabel nützlich machen ...«, murmelte er und wurde von ihr mit leisem Lachen belohnt.

Am nächsten Morgen frühstückte Spark zeitig mit ihnen, denn er ging mit dem alten Tiff fischen. Er stand auf und verkündete freundlicher als gewöhnlich: »Zum Abendessen bringe ich Fische mit.«

Tenar hatte in der Nacht Entschlüsse gefaßt. »Warte«, sagte sie, »du kannst den Tisch abräumen, Spark. Stell die Teller in die Spüle und gieß Wasser darüber. Wir spülen sie mit dem Geschirr vom Abendessen.«

Er starrte sie einen Augenblick lang an. »Das ist Frauenarbeit.« Damit setzte er die Mütze auf.

»Es ist die Arbeit von jedem, der hier in der Küche ißt.«

»Nicht die meine«, antwortete er entschieden und ging hinaus.

Sie folgte ihm, stand auf der Türstufe. »Hawks Arbeit, aber nicht die deine?« fragte sie.

Er nickte nur und ging weiter über den Hof.

»Es ist zu spät«, sagte sie, während sie in die Küche zurückging. »Versagt, versagt.« Sie spürte die steifen Falten im Gesicht, neben dem Mund, zwischen den Augen. »Man kann einen Stein gießen, aber er wird nicht wachsen.«

»Man muß damit anfangen, wenn sie jung und empfindsam sind«, meinte Ged. »So wie ich.«

Diesmal konnte sie nicht lachen.

Sie kamen von der Tagesarbeit nach Hause und sahen einen Mann, der am Tor mit Spark sprach.

»Das ist der Kerl aus Re Albi, nicht wahr?« fragte Ged, der sehr scharfe Augen hatte.

»Komm mit, Therru«, sagte Tenar, denn das Kind war stehengeblieben. »Welcher Kerl?« Sie war kurzsichtig, kniff die Augen zusammen und blickte über den Hof. »Ach, es ist der Schafhändler, wie heißt er noch — Townsend. Was sucht er hier, dieser Aasgeier?«

Sie war den ganzen Tag in hitziger Stimmung gewesen, und Ged und Therru schwiegen klugerweise.

Sie ging zu den Männern am Tor.

»Bist du wegen der weiblichen Lämmer gekommen, Townsend? Du hast dich um ein Jahr verspätet; aber von den diesjährigen Lämmern sind einige noch im Pferch.«

»Das hat mir der Hausherr gesagt.«

»Tatsächlich«, sagte Tenar.

Sparks Gesicht wurde bei ihrem Ton noch dunkler als sonst.

»Dann werde ich dich und den Hausherrn nicht stören«, meinte sie und wandte sich ab, als Townsend sagte: »Ich habe eine Botschaft für dich, Goha.«

»Aller guten Dinge sind drei.«

»Der alten Hexe, weißt du, der alten Moss geht es schlecht. Weil ich ins Middle Valley unterwegs war, sagte sie: ›Berichte Mistress Goha, daß ich sie sehen möchte, bevor ich sterbe, wenn sie kommen kann.‹«

Geier, Aasgeier, dachte Tenar und sah den Überbringer schlechter Nachrichten haßerfüllt an.

»Sie ist krank?«

»Todkrank«, bestätigte Townsend mit geziertem Grinsen, das man für Mitgefühl halten sollte. »Wurde im Winter krank, und ihre Kraft nimmt rasch ab, deshalb soll ich dir ausrichten, daß sie dich gern sehen möchte, bevor sie stirbt.«

»Danke dafür, daß du die Botschaft überbracht hast«, antwortete Tenar ernst und ging zum Haus. Townsend ging mit Spark zu den Pferchen.

Während sie das Abendessen zubereiteten, sagte Tenar zu Ged und Therru: »Ich muß gehen.«

»Natürlich«, stimmte Ged zu. »Wenn du willst, gehen wir alle drei.«

»Tätet ihr das?« Zum erstenmal an diesem Tag wurde ihr Gesicht freundlich und die Gewitterwolken verzogen sich. »Das — das ist gut ... Ich wollte nicht fragen — ich habe gedacht, vielleicht ... Therru, möchtest du für einige Zeit in das kleine Haus, Ogions Haus, zurückkehren?«

Therru blieb stehen, um nachzudenken. »Ich könnte meinen Pfirsichbaum wiedersehen.«

»Ja, und Heather — und Sippy — und Moss — die arme Moss! Ach, habe ich mich gesehnt, ich habe mich danach gesehnt, dorthin zurückzukehren, aber es schien mir nicht richtig. Die Farm mußte geleitet werden — und alles ...«

Es kam ihr so vor, als gebe es noch einen Grund, warum sie nicht zurückgekehrt war, nicht zugelassen hatte, daß sie an eine Rückkehr dachte, bis jetzt nicht einmal gewußt hatte, daß sie sich danach sehnte; aber was immer der Grund war, er entglitt ihr wie ein Schatten, ein vergessenes Wort. »Hat sich überhaupt jemand um Moss gekümmert, hat jemand einen Heiler geholt? Sie ist die einzige Heilerin auf dem Overfell, aber unten in Gont Port gibt es Leute, die ihr sicherlich helfen können. Die arme Moss! Ich will zu ihr ... Es ist zu spät, aber morgen, morgen früh. Der Hausherr kann sich sein Frühstück selbst zubereiten!«

»Er wird es lernen«, meinte Ged.

»Das glaube ich nicht. Er wird eine schwachsinnige Frau finden, die es ihm herrichtet.« Sie sah sich mit heißem, grimmigem Gesicht in der Küche um. »Ich finde es schrecklich, ihr die zwanzig Jahre zu hinterlassen, in denen ich diesen Tisch geschrubbt habe. Hoffentlich weiß sie es zu schätzen!«

Spark brachte Townsend zum Abendessen mit, aber

der Schafhändler wollte nicht über Nacht bleiben, obwohl man ihm natürlich mit der üblichen Gastfreundschaft ein Bett anbot. Es wäre eines ihrer Betten gewesen, und Tenar sagte der Gedanke nicht zu. Sie war froh, als er in dem blauen Zwielicht des Frühlingsabends zu seinen Gastgebern ins Dorf zurückkehrte.

»Wir brechen morgen früh nach Re Albi auf, Sohn«, teilte sie Spark mit. »Hawk, Therru und ich.«

Er sah ein bißchen verängstigt aus.

»Ihr geht einfach weg?«

»So bist du fortgegangen; so bist du wiedergekommen«, stellte seine Mutter fest. »Sieh her, Spark: Dies ist die Geldschachtel deines Vaters. Darin liegen sieben Elfenbeinmünzen und die Schuldscheine vom alten Bridgeman, aber er wird nie bezahlen, er hat nichts, womit er bezahlen könnte. Diese vier andradischen Münzen bekam Flint dafür, daß er zu der Zeit, als du noch ein Junge warst, vier Jahre lang dem Schiffsausrüster in Valmouth Schaffelle verkaufte. Die drei havnorianischen Münzen sind der Betrag, den uns Tholy für die High Creek Farm bezahlt hat. Ich habe deinen Vater dazu gebracht, diese Farm zu kaufen, und ich habe ihm geholfen, sie zu roden und zu verkaufen. Diese drei Münzen nehme ich, weil ich sie verdient habe. Der Rest und die Farm gehören dir. Du bist der Hausherr.«

Der große, magere junge Mann ließ die Geldschachtel nicht aus den Augen.

»Nimm alles. Ich will es nicht«, flüsterte er.

»Ich brauche es nicht. Aber ich danke dir, mein Sohn. Behalt die vier Münzen. Wenn du heiratest, nimm sie als mein Geschenk an deine Frau.«

Sie stellte die Schachtel auf ihren Platz hinter dem großen Teller auf dem obersten Regal der Anrichte, wo Flint sie immer aufbewahrt hatte. »Pack deine Sachen fertig, Therru, weil wir sehr zeitig aufbrechen werden.«

»Wann kommt ihr zurück?« fragte Spark; der Ton seiner Stimme erinnerte Tenar an das ruhelose zarte Kind, das er gewesen war. Aber sie sagte nur: »Ich weiß es nicht, mein Lieber. Wenn du mich brauchst, werde ich kommen.«

Sie war damit beschäftigt, die Wanderschuhe und den Ranzen hervorzuholen. »Du kannst etwas für mich tun, Spark«, fügte sie hinzu.

Er hatte sich unsicher und mürrisch auf den Herdplatz gesetzt. »Was?«

»Geh bald nach Valmouth hinunter und besuch deine Schwester. Erzähl ihr, daß ich zum Overfell zurückgekehrt bin. Sag ihr, daß sie mir Bescheid geben soll, wenn sie mich sehen will.«

Er nickte. Er sah zu Ged hinüber, der wie jemand, der viel gereist war, seine wenigen Habseligkeiten ordentlich und rasch gepackt hatte und jetzt das Geschirr einräumte, um die Küche ordentlich zurückzulassen. Dann setzte er sich Spark gegenüber und zog eine neue Schnur durch die Ösen seines Ranzens, um ihn oben zu verschließen.

»Dafür gibt es einen Knoten«, mischte sich Spark ein, »einen Seemannsknoten.«

Ged reichte ihm den Rucksack schweigend über den Herd hinweg und sah zu, wie Spark schweigend den Knoten vorführte.

»Er gibt nach, siehst du«, erklärte er, und Ged nickte.

Sie verließen die Farm in der Dunkelheit und Kälte des Morgens. Das Sonnenlicht kommt spät zur westlichen Seite des Gont Mountain, und nur das Gehen hielt sie warm, bis die Sonne endlich um die große Masse des Südgipfels herumkam und ihnen auf den Rücken schien.

Therru konnte doppelt so gut wie im vorhergehenden Sommer gehen, aber es war trotzdem ein Zweitagemarsch. Am Nachmittag fragte Tenar: »Sollen wir versuchen, heute noch nach Oak Springs zu kommen? Dort gibt es eine Art Wirtshaus. Wir haben dort eine Tasse Milch getrunken, erinnerst du dich, Therru?«

Ged blickte geistesabwesend den Berghang hinauf. »Da oben gibt es eine Stelle, die ich kenne …«

»Sehr gut«, sagte Tenar.

Kurz bevor sie zu der hohen Kehre der Straße kamen, von der aus man Gont Port zum erstenmal sieht, bog Ged in den Wald ab, der die steilen Hänge bedeckte. Die im Westen stehende Sonne sandte schräge rotgoldene Strahlen in die Dunkelheit zwischen den Stämmen und unter den Ästen. Sie gingen etwa eine halbe Meile, ohne daß Tenar einen Weg sah, und kamen auf einer kleinen Stufe oder Felsplatte am Berghang heraus, einer Wiese, die durch die Felsen dahinter und die Bäume ringsum vor dem Wind geschützt war. Von hier aus erblickte man die Höhen des Bergs im Norden, und zwischen den Spitzen der hohen Fichten hatte man einen Durchblick auf das westliche Meer. Hier war es vollkommen still, es sei denn, der Wind atmete in den Fichten. Weit oben im Sonnenlicht sang eine Berglerche lang und süß, bevor sie zu ihrem Nest im unberührten Gras hinunterfiel.

Die drei aßen Brot und Käse. Sie sahen zu, wie die Dunkelheit vom Meer auf den Berg hinaufstieg. Sie bereiteten sich ein Lager aus ihren Mänteln und schliefen, Therru neben Tenar neben Ged. In der Tiefe der Nacht erwachte Tenar. Eine Eule rief in der Nähe, ein wiederkehrender lieblicher Ton wie eine Glocke, und weit oben vom Berg antwortete ihr Partner wie das Gespenst einer Glocke. Ich werde zusehen, wie die Sterne im Meer untergehen, dachte Tenar, aber sie schlief friedlichen Herzens sofort wieder ein.

Als sie am grauen Morgen erwachte, saß Ged neben ihr, hatte sich den Mantel um die Schultern gelegt und blickte nach Westen. Sein dunkles Gesicht war vollkommen ruhig, voller Stille, wie sie es vor langer Zeit am Strand von Atuan gesehen hatte. Er hatte die Augen nicht niedergeschlagen wie damals; er blickte in den grenzenlosen Westen. Sie folgte seinem Blick und sah, wie der Tag kam; der ganz klare Himmel spiegelte die Pracht von Rosa und Gold wider.

Ged wandte sich ihr zu, und sie sagte zu ihm: »Ich liebe dich, seit ich dich kenne.«

»Lebensgeberin.« Er beugte sich vor und küßte ihre Brust und ihren Mund. Sie drückte ihn einen Augenblick an sich. Sie standen auf, weckten Therru und gingen weiter; doch als sie zwischen die Bäume traten, blickte Tenar noch einmal zu der kleinen Wiese zurück, als beauftrage sie sie, das Glück, das sie hier erlebt hatte, zu bewahren.

Am ersten Tag ihrer Reise war ihr Ziel die Reise gewesen. An diesem Tag würden sie Re Albi erreichen. Tenars Gedanken weilten oft bei Aunty Moss, sie fragte sich, was ihr wohl widerfahren war und ob sie wirklich im Sterben lag. Doch im Lauf des Tages und des Weges vermochte ihr Geist weder den Gedanken an Moss noch irgendeinen Gedanken festzuhalten. Sie war müde. Sie mochte es nicht, daß sie wieder diesen Weg zum Tod ging. Sie kamen an Oak Springs vorbei, stiegen in die Schlucht hinunter und wieder hinauf. Auf dem letzten langen Stück bergauf zum Overfell fiel es ihr schwer, die Füße zu heben, und ihr Geist war stumpf und verwirrt, beschäftigte sich mit einem Wort oder Bild, bis es bedeutungslos würde — der Geschirrschrank in Ogions Haus oder die Worte *Knochen-Delphin,* die ihr einfielen, als sie Therrus Grastasche mit dem Spielzeug bemerkte, und die sich endlos wiederholten.

Ged schritt mühelos im Tempo des Wanderers aus, und Therru hielt sich neben ihm, die gleiche Therru, die vor nicht einmal einem Jahr auf diesem langen Anstieg ermüdet war und getragen werden mußte. Aber das war nach einem längeren Tagesmarsch gewesen. Und das Kind hatte sich damals noch nicht von seiner Bestrafung erholt.

Sie wurde alt, zu alt, um so schnell und so weit zu gehen. Es fiel ihr so schwer, bergauf zu steigen. Eine alte Frau sollte zu Hause am Kamin bleiben. Der beinerne Delphin, der beinerne Delphin. Bein, gebunden, der bindende Zauber. Der beinerne Mann und das beinerne Tier. Sie gingen vor ihr her. Sie warteten auf sie. Sie war langsam. Sie war müde. Sie mühte sich auf dem letzten Stück des Hügels weiter und holte sie an der Stelle ein, wo die Straße auf der Höhe des Overfell herauskam. Links lagen die Dächer von Re Albi, die schräg zu dem Rand des Felsens abfielen. Rechts führte die Straße zum Herrenhaus hinauf. »Hier hinüber«, sagte Tenar.

»Nein.« Das Kind zeigte nach links, zum Dorf.

»Hier hinüber«, wiederholte Tenar und schlug den Weg nach rechts ein. Ged begleitete sie.

Sie gingen zwischen den Walnußgärten und den Wiesen weiter. Es war ein warmer Spätnachmittag im Frühsommer. Nahe und fern sangen die Vögel in den Bäumen. Er kam die Straße vom großen Haus herunter und auf sie zu, der Mann, an dessen Namen sie sich nicht erinnern konnte.

»Willkommen!« sagte er, blieb stehen und lächelte sie an.

Sie blieben stehen.

»Welch große Persönlichkeiten sind gekommen, um das Haus des Lords von Re Albi auszuzeichnen«, sagte er. Tuaho, das war nicht sein Name. Der beinerne Delphin, das beinerne Tier, das beinerne Kind.

»Mylord Oberster Magier!« Er verbeugte sich tief, und Ged verbeugte sich vor ihm.

»Und Mylady Tenar von Atuan!« Er verbeugte sich vor ihr noch tiefer, und sie fiel auf der Straße auf die Knie. Ihr Kopf sank hinunter, bis sie die Hände in den Staub stützte und sich duckte, bis auch ihr Mund im Staub der Straße lag.

»Jetzt krieche!« befahl er, und sie kroch zu ihm.

»Halt!« befahl er, und sie hielt an.

»Kannst du sprechen?« fragte er. Sie sagte nichts, weil sie keine Worte hatte, die ihr in den Mund kamen, aber Ged antwortete mit seiner üblichen ruhigen Stimme: »Ja.«

»Wo ist das Monster?«

»Ich weiß es nicht.«

»Ich habe geglaubt, daß sie ihren Schutzgeist mitbringen wird. Statt dessen hat sie dich gebracht. Den Lord Oberster Magier Sparrowhawk. Welch großartiger Ersatz! Mit Hexen und Monstern kann ich nur eines tun: die Welt von ihnen säubern. Aber mit dir, der du einmal ein Mann warst, kann ich sprechen; du bist wenigstens fähig, vernünftig zu reden. Und fähig, Bestrafung zu verstehen. Du hast wahrscheinlich angenommen, daß du sicher bist, weil dein König auf dem Thron sitzt und mein Meister, unser Meister, vernichtet wurde. Du hast geglaubt, daß du deinen Willen durchgesetzt hast und hast das Versprechen des ewigen Lebens zunichte gemacht, nicht wahr?«

»Nein«, antwortete Geds Stimme.

Sie konnte sie nicht sehen. Sie sah nur den Staub der Straße und schmeckte ihn im Mund. Sie hörte Ged sprechen. Er sagte: »Im Sterben ist Leben.«

»Quack, quack, zitier nur die Gesänge, Master von Roke — Schulmeister! Welch lustiger Anblick: der große Oberste Magier, gekleidet wie ein Ziegenhirt, und kein Funke Magie in ihm — kein einziges Wort der Macht. Kannst du einen Zauberspruch aufsagen, Oberster Magier? Nur einen kleinen Zauber — nur ein winziges Blendwerk? Nein? Kein einziges Wort? Mein Master hat dich besiegt. Weißt du es jetzt? Du hast ihn nicht geschlagen. Seine Macht lebt! Ich könnte dich für eine Weile hier am Leben erhalten, damit du diese Macht siehst — meine Macht. Damit du den alten Mann siehst, den ich vor dem Tod bewahre — dafür könnte ich dein Leben verwenden, wenn ich es brauche —, und damit du siehst, wie sich dein zudringlicher König mit seinen gezierten Lords und dummen Zauberern zum Narren macht, indem er eine Frau sucht! Eine Frau, die über uns herrschen soll! Doch die Herrschaft ist hier, die Gewalt ist hier, hier, in diesem Haus. Das ganze Jahr über habe ich andere um mich versammelt, Männer, die die wahre Macht kennen. Manche von ihnen aus Roke, den Schulmeistern vor der Nase weggeschnappt. Und manche aus Havnor, dem angeblichen Sohn Morreds vor der Nase weggeschnappt; er will, daß ihn eine Frau beherrscht, dein König, der sich für so ungefährdet hält, daß er sich mit seinem wahren Namen bezeichnet. Kennst du meinen Namen, Oberster Magier? Erinnerst du dich an mich, vor vier Jahren, als du der große Meister der Meister warst und ich ein demütiger Student in Roke war?«

»Du wurdest Aspen genannt«, antwortete die geduldige Stimme.

»Und mein wahrer Name?«

»Ich kenne deinen wahren Namen nicht.«

»Was? Du kennst ihn nicht? Kannst du ihn nicht finden? Kennen Magier nicht alle Namen?«

»Ich bin kein Magier.«

»Ach, sag das noch einmal.«

»Ich bin kein Magier.«

»Es gefällt mir, wenn du das sagst. Sag es noch einmal.«

»Ich bin kein Magier.«

»Aber ich bin einer!«

»Ja.«

»Sag es!«

»Du bist ein Magier.«

»Ah! Das ist besser, als ich gehofft hatte! Ich habe nach einem Aal gefischt und den Wal gefangen. Komm weiter, komm, und lern meine Freunde kennen. Du kannst gehen. Sie kann kriechen.«

Sie gingen die Straße zum Herrenhaus des Lords von Re Albi hinauf und traten ein, Tenar auf Händen und

Knien auf der Straße und auf den Marmorstufen zur Tür hinauf, und auf dem Marmorfußboden der Korridore und Räume.

Im Haus war es dunkel. Mit der Dunkelheit schlich Dunkelheit in Tenars Geist, so daß sie immer weniger davon verstand, was gesagt wurde. Nur manche Worte und Stimmen drangen klar zu ihr durch. Sie verstand, was Ged sagte, und wenn er sprach, dachte sie an seinen Namen und klammerte sich im Geist an ihn. Aber er sprach sehr selten und nur, um dem einen zu antworten, dessen Name nicht Tuaho war. Dieser sprach gelegentlich zu ihr und nannte sie Hündin. »Das ist mein neues Haustier«, sagte er zu anderen Männern, zu mehreren von ihnen, die sich in der Dunkelheit aufhielten, wo Kerzen Schatten warfen. »Seht ihr, wie gut sie dressiert ist? Wälz dich herum, Hündin!« Sie wälzte sich herum, und die Männer lachten.

»Sie hatte einen Welpen, dessen Bestrafung ich vollenden wollte«, sagte er, »weil er nur halb verbrannt wurde. Aber statt dessen hat sie mir einen Vogel gebracht, den sie gefangen hat, einen Sperber. Morgen werden wir ihm das Fliegen beibringen.«

Andere Stimmen sprachen Worte, aber sie verstand Worte nicht mehr.

Etwas wurde ihr um den Hals befestigt, und sie wurde gezwungen, weitere Treppen hinauf und in einen Raum zu kriechen, der nach Urin, verfaulendem Fleisch und süßen Blumen roch. Stimmen sprachen. Eine kalte Hand wie ein Stein schlug ihr schwach gegen den Kopf, während etwas lachte, »Eh, eh, eh«, wie eine Tür, die auf und zu knarrt. Dann wurde sie getreten und mußte durch Korridore kriechen. Sie konnte nicht schnell genug kriechen und wurde in die Brüste und in den Mund getreten. Dann gab es eine Tür, die zufiel, Stille und Dunkelheit. Sie hörte jemanden weinen und glaubte, daß es das Kind war, ihr Kind. Sie wollte, daß das Kind nicht weinte. Endlich hörte es auf.

Das Kind wandte sich nach links und ging ein Stück, bevor es zurückblickte und darauf achtete, daß die blühende Hecke es verbarg.

Der eine, der Aspen hieß, dessen Name Erisen war und den sie als gespaltene, sich windende Dunkelheit sah, hatte ihre Mutter und ihren Vater gefesselt, mit einem Riemen durch ihre Zunge und mit einem Riemen durch sein Herz, und führte sie hinauf zu dem Ort, an dem er sich verbarg. Der Geruch des Ortes erweckte Übelkeit in ihr, aber sie folgte ihm ein kurzes Stück, um zu sehen, was er tat. Er führte die beiden hinein und schloß die Tür hinter ihnen. Es war eine Steintür. Dort konnte sie nicht hinein.

Sie hätte fliegen müssen, aber sie konnte nicht fliegen; sie gehörte nicht zu den Geflügelten.

Sie lief, so schnell sie konnte, über die Felder, an Aunty Moss' Haus, an Ogions Haus und an dem Ziegenhaus vorbei, auf den Weg, der am Felsen entlang und zum Rand des Felsens führte; sie sollte nicht dort hingehen, weil sie den Weg nur mit einem Auge sehen konnte. Sie war vorsichtig. Sie schaute sorgfältig mit dem einen Auge. Sie stand am Rand. Das Wasser war tief unten, und die Sonne ging weit hinten unter. Sie blickte mit dem anderen Auge nach Westen und rief mit der anderen Stimme den Namen, den sie im Traum ihrer Mutter gehört hatte.

Sie wartete nicht auf die Antwort, sondern drehte sich wieder um und ging zurück — zuerst an Ogions Haus vorbei, um zu sehen, ob ihr Pfirsichbaum gewachsen war. Der alte Baum trug viele kleine grüne Pfirsiche, aber von dem Sämling war nichts zu sehen. Die Ziegen hatten ihn gefressen. Oder er war gestorben, weil sie ihn nicht gegossen hatte. Sie blieb eine Weile stehen und betrachtete den Boden, dann holte sie tief Luft und ging über die Felder zu Aunty Moss' Haus zurück.

Hühner saßen auf der Stange, gackerten, flatterten und protestierten dagegen, daß sie hineinging. Die kleine Hütte war dunkel und voll von Gerüchen. »Aunty Moss?« fragte sie mit der Stimme, die sie für diese Leute hatte.

»Wer ist da?«

Die alte Frau lag in ihrem Bett und versteckte sich. Sie hatte Angst und versuchte, Stein um sich zu errichten, um alle fernzuhalten, aber es gelang nicht; sie war nicht stark genug.

»Wer ist es? Wer ist hier? Ach, Schätzchen, o mein liebes Kind, mein verbranntes Kleines, meine Hübsche, was tust du hier? Wo ist sie, wo ist sie, deine Mutter, ist sie hier? Ist sie gekommen? Komm nicht herein, komm nicht herein, Schätzchen, auf mir liegt ein Fluch, er hat die alte Frau verflucht, komm mir nicht in die Nähe! Komm nicht in die Nähe!«

Sie weinte. Das Kind streckte die Hand aus und berührte sie. »Du bist kalt.«

»Du bist wie Feuer, Kind, deine Hand verbrennt mich. O, sieh mich nicht an! Er ließ mein Fleisch verfaulen und schrumpfen und wieder verfaulen, aber er läßt mich nicht sterben — er hat gesagt, daß ich dich hierherbringen würde. Ich versuchte zu sterben, ich habe es versucht, aber er hielt mich, hielt mich gegen meinen Willen am Leben, er läßt mich nicht sterben, oh, laß mich sterben!«

»Du solltest nicht sterben«, sagte das Kind mit gerunzelter Stirn.

»Kind«, flüsterte die alte Frau, »Schätzchen — nenn mich bei meinem Namen.«

»Hatha«, sagte das Kind.

»Ah. Ich hab es gewußt ... Gib mich frei, Schätzchen!«

»Ich muß warten. Bis sie kommen.«

Die Hexe lag ruhiger, atmete ohne Schmerzen. »Bis wer kommt, Schätzchen?« flüsterte sie.

»Mein Volk.«

Die große kalte Hand der Hexe lag wie ein Bund Stäbe in der ihren. Sie hielt sie fest. Jetzt war es außerhalb und innerhalb der Hütte finster. Hatha, die Moss genannt wurde, schlief; und dann schlief auch das Kind, das auf dem Boden neben ihrem Bett saß, während in der Nähe eine Henne auf der Stange hockte.

Als das Licht kam, kamen Männer. »Auf, Hündin! Auf!« rief er. Sie erhob sich auf Hände und Knie. Er lachte. »Ganz hinauf! Du bist eine kluge Hündin, du kannst auf den Hinterbeinen gehen, oder? So ist es richtig. Tu, als wärst du menschlich! Wir müssen jetzt einen Weg gehen. Komm!« Der Riemen lag noch um ihren Hals, und er zerrte daran. Sie folgte ihm.

»Da, du führst sie«, sagte er, und nun war es der eine, der eine, den sie liebte, aber sie wußte seinen Namen nicht mehr, der den Riemen hielt.

Sie traten alle aus dem dunklen Haus hinaus. Stein gähnte, um sie durchzulassen, und knirschte hinter ihnen zusammen.

Er war immer dicht neben ihr und dem einen, der den Riemen hielt. Andere kamen hinterher, drei oder vier Männer.

Die Felder waren grau vor Tau. Der Berg war dunkel vor dem blassen Himmel. Die Vögel begannen in den Obstgärten und Hecken zu singen, immer lauter.

Sie kamen zum Rand der Welt und gingen eine Weile an ihm entlang, bis sie dorthinkamen, wo der Boden nur Fels war und die Kante sehr schmal. Im Fels war eine Linie, und sie sah sie an.

»Er kann sie stoßen«, sagte er. »Und dann kann der Falke fliegen, ganz allein.«

Er nahm den Riemen von ihrem Hals.

»Stell dich an den Rand!« befahl er. Sie folgte dem Strich im Stein bis zum Rand. Unter ihr lag das Meer, sonst nichts. Die Luft erstreckte sich vor ihr.

»Jetzt wird Sparrowhawk ihr einen Stoß geben«, sagte er. »Aber vielleicht will sie zuerst etwas sagen. Sie hat soviel zu sagen. Frauen sind immer gesprächig. Möchtest du uns etwas sagen, Lady Tenar?«

Sie konnte nicht sprechen, aber sie deutete zum Himmel über dem Meer.

»Albatros«, sagte er.

Sie lachte laut. Aus den Tiefen des Lichts, aus der Tür des Himmels kam der Drache geflogen und zog Feuer hinter dem sich windenden, gepanzerten Körper her. Da sprach Tenar.

»Kalessin!« rief sie, drehte sich um, ergriff Geds Arm und zog ihn auf den Felsen hinunter, während das Dröhnen des Feuers über sie hinwegfegte, das Rasseln des Panzers und das Zischen des Windes in aufgestellten Flügeln, der Aufprall von Klauen wie Sensenblätter auf dem Felsen.

Der Wind wehte vom Meer. Eine winzige Distel, die in einer Spalte im Felsen in der Nähe ihrer Hand wuchs, nickte ohne Unterlaß in dem Wind vom Meer.

Ged war neben ihr. Sie hockten nebeneinander, das Meer hinter ihnen und der Drache vor ihnen.

Er sah sie mit einem großen gelben Auge von der Seite an.

Ged sprach mit heiserer bebender Stimme in der Sprache des Drachen. Tenar verstand die Worte, die nur »Wir danken dir, Ältester«, lauteten.

Kalessin sah Tenar an und sprach mit der riesigen Stimme wie ein Besen aus Metall, der über einen Gong gezogen wird: *»Aro Tehanu?«*

»Das Kind«, sagte Tenar, »Therru!« Sie erhob sich, um zu laufen, um ihr Kind zu suchen. Es kam über das Felsensims zwischen Berg und Meer auf den Drachen zu.

»Lauf nicht, Therru!« rief Tenar, aber das Kind hatte sie gesehen und lief, lief geradewegs auf sie zu. Sie klammerten sich aneinander.

Der Drache wandte den ungeheuren rostdunklen Kopf, um sie mit beiden Augen zu betrachten. Die kesselgroßen Nasenlöcher waren hell vor Feuer, und aus ihnen kräuselten sich Rauchfäden. Die Hitze des Drachenkörpers drang durch den kalten Seewind.

»Tehanu«, sagte der Drache.

Das Kind wandte sich ihm zu.

»Kalessin«, antwortete es.

Ged, der auf den Knien geblieben war, stand auf, wenn auch schwankend, und ergriff Tenars Arm, um sich zu stützen. Er lachte. »Jetzt weiß ich, wer dich gerufen hat, Ältester«, bemerkte er.

»Das war ich«, bestätigte das Kind. »Ich wußte nicht, was ich sonst tun sollte, Segoy.«

Sie sah noch immer den Drachen an und sprach in der Sprache der Drachen die Worte des Erschaffens.

»Es war gut, Kind«, meinte der Drache. »Ich habe dich lange gesucht.«

»Wollen wir jetzt dorthingehen?« fragte das Kind. »Wo die anderen sind, auf dem anderen Wind?«

»Willst du diese Menschen verlassen?«

»Nein«, antwortete das Kind. »Können sie nicht mitkommen?«

»Sie können aber nicht mitkommen. Ihr Leben ist hier.«

»Ich werde bei ihnen bleiben«, erklärte sie mit leicht stockender Stimme.

Kalessin wandte sich ab, um den ungeheuren Hochofenhauch von Gelächter, Verachtung, Entzücken oder Zorn auszustoßen: »Ha!« Dann blickte er das Kind wieder an. »Es ist gut. Du hast hier Arbeit zu leisten.«

»Ich weiß«, antwortete das Kind.

»Ich werde wiederkommen, um dich zu holen«, versprach Kalessin. »Wenn es Zeit ist.« Und zu Ged und

Tenar: »Ich gebe euch mein Kind, so wie ihr mir eures geben werdet.«

»Wenn es Zeit ist«, antwortete Tenar.

Kalessins großer Kopf beugte sich leicht, und der große Mund mit den Säbelzähnen kräuselte sich an den Ekken.

Ged und Tenar zogen sich mit Therru zurück; der Drache drehte sich um, zog den Panzer über das Sims, setzte die klauenbewehrten Füße sorgfältig auf, zog die schwarzen Hinterbacken an wie eine Katze und sprang. Die geäderten Flügel schossen leuchtendrot im jungen Licht empor, der gespornte Schwanz klirrte zischend auf den Fels, und er flog, war fort — eine Möwe, eine Schwalbe, ein Gedanke.

Wo er gewesen war, lagen versengte Fetzen aus Stoff und Leder und anderes Zeug.

»Gehen wir«, sagte Ged.

Aber die Frau und das Kind blieben stehen und betrachteten dieses Zeug.

»Es sind beinerne Menschen«, stellte Therru fest. Dann wandte sie sich ab und ging los. Sie lief vor der Frau und dem Mann den schmalen Weg entlang.

»Ihre ursprüngliche Sprache«, sagte Ged. »Ihre Muttersprache.«

»Tehanu«, sagte Tenar. »Sie heißt Tehanu.«

»Sie hat ihn vom Geber der Namen erhalten.«

»Sie ist von Anfang an Tehanu gewesen. Sie ist immer Tehanu gewesen.«

»Kommt jetzt«, sagte das Kind, das zurückblickte. »Aunty Moss ist krank.«

Sie schafften es, Moss hinaus ins Licht und an die Luft zu tragen, ihre Schwären zu waschen und die stinkenden Bettlaken zu verbrennen, während Therru sauberes Bettzeug aus Ogions Haus holte. Sie brachte auch Heather mit, die Ziegenhirtin. Mit Heathers Hilfe machten sie es der alten Frau mit den Hühnern in ihrem Bett bequem; Heather versprach, mit etwas Eßbarem zurückzukommen.

»Jemand muß nach Gont Port hinuntergehen«, sagte Ged, »um den dortigen Zauberer zu holen. Er soll sich um Moss kümmern; sie kann geheilt werden. Er soll auch zum Herrenhaus gehen. Der alte Mann wird jetzt sterben. Der Enkel könnte leben, wenn das Haus gereinigt wird …« Er setzte sich im Sonnenschein auf die Türstufe von Moss' Haus, lehnte den Kopf gegen den Türrahmen und schloß die Augen. »Warum tun wir, was wir tun?« fragte er.

Tenar wusch Gesicht, Hände und Arme in einer Schüssel mit reinem Wasser, das sie von der Pumpe geholt hatte. Als sie fertig war, sah sie sich um. Ged war vollkommen erschöpft eingeschlafen, sein Gesicht war im Morgenlicht leicht nach oben gewendet. Sie setzte sich neben ihm auf die Stufe und lehnte ihm den Kopf an die Schulter. Sind wir verschont worden? dachte sie. Wie kommt es, daß wir verschont wurden?

Sie blickte auf Geds Hand hinunter, die entspannt und offen auf der Stufe aus Erde lag. Sie dachte an die Distel, die im Wind nickte, und an den klauenbewehrten Fuß des Drachen mit den roten und goldenen Schuppen. Als das Kind sich neben sie setzte, schlief sie halb.

»Tehanu«, murmelte sie.

»Der kleine Baum ist gestorben«, sagte das Kind.

Nach einer Weile verstand Tenars müder, schläfriger Geist und wachte so weit auf, daß er antworten konnte. »Hängen auf dem alten Baum Pfirsiche?«

Sie sprach leise, um den Schlafenden nicht zu wekken.

»Nur kleine grüne.«

»Nach dem Langen Tanz werden sie reifen. Bald.«

»Können wir einen pflanzen?«

»Mehr als einen, wenn du willst. Ist das Haus in Ordnung?«

»Es steht leer.«

»Sollen wir hier leben?« Sie richtete sich ein wenig auf und legte den Arm um das Kind. »Ich habe genügend Geld, um eine Ziegenherde zu kaufen und dazu Turbys Winterweide, wenn sie noch zu haben ist. Ged weiß, wo man sie im Sommer auf den Berg bringen muß ... Ob die Wolle, die wir gekämmt haben, noch hier ist?« Während sie es aussprach, dachte sie: Wir haben die Bücher zurückgelassen, Ogions Bücher! Auf dem Kaminsims von Oak Farm — für Spark, den armen Jungen, der kein Wort davon lesen kann.

Aber es schien keine Rolle zu spielen. Sie mußten zweifellos neue Dinge lernen. Sie konnte jemanden nach den Büchern schicken, falls Ged sie haben wollte. Und nach ihrem Spinnrad. Oder sie konnte im Herbst selbst hinuntergehen, mit ihrem Sohn sprechen, Lark besuchen und bei Apple wohnen. Wenn sie in diesem Sommer eigenes Gemüse wollten, mußten sie Ogions Garten sofort frisch bepflanzen. Sie dachte an die Reihen von Bohnen und an den Duft der Bohnenblüten. Sie dachte an das kleine, nach Westen gehende Fenster. »Ich glaube, daß wir hier leben können«, sagte sie.

HEYNE BÜCHER

HEYNE FANTASY

Romane und Erzählungen internationaler Fantasy-Autoren im Heyne-Taschenbuch.

06/4796

06/4797

06/4831

06/4591

06/4823

06/4788

06/4755

06/4649